DEEP WATER

Sarah Epstein est autrice et illustratrice. Elle a grandi dans la banlieue de Sydney et vit à présent à Melbourne avec son mari et ses deux garçons. Elle écrit des thrillers psychologiques pour jeunes adultes et a remporté un grand nombre de récompenses prestigieuses.

Pour Pat, ma maman qui m'a transmis l'amour de la lecture
et pour Roy, feu mon papa, qui m'a montré
comment vivre sa passion.

Ouvrage initialement publié en 2020 en langue anglaise
par Allen & Unwin, Australie, sous le titre : *Deep Water*

18, rue Barbès, 92128 Montrouge Cedex
ISBN : 979-1-0363-2534-2
Dépôt légal : mars 2022

Loi n° 49-956 du 16 juillet 1949 sur les publications destinées à la jeunesse.

Sarah Epstein

DEEP WATER

Traduit de l'anglais (Australie)
par Anath Riveline

bayard

1

CHLOÉ
Maintenant

C'est d'abord dans les égouts qu'ils ont cherché Henry. Ensuite, ils ont ratissé les berges en crue du bassin de retenue. La veille, un orage d'une violence exceptionnelle s'était abattu sur la région. En une demi-heure, il s'était déversé plus de pluie et de grêle qu'en deux mois. Les arbres avaient été dépouillés de leurs branches et les caniveaux s'étaient transformés en torrents. Des plaques de tôle ondulée avaient été arrachées du toit de la poste et une coulée de boue avait ravagé la même portion du bois de Cutler Bend que le feu de brousse l'année précédente.

Une nuit pareille à un monstre impitoyable qui avale tout sur son passage pour en faire de la bouillie. Aucun d'entre nous ne voulait imaginer Henry coincé entre ses mâchoires.

On a frappé à toutes les portes et interrogé tous les commerçants. On est allés à la bibliothèque et jusqu'à son lieu de pêche préféré. Ce n'est qu'en début d'après-midi que quelqu'un est tombé sur son VTT boueux dans la salle d'attente de la gare. Il tenait debout sur sa béquille, et sa roue de devant, tournée sur le côté, semblait nous narguer, comme pour dire : « Il vous en aura fallu du temps ! » Au début, on a soufflé, soulagés qu'Henry ait réussi à atteindre la gare indemne. Il avait dû prendre le dernier train de la veille, ou l'un des premiers du matin. Dans quelques heures, il serait de retour.

Mais les heures sont devenues des jours.

Les jours, des semaines.

Et maintenant, ces semaines s'éternisent et deviennent des mois.

Depuis janvier, je n'ai pas arrêté de faire des recherches sur le sujet. Il y a des gens qui disparaissent de leur plein gré, pour fuir ou parce qu'ils ont besoin de temps pour eux ; et d'autres qui ne l'ont pas voulu, mais ont eu un accident ou souffrent d'une maladie mentale. Et il y a aussi les disparitions forcées, comme les enlèvements ou les meurtres.

En Australie, quand une personne n'est pas retrouvée après plus de trois mois, on parle de disparition de longue durée. Henry a disparu depuis deux mois et trente jours.

Demain, il entrera dans cette catégorie.

Et vendredi prochain, il aura quatorze ans.

Avant tout ça, je n'avais jamais vraiment réfléchi à ce qui se passe quand un adolescent disparaît. La plupart des jeunes dont on entend parler sur les réseaux sociaux reviennent après quelques jours, en général pas très frais, et ils ont plutôt intérêt à s'expliquer sur leur absence. Avant, j'étais juste un peu curieuse de comprendre ce qui les avait poussés à s'enfuir, sans trop chercher à savoir ce qu'ils pouvaient faire entre leur départ et leur retour. Pour moi, c'était une espèce de trou noir.

Maintenant, je ne pense qu'à ça.

Où est-ce qu'ils dorment ? Est-ce qu'ils ont assez chaud ? Est-ce qu'ils ont de quoi se payer à manger ? Est-ce qu'ils peuvent se doucher, se brosser les dents ? Est-ce qu'ils arrivent à s'endormir facilement ou est-ce qu'ils restent éveillés dans le noir, accablés par leur solitude ?

Sur un site, j'ai lu qu'une personne disparue a pu être « victime de circonstances malencontreuses ». Drôle de façon de présenter la chose. Genre « pas de chance quand même, on sort prendre l'air et paf ! » Ça me rappelle une conversation que j'ai eue avec Henry quelques mois avant sa disparition. On était à la gare, sur le quai de Bridge Road, et il suivait des yeux un train qui s'éloignait vers Sydney.

– Quand je m'en irai, je ne ferai pas comme toi. Je ne reviendrai pas tout le temps. Moi, ce sera pour de bon.

Il a dit ça, comme si j'avais le choix. Depuis que le mariage de mes parents a implosé, il y a des années, je suis comme une balle qu'on se renvoie par-dessus un filet. Mon père a accepté toutes les conditions que lui a imposées maman, parce qu'il ne voulait pas qu'on finisse au tribunal.

J'ai levé la tête de la roue que je regonflais.

– Mais t'es chez toi, ici. Elle ne va pas te manquer, ta maison ?

– Non, a-t-il répondu en haussant les épaules. Parfois quand je me balade à vélo, j'ai envie de rouler loin sans m'arrêter et sans regarder en arrière.

Il a passé une main dans ses cheveux, avant d'enfoncer sur son crâne sa casquette des Lucky-7, plongeant son visage dans l'ombre.

– Tu sais, les vieux films en noir et blanc qu'oncle Bernie adore ?

– Les westerns ?

– Ouais. On voit toujours le cow-boy s'en aller sur son cheval dans le crépuscule. Les gosses se rassemblent à la lisière de la ville pour le regarder devenir un minuscule point à l'horizon. En un clin d'œil, il est parti, ils savent qu'il ne reviendra plus.

– Mmmh.

– Ce sera moi.

Je l'écoutais d'une oreille distraite à l'époque. J'ai dû rire ou changer de sujet, sans m'y attarder.

En un clin d'œil, Henry.

Maintenant, tu es parti.

Je longe la salle d'attente de la gare et tourne autour de la zone où le VTT a été retrouvé. Des équipes de nettoyage ont dû balayer régulièrement le sol bétonné depuis et même passer la serpillière ou le tuyau d'arrosage. Toute trace d'Henry a été lessivée, essorée comme notre réserve naturelle des Shallows après la tempête.

Je ne sens pas sa présence ici. Pas d'une façon paranormale ou métaphysique, je ne crois pas à tout ça. Je crois aux faits, aux indices, aux preuves tangibles, et à l'importance d'assembler toutes les pièces entre elles. Et je crois à l'instinct. Là, maintenant, je n'arrive pas à imaginer ses empreintes de pas humides sur le quai, pas plus qu'à admettre qu'il se soit enfui. Il est comme mon frère. Il ne serait pas parti pour toujours sans me dire au revoir.

Mais c'est peut-être la culpabilité qui parle…

Sur le bord du quai, je regarde les rails dans les deux directions. Un petit lézard se sauve d'un wagon-lit en bois pour filer vers une touffe d'herbe morte. Cet après-midi, le ciel est lourd et couvert. Les yeux fermés, je visualise dans mon esprit l'obscurité totale de cette nuit de janvier, les arbres agités, la pluie cinglante. Des rafales assourdissantes frappaient les immeubles et s'introduisaient dans les fissures en gémissant comme des suppliciés. Je sais pourquoi, moi, j'ai pris le risque de sortir par ce temps, mais Henry ? Qu'est-ce qui lui est passé par la tête ? Quel désespoir l'a poussé à tenter sa chance dehors, à monter dans un train et quitter tout ce qu'il avait toujours connu ?

– Bonjour, me salue soudain une voix derrière moi.

Je fais volte-face. Un vieux monsieur avance dans ma direction. Une main sur la visière de sa casquette, il ne semble pas me reconnaître, même si, depuis que j'ai six ans, je lui souris toujours quand je le croise dans la rue.

– Bonjour, monsieur Milburn. C'est moi, Chloé Baxter.

Il s'arrête et lève la tête pour m'examiner à travers ses verres à double foyer. Il met plusieurs secondes à faire correspondre l'image de l'ado de seize ans partie il y a quelques mois, à celle qu'il a devant les yeux. C'est au mouvement fugace de ses sourcils que je vois le moment où il fait le lien. Il a remarqué ma nouvelle coupe terne et courte à la place de mes longs cheveux blond foncé. J'ai aussi perdu mon bronzage estival, retrouvé mon teint blafard et troqué ma robe fleurie contre un jean et un tee-shirt noirs. M. Milburn ne répond pas. Eh oui, c'est comme ça dans les Shallows. On fait semblant de s'occuper uniquement de ses affaires et on ne dit rien en face. Bien sûr, dès qu'on organise un vide-grenier ou un barbecue, la petite ville prend des allures de joyeuse communauté, mais en cas de problème, il n'y a plus personne.

– Je peux vous donner quelque chose ? dis-je à M. Milburn en retournant vers ma valise à côté de l'entrée de la gare.

Je prends une pochette dans le compartiment extérieur et en sors une feuille de papier. Les mots PORTÉ DISPARU s'étalent au-dessus d'une grande photo d'Henry en couleur. Depuis des semaines, des mois, je placarde ces affiches sur les murs de toutes les gares et de tous les centres commerciaux de Sydney.

Avez-vous vu Henry Weaver, treize ans ? De type caucasien, 1,53 m, mince, yeux bleus, cheveux châtain clair. Il porte sans doute une casquette de baseball verte et des baskets noires, avec un sac à dos bleu foncé et jaune.

– Pourriez-vous en coller une au bowling ? J'en ai fait de nouvelles, avec une autre photo.

M. Milburn pince les lèvres. Avant la mort de sa femme, il habitait tout près des Weaver. Il connaît Henry et Mason, son grand frère. Il connaît leur mère.

Mais, après tout, qui ne les connaît pas dans cette ville ?

Quand il accepte enfin de prendre le papier avec sa main grêlée de taches brunes, il inspecte la photo d'Henry et la description en dessous.

Henry a été vu pour la dernière fois dans les Shallows (Hautes Terres du Sud – État de la Nouvelle-Galles du Sud), le soir du 10 janvier. Il est possible qu'il soit monté dans un train entre 22 h, le 10 janvier, et 13 h, le 11 janvier.

M. Milburn me fixe de ses yeux vitreux.

– Et s'il avait pas envie d'être retrouvé ?

Incapable de réagir, je le suis du regard, tandis qu'il part vers la salle d'attente en traînant des pieds. Jusque-là, je ne me suis pas autorisée à envisager un tel scénario.

Je me sens soudain affreusement seule. J'espère que papa est en route. Ma mère se plaint toujours que les gens vivent au rythme de la campagne dans les Hautes Terres du Sud et qu'après dix années ici, mon père ne sera plus jamais à l'heure de sa vie. Je crois qu'elle cherche toutes les excuses possibles pour critiquer la ville et se justifier d'être partie, il y a trois ans.

Je sors mon portable pour l'appeler à son bureau.

– Reservoir Motel, me répond pratiquement tout de suite une voix de femme. Nous avons des chambres disponibles !

– Oh, euh...

Je suis déroutée. Je ne m'attendais pas à cet accueil. Depuis quand le motel a-t-il changé de nom ?

– David est là, s'il vous plaît ?

– Il vient de partir pour chercher sa fille à la gare.

Je jette un regard vers Railway Parade.

– C'est moi. Je suis sa fille.

– Oh, Chloé ! Il devrait arriver d'une minute à l'autre. C'est Luisa à l'appareil. Luisa de Souza.

– D'accord. Bonjour.

La mère de Rina ? Elle nous donnait des cours de modern jazz dans la salle paroissiale, les mardis après l'école. Luisa est la seule personne avec laquelle ma mère se soit liée d'amitié pendant les sept années où elle a vécu ici. Enfin, sans compter le sergent Briseur de Ménage que, franchement, je préfère oublier.

– David est en retard, parce qu'il a dû attendre le vitrier. On a eu du grabuge dans la nuit.

J'ai envie de lui demander pourquoi elle dit « on » et comment elle peut être au courant des allées et venues de mon père, mais je reste sur ses derniers mots.

– Du grabuge ? Papa va bien ?

Ma voix est faible et hésitante à côté de celle de Luisa. Elle parle sur un ton théâtral, auquel s'ajoute la musicalité de son accent portugais.

– Oh oui, répond-elle. On va très bien, tous les deux. C'était surtout choquant, mais personne n'a été blessé. Enfin, sauf *lui*, bien sûr. Mais il saignait déjà quand il est arrivé.

– Qui…

Je m'interromps quand la Holden Ute blanche de papa apparaît en haut de la colline.

– Il est là. Je dois y aller, Luisa.

– À tout de suite !

Elle raccroche avant que j'aie le temps de lui demander pourquoi elle me dit ça.

Le pick-up roule le long du trottoir jusqu'à l'impasse devant la gare et s'arrête en face du guichet vide. La porte côté conducteur s'ouvre et papa sort du véhicule. Il a le visage marqué par le climat côtier et une barbe argentée de quelques jours recouvre ses joues.

– Tu t'es coupé les cheveux.

– T'es en retard.

Papa grogne devant l'évidence. Il baisse la portière du hayon, étonné de voir mon unique valise.

– C'est tout ?

Comme d'hab.

Quand on partage sa vie entre deux maisons, on apprend vite à se contenter du strict nécessaire. Emballer ses affaires encore et encore revient à essayer de faire la paix avec ses mauvais souvenirs. Si on n'est pas hyper efficace, ils risquent de ressurgir plus tard.

Papa coince ma valise entre deux sacs de paille et se tourne vers moi, les bras ouverts. Il m'enlace un peu plus longtemps que d'ordinaire et me donne deux petites tapes sur le dos pour m'informer que le câlin est terminé. Mon père a un côté bourru, un esprit cassant et des manières rudes que les gens prennent souvent pour de l'hostilité. Et pourtant, je le trouve bien plus affectueux que ma mère, même si elle ne peut pas s'empêcher de toucher les gens.

– Bon, dis-je en montant dans le pick-up, après avoir jeté un dernier coup d'œil vers la salle d'attente de la gare. Tu m'expliques ce qui s'est passé au motel cette nuit ?

Il me lance un petit regard de travers.

– Tu as parlé à Luisa, toi ?

– Oui, ça aussi, il faut qu'on en discute. Pour l'instant, commence par me dire qui a cassé une fenêtre.

***

Mason Weaver.

Tout ce que je parviens à tirer de papa quand j'insiste un peu, c'est ce nom et un haussement d'épaules. Il ne me raconte pas ce que Mason a lancé dans le carreau, s'il savait ce qu'il faisait ou s'il était tellement torché qu'il confondait le haut et le bas. Je me retiens de lâcher un « je te l'avais dit » parce que papa ne le mérite pas. Depuis trois mois, il laisse vacante la chambre quinze pour accueillir le grand frère d'Henry au cas où il aurait besoin d'un refuge.

– C'est quoi ce truc ?

Quand on arrive devant le motel, je suis sidérée de voir une monstrueuse fontaine en béton, dressée au milieu de la pelouse et entourée de quelques plantes dans des pots en plastique. Elle n'a pas l'air de fonctionner. Vu les dégâts occasionnés par la tempête, la gouttière effondrée et l'auvent en loques, qui a eu l'idée d'acheter une nouvelle décoration maintenant ? Je regarde papa pour qu'il m'explique, mais il a les yeux fixés de l'autre côté de l'allée. Une voiture de police est garée en biais sur deux places de parking.

Je me mets à espérer.

Henry ?

N'importe quoi ! Si Henry avait été retrouvé, c'est chez les Weaver que la police viendrait, pas ici. On n'a aucun lien de parenté, comme j'ai eu la méchanceté de le lui rappeler le soir de la tempête.

– Qui a appelé ce clown, bon sang ? lâche papa dans sa barbe.

Le sergent Doherty sort de son véhicule. Il porte une chemise bleu pâle amidonnée, un pantalon bleu marine et des bottes parfaitement lustrées. Il glisse un petit bloc-notes et un stylo dans sa poche et vient à notre rencontre.

– Il paraît qu'il y a eu des embrouilles ici, hier soir, déclare-t-il. Une vitre cassée, une bagarre dans l'allée. Personne n'a appelé la police.

– On n'allait pas vous faire perdre du temps pour ça, répond papa en essuyant une rayure sur la carrosserie.

– Et si tu me laissais en juger par moi-même ?

Doherty pose les mains sur sa ceinture, les coudes à angle droit. La posture typique du flic autoritaire. Pitoyable.

– Tu veux bien m'expliquer ce qui s'est passé ?

Papa range ses clés dans sa poche sans le regarder.

– Nan.

– Qui a cassé la fenêtre ?

– Moi.

Doherty lève les yeux vers le carreau tout neuf. Il n'a qu'un an de moins que mon père, mais physiquement, ils ne se ressemblent pas du tout. Papa est trapu et hirsute, alors que Doherty est grand et toujours rasé de près. Papa a la mâchoire carrée et le pas lourd, Doherty a les traits fins et l'agilité d'un renard. C'est peut-être ça qui a rendu le chef de la police des Shallows si attirant aux yeux de maman, mais ça aussi qui l'a poussée à mettre un terme à leur liaison après six mois seulement.

Doherty dévisage mon père, impassible.

– Vraiment ?

– Je changeais une ampoule et je suis tombé de l'escabeau.

– À une heure du matin ?

– Quand tu gères une entreprise, le travail ne s'arrête jamais.

La lampe dont parle mon père est couverte de toiles d'araignées et de rouille. Doherty ne comprend manifestement pas pourquoi il essaie de couvrir Mason, et à vrai dire, moi non plus.

Luisa apparaît à la porte du bureau vêtue d'un jean et d'un chemisier aux motifs floraux. Son sourire radieux allège un peu la tension qui se dégage des deux hommes. Le téléphone dans une main, elle fait signe à mon père de venir, et agite frénétiquement son autre main pour me saluer.

Quand papa entre dans le bureau, je fais le tour du pick-up.

– Écoute, lance Doherty en me suivant.

Plus rapide que moi, il sort ma valise du hayon.

– Tu devrais lui toucher deux mots au sujet de Weaver. Il a été vu complètement bourré hier soir, il cherchait la bagarre au Criterion Hotel.

Il tourne la valise pour que je puisse la saisir par la poignée.

– Ton père ne rend service à personne en cachant les pulsions destructrices de ce môme. Parle-lui, OK ?

– D'accord, Barry.

Conscient que je me trompe de prénom exprès, Doherty me transperce du regard un instant avant de secouer la tête. « Appelle-moi Ben », m'a-t-il proposé un jour, le bras sur la vitre de sa voiture de police, un sourire supérieur sur le visage. J'ai alors compris qu'il se passait quelque chose entre ma mère et lui, parce que jusque-là, il ne m'avait jamais calculée.

– Merci d'être passé, dis-je en me détournant vers le bureau.

Est-ce qu'on peut avoir des ennuis parce qu'on abrège une conversation avec un policier ? Je me rappelle comment je lui ai menti le matin de la disparition d'Henry. Ce mensonge-là me vaudrait des ennuis, c'est certain. Le genre d'ennuis que j'ai intérêt à éviter à mon père pour notre bien à tous les deux.

Les bottes en cuir de Doherty crissent sur les cailloux de l'allée. Quand il ouvre sa portière, des grésillements s'échappent de sa radio. Je joue un moment avec la fermeture éclair de ma valise, le temps qu'il s'éloigne, et je me dirige vers la chambre quinze. Je frappe à la porte.

Le rideau rayé à la fenêtre s'agite. Mason a tout regardé. Il m'ouvre et se plante dans l'entrée. Il a une tête de plus que moi, la peau bronzée couverte de taches de rousseur et les cheveux aplatis sur le côté où il a dormi. Ses pommettes hautes et son air boudeur m'évoquent les jeunes soldats sur les photos en noir et blanc que j'ai vus dans les albums d'oncle Bernie. Il a le même regard distant et lointain.

Sur ses gardes, il croise les bras. Les phalanges de ses deux mains sont violettes et gonflées. Une croûte de sang dépasse de son nez enflé. Il porte son tee-shirt gris à l'envers, mais je vois que le col est taché de rouge.

Tu as encore pété un câble, ai-je envie de commenter.

– Qu'est-ce qui est arrivé à tes mains ? dis-je à la place.

Mason décroise les bras et enfonce les mains dans ses poches.

– Je me les suis coincées sous un capot, au garage. Rien de grave.

Il sort de la chambre et ferme la porte derrière lui. Il s'accroupit à côté de la plante desséchée, penche le pot et glisse une clé dessous.

– Mason.

Il se redresse et traverse la cour en contournant un nid-de-poule sur le sol en béton.

– Mason !

Il ne jette même pas un regard vers la réception quand il passe devant. La tête penchée, il avance d'un bon pas. Ce n'est que lorsqu'il disparaît au bout de l'allée que ça me frappe. Ce qu'il a dit est complètement faux.

Bien sûr que c'est grave.

Mason vient de me mentir.

Et ce n'est pas la première fois.

2

Mason
Quatorze semaines avant la tempête

Le regard rivé sur un trou dans le plan de travail, Mason enfouit ses poings serrés dans ses poches. Vautrée à l'autre bout de la cuisine, dans un coin que n'atteignait pas la lumière du soleil, sa mère observait, à travers la vitre du meuble de rangement, ses assiettes Wedgwood soutenues par des petits supports. Elle en avait des dizaines, toutes bleues avec un liseré de feuilles blanches pareilles à de la crème fouettée. Elle en avait hérité une partie de sa mère et avait complété sa collection tous les ans, avec au centre de chaque nouvelle pièce, un monument ou un membre de la famille royale. Quand il avait sept ans, Mason avait accidentellement ébréché celle de Lady Di et sa mère ne lui avait plus adressé la parole pendant une semaine.

– Ivy ? dit-il, une pointe d'irritation dans la voix.

Ce n'était pas lui qui avait décidé de l'appeler par son prénom. Elle se sentait prise au piège quand on l'appelait maman.

Elle détourna son attention du meuble pour le regarder, les yeux plissés, agacée qu'il la dérange. Une boucle de cheveux blond paille tombait sur le côté de son visage livide.

Bon sang, il détestait quand elle faisait ça ! Soûle, elle acceptait n'importe quoi, pour ensuite revenir sur tout, à la faveur de ses gueules de bois. C'était la même chose depuis qu'il était petit, quand ils n'étaient encore que tous les deux, qu'elle le serrait fort contre elle et murmurait à son oreille, désespérée et entourée d'un nuage de fumée : « On n'a besoin de personne. Tu ne me quitteras jamais. »

À l'époque, elle l'enveloppait de ses cajoleries, de ses suppliques et de ses promesses aussi vides que les bouteilles de whisky qu'elle accumulait au fond des placards de la cuisine. Et Mason ne lui disait jamais non, parce que c'était un petit garçon dont les espoirs n'avaient pas encore été anéantis par des années de déception. Elle cachait mieux son jeu en public au début, et ce n'était qu'en privé que tout s'effondrait. Elle buvait par périodes, et Mason ne savait jamais à quoi s'attendre. Il ne pouvait pas anticiper le point culminant qui annonçait la descente aux enfers.

L'année qu'il venait de vivre était l'une des pires. Elle n'essayait même pas de freiner sa consommation, comme elle le faisait par le passé. Il n'aurait su dire si elle se noyait de nouveau dans l'alcool parce qu'elle avait perdu son emploi, ou si c'était l'inverse. Son humeur était maussade, ses crises plus fréquentes. Et en ville, elle prenait de moins en moins la peinc de faire bonne figure. Les critiques et les jugements résonnaient de plus en plus fort.

– Arrête de me regarder comme ça, ordonna-t-elle. Tu m'entends, Mason ? Tu ne vas pas prendre un petit boulot. Tu dois rester ici.

– On en a parlé il y a deux jours.

Il tentait de se maîtriser, de ne surtout pas hausser le ton. Rien ne déclenchait la colère de sa mère autant que « le foutu manque de respect ».

– M. Macleod dit que dix-sept ans, c'est l'âge idéal pour devenir apprenti…

– Ah oui ?

Elle écrasa sa cigarette sur le bord de son assiette, plutôt que sur le cendrier que Mason venait de vider pour elle.

– Et je suppose que Stu Macleod propose de venir nettoyer et faire du bricolage ici, c'est ça ? À ta place ?

T'as qu'à te lever de ta chaise et le faire toi-même, songea-t-il.

– Je peux faire les deux. Ça va rien changer.

– Mon œil.

Elle tira une autre cigarette, retournant sur la table les magazines et catalogues, à la recherche de son briquet. Avec leurs couvertures rayonnantes et leurs couleurs vives, ils faisaient office d'arc-en-ciel partout dans leur maison-prison.

– Tu te prends pour un grand ? Tu penses que tu as quelque chose à prouver ?

– Ce n'est qu'un petit boulot. Les samedis et deux après-midi après les cours. Et on aura une voiture, ça va bien nous aider.

Il prononça ces derniers mots prudemment : c'est ce qui avait convaincu sa mère, le jeudi précédent, mais il ne pouvait pas le lui remémorer maintenant, s'il ne voulait pas qu'elle balance tout ce qu'elle avait devant elle et claque la porte. Elle n'aimait pas qu'on lui rappelle ce qu'elle avait dit ou fait sans qu'elle puisse s'en souvenir. Et ça ne valait pas la peine de subir une semaine complète de ses regards paranoïaques, comme si elle craignait qu'il la cambriole, l'abandonne ou l'assassine dans son sommeil. Comme s'il allait mettre le feu au trou à rats dans lequel ils vivaient.

L'idée lui avait traversé l'esprit, il ne pouvait le nier.

– Et pourquoi il te donne une voiture ? demanda sa mère, renonçant à trouver son briquet.

Elle se souleva de sa chaise et se dirigea vers la gazinière, sa robe de chambre pendant sur son corps osseux.

– Qu'est-ce qu'il veut en retour ?

Elle toisa son fils, son rictus plus cruel que jamais.

Mason tressaillit. Stu Macleod était un bon gars qui avait fait l'erreur de passer une nuit d'ivresse avec Ivy, cinq ans plus tôt. À présent, elle adorait répéter à la ronde que c'était un sale pervers simplement parce qu'il avait eu assez de jugeote pour s'enfuir avant qu'clle ne l'empoisonne, lui aussi. La mère de Mason, c'était une maladie, un virus qui s'introduit pernicieusement et vous mine de l'intérieur, qui vous dépouille de tout le bon. Il avait fallu quatre ans à Wayne, le beau-père de Mason, pour en réchapper, une fois qu'elle avait vidé son compte en banque, sa réserve d'alcool et son envie de continuer à faire des efforts. Comment lui reprocher d'être parti à Sydney neuf ans plus tôt, sans même un regard en arrière ?

Mason le détestait tout de même.

– M. Macleod veut que je travaille en échange de la voiture. C'est le deal. Je bosse pour lui et comme ça, je paye la voiture.

– Donc tu vas travailler trois jours par semaine sans toucher de salaire ? C'est quoi l'intérêt, petit malin ?

La voiture, petite maline, pensa Mason. *M'enfuir de ce taudis. Avoir un truc à moi que tu pourras pas détruire.*

– Juste le temps de la rembourser, dit-il calmement. Après il me payera à l'heure.

C'était sûrement préférable comme ça. Macleod était un homme intelligent. Il se doutait qu'Ivy mettrait tout de suite la main sur l'argent que son fils gagnerait. De cette manière, Mason pourrait faire des économies. Il avait déjà du mal à payer les courses et les factures avec leurs allocations avant que sa mère ne gaspille tout. Et il ignorait si Wayne envoyait une pension alimentaire pour Henry.

Ivy lui avait tourné le dos et jouait avec les boutons de la gazinière. Une flamme jaillit avec un petit *plop*. Elle en approcha dangereusement le visage pour allumer sa cigarette, coincée entre ses lèvres gercées. Comme ce serait facile de mettre la main autour de sa nuque frêle et de cogner sa tête contre le brûleur.

– On en reparlera plus tard, dit-il en s'éloignant.

Il avait laissé passer sa chance, c'était clair. Il aurait dû le lui demander une demi-heure plus tôt, avant qu'elle se sente migraineuse et nauséeuse. Cette heure bénie après son réveil et sa douche et avant le retour de sa méchanceté viscérale. C'est à ce moment-là qu'il aurait dû lui rappeler l'offre de Macleod, avant de quitter la maison tranquille. Si seulement une fois dans sa vie, elle pouvait lui accorder quelque chose sans l'obliger à ramper comme un chien.

– Je dois y aller.

– Je sors aujourd'hui, répliqua-t-elle. Reviens à l'heure du déjeuner pour donner à manger à ton frère.

Mason s'arrêta devant l'entrée.

– Il a treize ans, il peut se préparer tout seul à manger.

– Sois là.

La colère envahit Mason. Plus il tentait de la contenir, plus elle irradiait dans tout son corps.

– *Pourquoi ?* demanda-t-il. Pourquoi tu le fais pas, toi ? Pourquoi ça doit toujours être moi ?

Ivy revint s'asseoir et tira sur sa cigarette, les yeux plissés.

– Tu sais bien pourquoi, répondit-elle en soufflant dans sa direction. Tu me le dois.

Ce n'était pas une dette, mais un puits sans fond. Plus il essayait de le remplir, plus il se creusait.

Mason n'insista pas. Cette discussion n'irait nulle part et il n'avait aucune envie de l'avoir maintenant. Tom l'attendait en ville avec un vieux smartphone, que son grand-père n'utilisait plus, avait-il promis. Il pourrait s'offrir une carte SIM prépayée s'il économisait un peu sur l'argent des courses.

Avec un téléphone et une voiture, il aurait déjà plus de liberté. Et quand il commencerait à recevoir un salaire, il aurait en plus de l'argent. Il pourrait faire des projets. Il trouverait un moyen de s'échapper.

Sauf que…

Il y avait Henry. Qu'allait-il bien pouvoir faire d'Henry ?

Mason classa cette question dans la case des sujets trop compliqués pour le moment et avança vers la porte.

– Attends une seconde, l'arrêta sa mère. Et ça ?

Il regarda par-dessus son épaule. Elle lui montrait une pile de linge sale entassée à côté de la machine à laver.

– Je le ferai plus tard.

– Il va pleuvoir, plus tard. Fais-le maintenant pour étendre les vêtements ce matin.

Il fit volte-face et grommela tout bas :

– Fais-le toi-même.

– Pardon ?

La mâchoire serrée, Mason se força à garder le silence. Quand elle avait la gueule de bois, il valait mieux ne pas la provoquer.

– Qu'est-ce que tu viens de me dire, là ?

Sans faire attention à elle, Mason agrippa la poignée. À cet instant, un filet d'air souffla à côté de son oreille.

Une explosion à cinquante centimètres de lui. Il sursauta et se ratatina pour éviter les éclats. Au départ, il pensa qu'une applique avait sauté. Mais il comprit ce qui venait de se passer quand il retira de ses cheveux des éclats de verre vert.

Il se tourna, sidéré. Sa mère était debout, penchée sur la table de la cuisine. Elle tenait encore sa cigarette entre l'index et le majeur et une volute de fumée montait au plafond telle une fleur empoisonnée.

Mason déglutit, incapable de prononcer un mot.

Ce cendrier aurait pu me toucher !

La lueur glaciale dans les yeux de sa mère lui répondait « je sais ».

Quand il posa la main sur la poignée de la porte, il sentit qu'il tremblait de tout son corps. Ivy avait l'habitude de balancer toutes sortes d'objets dans la maison, ce n'était pas nouveau, mais jamais elle ne l'avait visé, lui, ou Henry. Jusque-là, quand elle était vraiment mal, elle se contentait de les insulter ou de les secouer. Son état se dégradait.

Mason se débattit avec la serrure, s'efforçant d'ignorer le crissement du verre sous ses semelles. Avant d'ouvrir, il inspira profondément pour se ressaisir.

Il trouva Chloé Baxter sur le seuil, prête à frapper à la porte.

Elle portait une de ses robes fleuries que Raf avait l'air de tant aimer, et ses cheveux tressés façon gentille fille de la campagne contrastaient complètement avec son caractère borné. Elle jeta un regard rapide au plancher que Mason devrait balayer plus tard. Il sortit sur la véranda et referma derrière lui pour qu'elle arrête de regarder à l'intérieur.

Dans sa main droite, Chloé tenait un seau avec des crochets et des hameçons. Elle avait posé son vélo sur les marches du perron et un petit filet de pêche ressortait du panier sur le devant.

– Il n'est pas ici, grommela Mason.

Il détesta le son de sa voix. Cassée, faible.

– Tout va bien ?

Il se racla la gorge.

– Henry n'est pas ici, répéta-t-il.

Chloé fronça les sourcils, choquée par son ton. Ils avaient grandi ensemble, mais ils ne se voyaient plus vraiment depuis qu'elle était partie vivre à Sydney quelques années plus tôt et ne revenait que pendant les vacances. Mason savait bien qu'il n'y avait pas que ça. Plus elle s'était rapprochée d'Henry, plus elle s'était éloignée de lui. Il se demandait ce que son frère avait pu dire pour creuser ce fossé. Elle avait l'air de penser que Mason devait se montrer plus à la hauteur de son rôle de grand frère, mais elle n'avait aucune idée de ce qu'il vivait chez lui.

– Tu sais où il est ?

– Non. Je ne suis pas sa nounou.

Et pourtant, c'était exactement ce qu'il était, songea-t-il soudain. Un piège étouffant qui le prenait à la gorge. Plus il cherchait à s'en libérer, plus l'étau se refermait sur lui. Il serra la mâchoire, accablé par le doute.

Qu'arriverait-il à Henry s'il partait et le laissait seul avec leur mère ?

– Est-ce qu'Henry…

– Écoute, Chloé, gronda Mason, impatient d'en finir avec cette discussion. Va le chercher. Si quelqu'un peut le trouver, c'est bien toi.

3

CHLOÉ
Maintenant

Quand on était enfants, quelques années après mon emménagement aux Shallows et l'achat du motel, notre groupe de copains a inventé un jeu, l'Imposteur, où on perfectionnait l'art du mensonge. On écrivait des mots idiots sur un bout de papier qu'on jetait dans un chapeau. Ensuite, à tour de rôle, on en piochait un et on avait une minute maximum pour réfléchir à une blague ou à une histoire inspirée par le mot, sans que les autres le trouvent.

Finalement, on était tous des imposteurs, avec nos bobards rusés pour brouiller les pistes et tromper les autres. Le vainqueur était celui qui parvenait à mentir à ses amis de la façon la plus convaincante sans que personne s'en aperçoive. J'étais assez douée pour repérer l'entourloupe, les signes qui trahissaient : une minuscule inflexion de la voix, un mouvement des sourcils. Je connaissais par cœur les tics et les manies de mes amis au point de percevoir le moment exact où le mensonge les faisait dérailler.

Le seul que je n'arrivais pas à percer à jour, c'était Mason. Il était insondable, comme s'il s'entraînait autant à mentir qu'à dire la vérité.

Ses yeux ne bougeaient pas dans tous les sens, comme ceux de Sabeen, ses narines ne s'écartaient pas comme celles de Raf. Il n'avait pas de clignements de paupières incontrôlables comme Tom et ne touchait pas son visage et ses cheveux constamment comme Rina. C'est le matin de la disparition d'Henry, il y a trois mois, que je l'ai vu pour la première fois clairement mentir. Sur le moment, je ne l'ai pas compris, surtout dans la panique ambiante, mais j'avais quand même senti que quelque chose n'était pas normal.

Réunis sur la véranda des Weaver, on attendait fébrilement des nouvelles et des instructions, tandis que le sergent Doherty interrogeait Mason et sa mère à l'intérieur. Ensuite, ça a été notre tour et Doherty est retourné au poste pour organiser une battue. Quand Mason et Ivy sont venus nous rejoindre dehors, nous nous sommes jetés sur eux, avec les mêmes questions que le sergent venait sûrement de leur poser : quand est-ce qu'ils avaient vu Henry pour la dernière fois ? À quelle heure est-ce qu'ils étaient allés se coucher ? Avaient-ils entendu Henry se relever une fois tout le monde au lit ?

Selon sa mère et son frère, Henry se trouvait dans sa chambre quand Mason est parti se coucher à dix heures, laissant Ivy somnoler sur le canapé devant la télé. Ils avaient la même version des faits, à la minute près, mais la tension qui passait entre eux m'a mise mal à l'aise. Elle était chargée de non-dits.

C'est peut-être parce que je nc comprenais rien à la disparition d'Henry, ou parce que je me sentais coupable d'avoir dit des choses qui auraient pu l'inciter à partir, que je n'ai rien vu sur le moment et qu'il m'a fallu tellement de temps pour que ça me revienne. Et pourtant c'était évident.

Même s'il parle vite et répond facilement, Mason ne peut pas tout contrôler.

Comme les réactions physiologiques.

Et c'est pareil maintenant qu'il vient de me mentir sur ses mains blessées : ses oreilles sont aussi rouges que les taches de sang sur son tee-shirt.

***

En déballant mes affaires, je retourne tout ça dans ma tête, tandis que dans le bureau, Luisa explique à mon père un système compliqué de réservations en ligne. Apparemment, c'est la nouvelle responsable administrative du motel et c'est elle qui est à l'origine du changement de nom et de la nouvelle fontaine. J'ignore pourquoi, mais ça me gêne, même avant d'essayer de comprendre ce que Luisa faisait ici à une heure du matin quand Mason a cassé la vitre.

Mon téléphone vibre ; j'ai un message de Sabeen.

T'es arrivée ?

Je lui réponds en jetant un regard vers la maison voisine, celle des Nolan, plus haut, sur la colline. Un champ d'herbe verte et un fourré d'acacias séparent leur propriété de notre motel. Elle est quand même assez proche pour que Sabeen et moi ayons passé toute notre enfance l'une chez l'autre. Et elle est assez proche pour que parfois, tard la nuit, j'aperçoive la silhouette de Raf, son grand frère, par la fenêtre éclairée de sa chambre.

Je travaille ce soir, continue Sabeen. *Viens manger une pizza.*

J'hésite à dire non. Malgré mon envie de voir ma meilleure amie et ses parents, je suis gênée de revoir Raf. Au cours des trois derniers mois, on ne s'est pas beaucoup écrit, et seulement pour parler de retrouver Henry. On n'a jamais abordé cette nuit de janvier ni ce qu'on a dit au sergent Doherty le lendemain matin. C'est comme si ce qui s'était passé dans la cabane des bois avait été recouvert et oublié.

Mais vu que je ne trouve aucune excuse valable pour refuser, je lui envoie un sourire et je lui dis que je viendrai vers six heures et demie. Elle ne me cuisinera que si je lui fais faux bond et en général je ne résiste pas longtemps aux interrogatoires de Sabeen. Dès que je vois son visage, je lui avoue tout et la supplie de me pardonner. C'est incroyable que j'aie tenu autant de mois sans lui raconter ce que je faisais la nuit de la tempête !

Je reste dans ma chambre jusqu'au moment de sortir. Il fait encore jour, alors je décide d'y aller à pied, sans déranger mon père. Les fenêtres condamnées et les voitures abîmées par la grêle témoignent encore de la tempête. Ainsi que les tas de troncs d'arbres centenaires qu'on a dû abattre. Un phénomène météorologique extrême lié au changement de climat, avaient dit les spécialistes. Comme si les Shallows n'avaient pas déjà assez souffert de la sécheresse et des feux de forêt au cours des deux dernières années. Mais lorsque j'aperçois les ampoules colorées sur la façade de la pizzeria, je me dis que ça aurait pu être bien pire. L'entreprise familiale des Nolan a survécu à la tempête. Ces lumières scintillantes sont là pour nous rappeler que le cœur de la ville bat encore.

En passant à côté de l'antiquaire des Shallows, je contemple la vitrine. La boutique déborde de vieux fauteuils et de lampes. C'est un dédale d'étagères croulant sous le poids des livres jaunis et de la vaisselle ternie. Enfants, on y entrait pour se cacher sous les tables, feuilleter des BD et jouer avec des automates dans les allées. Le grand-père de Tom, qu'on appelait tous affectueusement oncle Bernie, nous réquisitionnait pour astiquer l'argenterie et ensuite il nous récompensait en nous offrant un milkshake dans la boulangerie d'en face.

Je pousse la porte, déclenchant le petit carillon. Je sais que je trouverai Tom affairé à l'intérieur. Il m'a dit qu'il serait de retour pour les vacances de Pâques. En effet, aussitôt, un grand bonhomme mince apparaît derrière un meuble de rangement. Tom remonte ses lunettes sur son nez et plisse les yeux.

– Waouh ! J'ai failli ne pas te reconnaître. Je pensais que tu étais une cliente.

Je jette un regard autour de moi. Les clients, c'est tout ce qui manque à ce magasin.

– Comment tu vas depuis le temps ?

C'est là qu'on s'est rencontrés, Tom et moi, quand j'avais six ans. Ma mère cherchait des tables de chevet. J'étais allée au fond de la boutique où étaient rangés les jouets d'occasion et les livres pour enfants. Tom lisait *Harry Potter* dans un fauteuil à bascule. Avec ses deux ans de plus que moi et sa tignasse brune et bouclée, il semblait particulièrement attentif. Pendant qu'il me décrivait le fonctionnement de Poudlard, j'ai conclu que c'était le garçon le plus intelligent que j'aie jamais connu.

Il referme le meuble et se précipite vers moi en s'essuyant les mains sur sa chemise à carreaux.

– La semaine dernière, tu avais encore des cheveux...

– D'accord. Et maintenant, tu me dis que tu adores ma nouvelle coupe, s'il te plaît.

– Elle te va super bien, m'assure-t-il en m'enlaçant.

Comme la semaine précédente, je le serre contre moi, toujours aussi étonnée par sa maigreur.

– Il va falloir que tu laisses Sally et Liv te nourrir correctement pendant que t'es ici, dis-je. Tu fonds à vue d'œil depuis que tu habites sur le campus.

J'ai l'impression que tous les étudiants vivent de sachets de soupe déshydratée et de nouilles instantanées. Tom vient de commencer ses études d'économie à l'université, et Canberra est trop loin pour qu'on lui rende visite et qu'on s'assure qu'il prend soin de lui. La semaine dernière, à Sydney, quand on est allés manger des burgers, il n'a pratiquement pas touché au sien.

– C'est mon reflux, explique-t-il en se frottant la poitrine. Je ne suis pas bien si j'avale de grandes quantités en une fois.

– Tu m'as promis d'aller voir un médecin.

– Je vais le faire, *maman*, plaisante-t-il. La fac, c'est finalement un peu plus stressant que je l'imaginais.

Normal que Tom se mette la pression, il est boursier. Présence et bons résultats sont obligatoires pour lui, mais avant tout, il n'a pas envie de décevoir ses grands-parents, ils ont tellement fait pour lui. Leur fils, qui est donc le père de Tom, est en prison pour fraude. Sa mère, quant à elle, est partie vivre et travailler dans une station balnéaire au nord, dans le Queensland. Bernie et Rose Lawson élèvent Tom depuis ses onze ans.

– Tu viens avec moi manger une pizza ?

– J'allais justement fermer, répond-il en cherchant ses clés dans la poche de son short.

Alors qu'il tourne la pancarte « Ouvert » sur la porte, je jette un dernier coup d'œil au magasin. Je ne sais pas si c'est à cause de la lumière faiblissante ou de la fine couche de poussière qui recouvre toutes les surfaces, mais la caverne d'Ali Baba de mon enfance m'évoque désormais un entrepôt de vieilleries mal entretenues.

– Tu es arrivé quand ?

On longe la rue et dépasse le supermarché. Un type en polo vert rapporte des cageots de haricots à l'intérieur, alors qu'il est dix-huit heures trente à peine. Avant, tout était ouvert jusqu'à vingt et une heures.

– J'ai pris le train hier.

– Et ton permis ? Tu parlais que de ça l'année dernière.

– Ne commence pas, toi aussi, rétorque-t-il, les lumières scintillantes de la pizzeria se reflétant dans ses lunettes. Raf m'a déjà pris la tête avec ça.

D'un signe du menton, il m'indique un pick-up gris argenté qui arrive vers nous sur Railway Parade. Sur le toit du véhicule, clignote un néon en forme de pizza avec à l'intérieur les mots « Vite une pizza ! »

– Quand on parle du loup…

Machinalement, je me touche la nuque, soudain inquiète pour ma nouvelle coupe. Déjà un peu rouges à cause de la balade, mes joues s'embrasent carrément.

– Viens, dis-je en tirant Tom par le bras. On va essayer de trouver une table.

Il me montre le parking vide, les rideaux baissés de tous les magasins voisins. Seules quelques personnes fument des cigarettes devant le Criterion Hotel.

– Je crois que ça va pas poser de problème.

Tom écarte les lanières de plastique qui pendent à la porte d'entrée pour me laisser passer. Avec son bar qui occupe toute la longueur d'un mur, et sa rangée de box en bois, le restaurant a le charme vintage de l'ancien. Sally et Liv Nolan ont meublé l'intérieur pour lui donner le cachet des années 1980, avec le menu écrit à la craie sur un tableau noir éclairé par des projecteurs. Chaque table a sa nappe à carreaux rouges et blancs et des guirlandes d'ail décorent les murs en bois, à côté de bouteilles de vin dans leurs paniers d'osier. Réputé pour son cadre original et ses excellentes pizzas, les vendredis soirs, en temps normal, cet endroit est pris d'assaut.

Pourtant, maintenant, la salle est déserte. Seule au fond du restaurant, Sabeen plie des boîtes à pizzas en carton.

– Hello ! s'exclame-t-elle en glissant sur la banquette pour s'extraire de sa table et se jeter sur nous, sa queue de cheval se balançant derrière elle. La bande est de retour !

Sous son tablier, un tee-shirt blanc moulant contraste avec sa peau mate et une belle giclée de sauce tomate est étalée sur son épaule.

– Elle est heureuse de nous voir, je pense, dis-je à Tom, et elle nous gratifie de son plus beau sourire.

– Vous m'avez tellement manqué !

Elle nous enlace tous les deux.

– J'espère que vous avez faim !

Tom esquisse un petit sourire et je hoche la tête, même si j'ai déjà un peu perdu mon appétit. Des freins crissent dehors : Raf vient de se garer, il ne va pas tarder à entrer. Une image traverse mon esprit avant que je ne puisse la bloquer : Raf appuyé sur la porte de la cabane en bois, ses cheveux dégoulinant de pluie.

Les battements de mon cœur s'accélèrent. J'essaie de penser à autre chose.

– Attends que je regarde, lance Sabeen en me prenant par les épaules.

Elle me tourne lentement pour contempler mes cheveux.

– Ça paraît plus court que sur les photos. J'étais pas trop sûre au début, mais je peux m'y faire.

– Sacré compliment, se moque Tom en m'adressant un petit clin d'œil.

Typique de Sabeen. Toujours directe, elle n'y va pas par quatre chemins. Le jour de notre rencontre, alors que le camion de déménagement reculait lentement dans l'allée devant le motel, elle a descendu la colline, grande et mince, les cheveux longs jusqu'aux fesses.

– Je suis Sabeen Nolan, a-t-elle annoncé aux déménageurs, à mes parents et à moi. J'ai deux mamans, un frère qui s'appelle Rafi et mon père est né au Pakistan. Il a donné à maman et mimi un cadeau très spécial pour qu'elles puissent m'avoir.

Je n'avais rien compris à l'époque, mais même à six ans, elle semblait si sûre d'elle que j'ai tout de suite su que je pouvais lui faire confiance.

Elle nous installe à côté de la vitrine et part terminer de préparer du pain à l'ail. Aujourd'hui, il n'y a que Liv dans les cuisines et un délicieux parfum de pepperoni et d'ail s'en échappe pour embaumer le restaurant.

Dès qu'on est assis, j'entends le cliquetis d'un trousseau de clés et quand je lève les yeux, Raf entre dans la salle. Il porte un jean et un tee-shirt noirs et ses cheveux ondulés sont plus longs que la dernière fois que je l'ai vu. Ils lui tombent désormais sur l'arête du nez.

Il tend un sac isotherme vide à sa sœur.

– Remplis-moi ça, femme.

– Fais-le toi-même, mec, rétorque-t-elle, autoritaire.

– Eh ! retentit une voix derrière le comptoir. Arrêtez un peu, tous les deux !

Liv sort de la réserve, un bocal d'olives dans les mains.

– Restez pro.

– Pfff. Il n'y a personne, rétorque Raf qui ne nous a pas vus.

Tom se lève.

– Hum hummm…

– Tommy ! s'écrie Raf, un immense sourire aux lèvres. Comment tu vas, mon gars ?

Ils se tapent dans la main et se font une accolade, ce qui me donne le temps d'observer Raf, l'air de rien. Sourcils ébouriffés, cils épais, yeux noisette, ongles rongés. Je le regarde à peine, mais je connais tout ça par cœur.

– Chloé, darling ! lance Liv, joyeuse.

Son accent british n'a pas bougé, même si elle vit déjà depuis quinze ans en Australie.

Elle pose le bocal et contourne le bar pour venir vers nous.

– Je ne savais pas que tu étais arrivée. J'adore ta nouvelle coupe. Elle te va à ravir !

Je croise le regard de Raf alors que je me lève maladroitement de la banquette, mais sa mère se place entre nous. Liv est la plus âgée des deux mères de Sabeen et Raf et ils l'appellent mimi parce qu'elle est toute petite. Avec ses cheveux blancs coupés court et son rire tonitruant, elle est toujours vêtue d'une tenue de sport comme si elle partait faire son jogging. D'un geste affectueux, mais rapide, elle m'entoure le visage de ses deux mains avant de se tourner vers son fils.

– Vous êtes tous les deux en noir, commente-t-elle. Qui se ressemble…

Raf tire sur ton tee-shirt. Trop mignon. Il est parfois un peu complexé, mais j'adore comme il remplit ses vêtements. Bien que plus âgé que Sabeen de dix-huit mois, il est légèrement plus petit et a hérité du teint olive et de la carrure robuste de son père biologique. Amir vit à Londres, mais j'ai vu des photos.

– Hello, dis-je tout bas en évitant de le regarder dans les yeux.

Il me décoche un sourire poli, comme si on était deux étrangers sous un abribus.

– Salut, répond-il à ses pieds.

– Restez pas debout ! ordonne Liv en nous ramenant vers notre table. Je vous apporte à manger. Raf, mon chéri, la prochaine commande est presque prête.

– Le devoir m'appelle, on se voit plus tard.

Il nous tend son sac isotherme en guise de preuve. J'ai soudain envie de lui saisir la main pour aller lui parler dehors, seulement il est déjà retourné vers le comptoir et se dispute avec Sabeen pour savoir si le pain à l'ail qu'elle est en train d'emballer fait partie de la prochaine livraison.

– Où est Sally ?

– Elle a pris sa soirée, me répond Liv, tandis que Sabeen revient avec le pain et s'assied à côté de nous. C'est calme en ce moment.

Elle sent que je m'inquiète et ajoute :

– Ça va revenir. Dès que Cutler Bend sera rouvert et que les magasins endommagés seront réparés. C'est juste un peu plus long qu'on l'espérait.

Tom se penche, appuyé sur les coudes.

– Grand-père dit que les reportages sur les dégâts de la tempête ont fait beaucoup de tort à la ville. Les promeneurs et les touristes lui préfèrent des endroits comme Berrima et Bundanoon. Il pense que les effets de cette nuit se feront sentir pendant des mois.

Le visage d'Henry s'affiche dans mon esprit. Tom a raison.

Bientôt, Raf revient pour prendre une nouvelle commande. Ça me blesse qu'il ne tourne même pas la tête vers notre table en ressortant.

– Je vais vous chercher des pizzas, propose Liv en se dirigeant vers les cuisines. Une Mexicaine et une Sally Spéciale ?

– Parfait, mimi, répond Sabeen, distraite, les yeux rivés sur la vitrine.

Un break Subaru stationne devant le restaurant au moment où Raf repart. Un modèle du début des années 2000, bleu foncé avec des pare-chocs argentés et, sur le toit, une galerie noire. Je le reconnais tout de suite.

Tom se crispe.

– Je savais pas que tu les avais invités.

Sabeen fronce légèrement les sourcils.

– Ben si, pourquoi ?

Pour Sabeen, on fait toujours partie du même groupe soudé de copains. Mais en vérité, même avant la disparition d'Henry, les premières fissures sont apparues. L'incident au réservoir juste avant Noël nous a divisés et Sabeen refuse de reconnaître que la dynamique entre nous ait pu changer. Elle nous voit comme une grande famille et nous maintiendrait tous liés à jamais si elle le pouvait.

Une fois le moteur coupé, des éclats de voix nous parviennent. Des bouts de phrases teintés de colère.

– … ça suffit…

– … je déteste…

– … pas juste !

Une main sur le volant, Mason lève la tête vers le plafond de la voiture. Sur le siège passager, Rina fait de grands gestes avec les mains.

– Voilà pourquoi, répond Tom à Sabeen, en se détournant de la vitrine.

Il se frotte la poitrine, l'air peiné. Il déteste les conflits et a toujours joué pour nous le conciliateur que tout le monde écoute. C'est vers lui qu'on se tourne en cas de malentendu ou pour arbitrer un jeu, parce qu'il est impartial et a un sens aigu de la justice. Mais quand ça chauffe un peu trop, il est le premier à déguerpir.

– C'est quoi le sujet de la dispute, à votre avis ?

J'hésite à leur dire que Mason a cassé une fenêtre au motel et qu'il m'a menti pour ses mains. Sabeen pourrait s'agacer, elle n'aime pas que je dise du mal de Mason, et Tom ne semble déjà pas très à l'aise. Je décide de laisser ça pour plus tard.

Rina ouvre la voiture et les voix deviennent plus fortes. Même Tom est de nouveau tenté de regarder dehors quand elle se met à jurer. Elle claque la portière et remonte la route.

– Oh non, murmure Sabeen.

Elle se mord la lèvre inférieure et gigote à côté de moi comme si elle voulait sortir pour s'assurer que Rina va bien. Mason reste dans la voiture, la tête baissée, et je sens que maintenant c'est pour lui que Sabeen s'inquiète. Elle ne sait pas qui aider, l'indécision la cloue sur place, comme une maman qui veut que ses enfants s'entendent bien.

Le moteur gronde, la Subaru fait marche arrière et repart d'où elle est venue.

– Ils font toujours ça, commente Sabeen, un sourire gêné aux lèvres. Tout sera arrangé demain matin.

Tom prend un air sceptique, mais je n'arrive pas vraiment à lire l'expression sur son visage. Mason est son meilleur ami, il doit en savoir plus que nous.

Liv revient alors avec deux pizzas fumantes. Elle réussit à manger deux parts avec nous avant que le téléphone la rappelle en cuisine pour de nouvelles commandes. Raf fait encore quelques allers-retours et finit par manger son dîner lui aussi. Il ne s'assied pas avec nous, mais se perche sur un tabouret de bar pour pouvoir aider sa mère à ranger entre deux bouchées.

– Eh, Votre Altesse ! lance-t-il en direction de sa sœur. Tu vas te mettre à bosser un peu, toi aussi ?

Il soulève un sac-poubelle et lui en montre un deuxième pour qu'elle le sorte. Ils échangent un regard dont j'ignore le sens. Sabeen pose les yeux sur moi, mais les détourne aussitôt. Raf lui murmure quelques mots pressants alors qu'ils se dirigent vers la porte de derrière.

– Je ferais mieux de rentrer, dis-je à Tom. Il fait presque nuit, papa va s'inquiéter.

Il me prend dans ses bras et je remercie Liv pour le dîner.

– Je vais dire au revoir à Raf et Sabeen.

Je veille à ce que la moustiquaire ne claque pas derrière moi, et marche d'un pas léger sur les pavés de la cour, cachée dans les longues ombres que projette le soleil presque couché. Raf et Sabeen sont de l'autre côté de la palissade, j'entends clairement leurs voix et par un petit trou dans une planche, je les aperçois à côté de deux bennes rouillées.

– Je te connais, tu vas être tentée de tout lui déballer.

– Je ne lui ai rien dit, proteste Sabeen, furieuse. Mais tu ne crois pas qu'on devrait lui raconter ce qu'on a trouvé ?

Raf jette un sac dans la benne avant de retirer une mèche de cheveux de ses yeux.

– On en a déjà parlé.

– C'est juste…

– On était d'accord, Sabeen, insiste-t-il presque menaçant.

Il balance les deux autres sacs avec plus de force cette fois-ci.

– Il vaut mieux se taire.

Sabeen laisse échapper un soupir, les bras pendants.

– Je sais… mais Henry…

Raf se tourne brusquement et repart vers le restaurant. Je me cache derrière une poubelle sur roues et me tapis dans l'ombre, dos à la clôture, tête baissée, alors qu'ils passent à côté de moi. Sabeen inspire profondément, prête à ajouter quelque chose.

– Je suis sérieux, l'interrompt Raf. Il vaut mieux ne rien dire à Chloé.

4

Henry
Onze semaines avant la tempête

25 OCTOBRE 2018, 17 H 25

Henry Weaver a accepté la demande de correspondance de Missy Ellwood.

Missy : Hello !
Henry : Salut.
Missy : Merci d'avoir accepté mon invitation.
Henry : Pas de problème.
Missy : Comment ça va ?
Henry : Ça va. Je te connais ?
Missy : Sûrement.
Henry : Où est-ce qu'on se serait rencontrés ?
Missy : À Airsden ?
Henry : C'est pas mon lycée.
Missy : Ah, désolée.
Henry : C'est où ?

Missy : Sur la côte nord de Sydney.

Henry : J'habite dans les Shallows.

Missy : C'est où ?

Henry : Au milieu de nulle part. Les Hautes Terres du Sud, en Nouvelle-Galles du Sud.

Missy : Bizarre. Ton nom s'est affiché dans « les personnes que vous pourriez connaître » et il m'a dit quelque chose. J'imagine que tu n'as pas l'air d'un perroquet avec un chapeau de pirate ?

Henry : Non, c'est juste une blague entre mes potes et moi.

Missy : Ça te dit qu'on se parle quand même ?

Henry : OK, pourquoi pas.

Missy : Super. Alors t'as quel âge ?

Henry : Et TOI ?

Missy : J'ai demandé la première ! 😊

Henry : Pas faux. Treize ans.

Missy : Moi aussi ! Cool que tu sois pas un vieux barge.

Henry : Ahah. Non.

Missy : Raconte un peu. T'as des frères et sœurs ?

Henry : J'ai un frère. C'est mon plus grand fan.

Missy : Trop chou.

Henry : Non, je plaisante. Il m'appelle p'tit con.

Missy : Pas sympa ! Un grand frère, quoi.

Henry : Comment tu sais qu'il est plus grand que moi ?

Missy : Tu as dit qu'il disait « petit ».

Henry : Ah oui.

Missy : Et alors, qu'est-ce qu'il te reproche ?

Henry : D'exister ?

Missy : C'est triste.

Henry : J'ai l'habitude. Bon, désolé, faut que j'y aille, je peux pas rester devant l'ordi.

Missy : T'es pas sur ton téléphone ?

Henry : J'en ai pas.

Missy : Dingue ! Tu veux bien que je t'écrive encore ?

Henry : Bien sûr, si tu veux. Merci pour la conversation.

Missy : On se parle bientôt.

5

CHLOÉ
Maintenant

Ma première nuit aux Shallows, je n'arrive pas à trouver le sommeil. Ça fait un moment déjà que papa a fermé son bureau pour aller se coucher, et moi, j'ai toujours les yeux rivés sur le plafond, dans le noir. J'écoute un podcast sur des affaires criminelles, sans parvenir à me concentrer.

Mais tu ne crois pas qu'on devrait lui raconter ce qu'on a trouvé ?

La conversation de Raf et Sabeen tourne dans ma tête. Papa me dirait que j'y attache trop d'importance. Selon lui, je devrais sûrement laisser glisser, arrêter de dramatiser. Il a toujours accusé ma mère d'en faire des tonnes pour rien et il pense que j'ai intérêt à ne pas me laisser embarquer dans sa névrose. Je dois avouer, malheureusement, que je ressemble plus à ma mère dans ce domaine. Interpréter, essayer de comprendre, c'est mon truc. C'est ce que font les enquêteurs. Et si quelque chose paraît suspect, ce n'est sûrement pas par hasard.

Il vaut mieux ne rien dire à Chloé.

Oh que non ! Je suis bien placée pour savoir que laisser quelqu'un dans l'ignorance n'est pas une bonne idée. Ça ne peut que le blesser quand il finira inévitablement par apprendre ce qu'on lui cache. Comme la liaison de ma mère avec Doherty. Comme Henry qui s'est enfui sans rien me dire.

C'est vrai, je suis mal placée pour donner des leçons sur les secrets, mais certains sont plus inoffensifs que d'autres.

L'épisode du podcast se termine et je n'enchaîne pas avec le suivant. Je me dégage de ma couette et roule sur le côté. Le réveil indique qu'on est déjà samedi : Henry est entré dans la catégorie des disparitions de longue durée.

Trois mois. Pas de nouvelle piste.

Je relis les mails que j'ai échangés avec Henry. On lui a ouvert un compte il y a deux ans pour rester en contact même hors des vacances. Ses messages ont toujours été plutôt courts et pas particulièrement détaillés, surtout parce que son temps de connexion à la bibliothèque était limité à une heure. Mais je ne trouve rien dans nos conversations d'avant Noël qui fasse allusion à ses intentions de s'enfuir.

Je passe sur la page Facebook « Qui a vu Henry Weaver ? ». Sabeen a remplacé la photo de couverture par celle que j'ai utilisée sur les posters. C'est un selfie qu'il a pris avec mon portable devant le magasin du grand-père de Tom, le portrait le plus récent qu'on ait de lui. Dans l'original, avant qu'on retouche le cliché, oncle Bernie fait signe derrière sa vitrine pour plaisanter.

Chaque fois que Sabeen poste une nouvelle image, la page reçoit des tonnes de commentaires. Principalement des gens qui partagent l'annonce en donnant leur code postal, ou des messages comme «Toujours porté disparu ?» ou «J'espère qu'on le retrouvera vite». Certains se fâchent que la police n'en fasse pas plus, d'autres jouent les détectives de salon, élaborent des théories farfelues sur tout et n'importe quoi, depuis les sectes religieuses jusqu'aux tueurs en série. On a même eu des témoignages de gens qui l'avaient vu dormir dans des gares ou manger des ordures dans les poubelles de Kings Cross.

Même si je suis la co-administratrice, je ne supporte plus d'ouvrir la page.

La nouvelle image de couverture a attiré une trentaine de commentaires. Mon cœur s'emballe quand je reconnais une des photos de profil. Le post date de quatre jours, coincé entre plusieurs messages de sympathie écrits par des inconnus.

Rafi Nolan : *Tes blagues débiles me manquent, mec. Reviens, s'il te plaît.*

J'hésite à mettre un like. Je me rappelle l'attitude de Raf dans la pizzeria, comment il évitait de croiser mon regard. Est-il gêné de ce qui s'est passé dans la cabane ?

Il regrette peut-être. Pourtant, sur le moment, ça avait l'air de lui convenir parfaitement.

Renonçant à liker, je pose mon téléphone sur mon oreiller. Je me lève et pars vers la fenêtre, écartant le rideau pour regarder la maison des Nolan sur la colline. La chambre de Raf n'est pas éclairée à cette heure. Pour la millième fois, je me demande s'il lui arrive de chercher à savoir s'il y a de la lumière chez moi.

Je soulève la partie inférieure de la fenêtre qui se bloque comme d'habitude à quelques centimètres à peine du bord. Plus que je ne le sens, j'entends le souffle tranquille du vent dans les champs à côté du motel. Je contemple la terre en friche tout près : une masse sombre de végétation pareille à des volutes de fumée noire s'élevant à l'horizon.

Un mouvement fugace attire mon regard. Trois ombres, oiseaux ou chauves-souris, jaillissent brusquement des arbres. Juste en dessous, une silhouette pâle passe devant l'entrée du sentier menant au réservoir. Avec le faible éclairage du motel et des lampadaires, je parviens à peine à distinguer quoi que ce soit. Je plisse les yeux… On dirait…

Ça pourrait presque être…

Une personne avec un tee-shirt blanc.

Qui lève la tête vers ma fenêtre.

Je recule. Le rideau retombe sur la vitre alors que je me dépêche d'éteindre la lampe. Quand ma chambre plonge dans l'obscurité, je me replace, à genoux, devant la fenêtre. En me glissant sous le rideau, je regarde à travers l'ouverture, attendant que mes yeux s'habituent à la pénombre.

Au départ, je ne vois rien. Et soudain... une forme terne s'enfonce dans la zone en friche le long du réservoir.

Ma poitrine se serre.

Henry ?

C'est impossible.

À moins que...

Peut-être qu'il est revenu. Peut-être qu'il ne veut pas qu'on le sache.

Les mots de M. Milburn me reviennent à l'esprit : *Et s'il avait pas envie d'être retrouvé ?*

Il sait que je suis toujours là pendant les vacances. Est-ce qu'il s'assure que c'est bien le cas ? Il n'y a qu'un moyen de le découvrir.

J'enfile un sweat à capuche sur mon pyjama et je récupère mes tennis sous mon lit. Je ne sais pas d'où ça me vient, mais j'ai un drôle de pressentiment. C'est comme la nuit où maman devait aller chez Julie Somerton pour leur club de lecture : je l'ai suivie sur mon vélo et j'ai vu qu'elle se rendait dans la petite maison en bois de Doherty. J'avais douze ans, à l'époque, et le changement d'attitude du sergent à mon égard avait suffi à éveiller mes soupçons. Parfois, les indices sont juste devant votre nez et vous ne voyez rien. Mais il arrive aussi que vous sentiez viscéralement qu'il se passe quelque chose, mais vous préférez fermer les yeux et retourner vous coucher.

Pas ce soir.

Je longe rapidement le couloir et m'arrête devant la porte de papa, à l'affût de ses ronflements. C'est bon, il dort. Il a le sommeil profond. Une fois qu'il s'est endormi, rien ne peut le réveiller. Mais ce n'est pas ce qui m'inquiète. Le couvre-feu imposé par ma mère m'obsède. Je sais que même à cent cinquante kilomètres, elle contrôle tout. Si je désobéis, elle reprochera à papa son manque de responsabilité et le menacera de demander la garde exclusive. Si je me fais prendre, je l'entraîne dans ma chute.

Seulement là, j'ai une chance de retrouver Henry, alors je dois prendre le risque.

En ouvrant la porte de derrière, je sens le poids de mon portable dans la poche de mon pull. Et si maman me surveillait à distance avec une application de tracking ? Elle serait trop contente d'avoir la preuve de l'incompétence de papa. Je pose sans bruit mon téléphone sur la table du couloir avant de sortir et de refermer derrière moi. La voix de maman résonne dans mes oreilles : « Tu es trop curieuse, ça va te jouer des tours, tu sais. » Pour le moment, la seule personne à qui ma curiosité a joué des tours, c'est elle.

J'enjambe facilement la clôture du motel. Haute d'un mètre, elle est plus là pour indiquer la limite de notre propriété que pour la protéger. Sans la torche de mon portable, j'ai du mal à y voir clair dans la nuit noire. Alors que je traverse le champ rapidement, des chardons s'accrochent à mon pyjama en flanelle que je me dépêche de glisser dans mes chaussettes. Surtout ne pas penser à ce qui aime se balader dans les hautes herbes !

Au bout de l'étroit sentier du champ, une piste de randonnée commence à la lisière des arbres. Plus j'avance, plus la végétation devient dense et étouffante. J'hésite, l'oreille tendue vers les sons alentour, les yeux grands ouverts pour voir dans le noir. Je suis presque aussi déçue que soulagée de ne trouver que des ombres autour de moi.

La lueur du motel me paraît soudain à des kilomètres. Devant moi, les arbres forment une grotte qui s'étend à l'infini. Malgré les battements déchaînés de mon cœur, la nuit semble m'attirer dans ses filets.

Avance.

Ma résolution s'érode.

– Henry ? dis-je dans un murmure.

Est-ce que j'ai vraiment vu quelque chose dehors ? Ou est-ce que j'ai tellement envie de le retrouver que mon esprit invente des illusions ?

Je sens un bruissement au-dessus de moi. Je panique. Je ne peux pas les voir, mais les créatures nocturnes sont tout autour de moi.

Je suis partagée.

Continue.

Vraiment ?

Il faut que tu découvres qui c'était.

Et si j'étais en train de suivre un parfait inconnu loin de chez moi et sans mon téléphone ?

Après avoir tourné les talons, je m'élance vers le champ à toute vitesse. Je laisse mes jambes m'emporter, comme si chaque pas me ramenait petit à petit à la raison. Quand j'arrive à la clôture, je suis à bout de souffle.

Les phares d'une voiture qui remonte la colline vers la maison des Nolan balayent le champ. Je me baisse aussitôt, telle une prisonnière en cavale. Le véhicule passe doucement à côté du motel alors que j'enjambe la clôture dans l'autre sens. C'est Doherty, me semble-t-il.

Une allée pavée passe derrière notre résidence pour déboucher sur la pelouse de devant. Si Doherty tourne la tête, il me verra à coup sûr, je n'ai rien pour me cacher. Sans prendre le temps de chercher mes clés, je me colle contre la porte de derrière. Je ne veux pas qu'il me prenne pour un voleur. Ou pour Mason Weaver. Il réveillerait certainement mon père pour l'avertir.

J'attends plusieurs minutes avant de me pencher pour jeter un coup d'œil à la route. Des nuées de papillons de nuit s'agitent dans les lumières des lampadaires. À part ça, tout est calme.

Quand je pousse enfin la porte, un coup de vent me pousse à l'intérieur et un chœur de sauterelles se moque de mon comportement impulsif. Quelque part derrière le motel, dans les profondeurs des arbres, le chant strident d'un courlis transperce le silence. Il hurle encore et encore, comme s'il criait mon nom.

***

Le samedi matin, je me réveille plus tard que je ne l'aurais voulu.

Je ne saurais dire à quelle heure j'ai réussi à trouver le sommeil finalement, mais j'ai encore pris le temps de créer une liste sur mon téléphone, que j'ai appelée *Incidents*. J'y ai énuméré tous les évènements étranges qui se sont déroulés dans les huit heures depuis mon arrivée : le carreau cassé, le mensonge de Mason, la dispute entre Mason et Rina, la discussion de Raf et Sabeen sur Henry et moi, et la silhouette dans le champ. Est-ce que tout est lié ? En tout cas, y réfléchir m'a empêchée de m'endormir.

Maintenant que je me traîne hors du lit, je constate que j'ai raté le petit déjeuner. On le sert dans la chambre vers sept heures trente ; il est déjà presque neuf heures. J'ai la tête en compote, remplie de rêves dont je ne me souviens pas précisément et de frustrations dont je ne trouve pas la source. Ce que j'ai vu dans le champ hier me paraît maintenant vague et flou. Plus j'essaie de me le représenter, plus je doute d'avoir vu quoi que ce soit.

Après ma douche, je trouve Luisa devant l'ordinateur du bureau. Elle porte un chemisier bleu et vert avec des paons et a peigné ses cheveux châtains en un chignon haut et négligé. Elle me décoche un sourire radieux accompagné d'un profond soupir. Les mondanités, ce n'est pas trop son truc. Elle se lance directement en plein cœur d'une conversation comme si on discutait déjà depuis une heure.

– Pourquoi le gars des moquettes pense que j'ai reçu sa facture alors qu'il n'a rien envoyé ? m'interroge-t-elle en secouant la tête.

Des mèches éclairées par le soleil dansent autour de sa nuque.

– Lui et le gars du toit, je te jure ! Ils se sont fait une fortune grâce à la tempête.

À travers le nouveau carreau, j'aperçois mon père qui traverse la cour du motel avec un pot de peinture dans la main. Les plafonds ont fui dans cinq chambres cette nuit-là et papa n'a pas fini de réparer les dégâts : planches en plâtre déformées, murs tachés, moquette moisie, câbles abîmés. C'est un sacré coup pour un motel déjà fragile.

Comme si elle lisait dans mes pensées, Luisa soupire de nouveau.

– Ton père dit qu'il faut juste époner nos dettes et ça repartira tout seul.

– Éponger ?

– Époner, éponger...

Elle fait un signe de la main pour dire que ça revient au même et penche la tête.

– Tu te souviens quand vous jouiez avec Rina à Mon Petit Poney ? Vous trouviez toutes sortes de noms amusants à vos poneys. Bowtie, non ? Quelque chose comme ça.

– J'ai oublié. Ça fait longtemps.

Le regard de Luisa se perd au loin, avant de revenir vers moi.

– J'ai prévenu Rina que tu étais là pour les vacances. Vous pourriez vous retrouver un jour pour le déjeuner ?

Malgré la pointe d'espoir dans sa question, je sens bien que sa fille ne sera pas intéressée. Enfants, ce sont les cours de danse et les Disney qui nous ont rapprochées, mais quand nous avons grandi le lien s'est défait. On s'est éloignées petit à petit, mais ce qui s'est produit il y a quelques mois a définitivement mis un terme à notre amitié. Rina m'en a voulu de m'être disputée avec son petit ami à cause de ce qui s'est passé au réservoir. On a tous les deux dit des choses qu'on ne pensait pas vraiment. Et il reste certainement beaucoup de ressentiment de tous les côtés.

Je hausse une épaule et esquisse un sourire perplexe. Ma réaction a l'air de lui convenir.

– Désolée d'avoir raté le service du petit déjeuner. Je peux t'aider ?

– *Obrigada*. J'apprécie.

Elle semble agréablement surprise par ma proposition.

– Je me suis occupée du nettoyage de toutes les chambres, mais je veux bien que tu postes ça pour moi.

Elle sort d'un classeur une petite pile d'enveloppes.

– Et regarde dans la boîte si on a du courrier. David oublie toujours.

Elle me tend les enveloppes ainsi qu'une clé en argent. Je glisse le tout dans mon sac en toile.

– Chloé ? m'arrête Luisa alors que je repars vers la porte. Tu as bien dormi ? Tu n'es pas très bonne mine.

Cette fois, je ne la corrige pas. Parler deux langues, c'est quand même carrément impressionnant.

– Ça va, dis-je pour la rassurer. J'ai toujours un peu de mal à dormir la première nuit quand je reviens ici.

– Ah. C'est peut-être trop calme pour toi, hein ? Tu as pris l'habitude de l'agitation d'une grande ville.

Je dessine un sourire sans conviction sur mes lèvres.

Le silence, ce n'est vraiment pas le problème. Ça fait plein de bruit dans ma tête.

***

Dehors, le ciel est couvert, la lumière ne change pas. Il est impossible d'en déduire l'heure qu'il est. Mon portable m'indique qu'il est presque dix heures, mais quelques magasins sur Railway Parade n'ouvrent que maintenant. Avant, le samedi matin, les rues des Shallows grouillaient d'animation, et les cars de touristes se succédaient devant Eliza Park. Tom a peut-être raison : en parlant de la tempête, les médias ont causé plus de tort aux Shallows que la tempête elle-même. Et la fermeture de Cutler Bend ne laisse plus qu'une route pour entrer et sortir de la ville, ça n'aide pas.

Le parc naturel n'est pas grand. On le traverse en une heure de marche de l'est à l'ouest et du nord au sud, ou vingt minutes de vélo si on roule tout droit à un rythme régulier, contrairement à ce qu'on faisait quand on était petits. Tom et ses grands-parents habitent dans un hameau de cottages en bois à l'extrémité ouest du parc, à côté du cimetière. Les Weaver, eux, sont dans une vallée, à l'est. Les autres et moi, on est plus près de la rue principale, et le réservoir se trouve au sud. Les Shallows abritent environ quatre mille habitants, ce qui me semblait beaucoup quand j'étais plus jeune, mais dans mon lycée de Sydney on est au moins un tiers de cette population, tous agglutinés sur le même campus bondé. Dans les Shallows, j'ai l'impression de respirer.

Je traverse la rue à côté du Criterion Hotel et continue vers la poste. Alors que je passe devant le pub, une toux sèche attire mon attention. À quelques pas de moi, Ivy Weaver s'appuie contre un mur en brique, juste à l'endroit d'un graffiti qui lui donne des ailes déformées.

Les bras croisés, elle fume frénétiquement. On dirait qu'elle est pressée de se rendre quelque part.

Nos regards se croisent assez longtemps pour que je me sente obligée de ralentir et de la saluer. C'est la mère d'Henry, après tout.

– Bonjour, dis-je en m'arrêtant. Comment allez-vous, madame Weaver ?

Je n'ai jamais réussi à l'appeler Ivy comme tout le monde.

Ses yeux restent rivés sur le mur en face d'elle.

– Je ne suis la femme de personne.

Je ne sais pas comment réagir. J'aurais dû dire « mademoiselle » ? Techniquement, elle est encore « madame », même si son ex-mari s'est remarié.

Ivy se redresse, plisse les yeux et me toise. C'est comme ça qu'elle me regarde toujours, depuis que ma mère a décidé de s'occuper de ses deux fils après l'école quand on était petits. Un an environ après le départ de son mari, Ivy s'est trouvé un boulot dans le supermarché du coin. Après l'école, les deux frères l'attendaient pendant des heures devant le magasin, jusqu'à la fin de son service. Je sais que ça ne plaisait pas à ma mère de les voir ainsi. Je l'ai entendue dire à mon père que ce n'était pas un lieu pour des enfants et qu'Ivy n'avait aucune autre solution. Du coup, elle a proposé de les ramener au motel avec moi, les jours où leur mère travaillait. Elle nous connaissait par les Nolan et oncle Bernie. Elle a accepté. C'était un arrangement sans prétention, rien de très compliqué, mais au moins les garçons pouvaient manger un goûter à l'intérieur, faire leurs devoirs et regarder la télé.

Seulement, même si Ivy était reconnaissante pour l'aide que ma mère lui offrait, elle s'inquiétait du lien qui se tissait entre Henry et moi. Il était pour moi comme le petit frère que j'avais toujours rêvé d'avoir et même après le licenciement d'Ivy, quand maman n'avait plus besoin de garder les garçons, je suis restée attachée à Henry et j'ai supplié ma mère de continuer à l'inviter chez nous. Plus indépendant, Mason n'avait pas particulièrement envie de passer du temps avec une fille moins âgée que lui de deux ans. Henry, au contraire, adorait ma compagnie, comme si chez lui, il manquait cruellement d'attention.

Je m'occupais de lui à l'école. Avec papa, on l'emmenait pêcher au réservoir des Shallows, et il explorait les buissons derrière le motel avec Sabeen et Raf. On allait tous les deux à la boutique d'antiquités pour que Tom lui conseille des lectures, et on restait toujours jouer avec les vieux jeux de société tout juste arrivés. C'était devenu naturel d'inclure Henry dans tout ce qu'on faisait, même si ça ne réjouissait pas Mason d'avoir tout le temps son petit frère dans les pattes.

Et pourtant, Ivy se méfiait de moi. Pas tant pour qui j'étais, mais plutôt à cause de ce que je savais.

Henry se confiait à moi. Il me racontait les accidents et les disputes, les semaines de disette où ils ne pouvaient même pas s'acheter de lait ni de pain. Il me parlait de la vaisselle cassée et des anniversaires oubliés, du courant coupé la semaine où Ivy s'était offert un joli meuble en verre pour ranger sa collection d'assiettes. C'est pour ça qu'elle ne m'a jamais invitée chez elle, et qu'elle ne soutient jamais mon regard plus de quelques secondes.

Elle a de nouveau les yeux dans le vague, en direction du mur en brique.

– Vous avez eu des nouvelles d'Henry ?

Elle tire longuement sur sa cigarette avant de répondre.

– Non.

– J'ai imprimé des affiches. Je peux en déposer quelques-unes chez vous.

Ivy prend un air agacé, les lèvres pincées. Elle se badigeonne toujours les lèvres du même rouge que le vernis sur ses ongles, comme les actrices des années 1950. Oncle Bernie dit qu'elle était « canon » quand elle était plus jeune. Il m'a montré une photo de classe de son fils, le père de Tom. C'est l'année de troisième et ils sont tous élégamment habillés pour l'occasion, les filles ont toutes les cheveux longs et des taffetas pastel, les garçons portent de larges ceintures assorties et des smokings de location. Ivy, petite blonde ravissante dans sa robe rose vaporeuse, rit aux éclats, au bras d'un garçon à la mâchoire carrée et avec une coupe mulet. Je n'ai pas eu besoin de demander à Bernie si c'était le père de Mason. Il avait la même mine boudeuse, le même regard distant.

Un chauve en salopette tachée de peinture sort du pub.

– Rapplique fissa, chérie. Jonesy menace de te piquer ta machine.

Ivy se pousse du mur, jette sa cigarette sur le trottoir et l'écrase avec le devant de sa botte.

– Il a pas intérêt. C'est ma machine porte-bonheur. Je sens qu'elle est gagnante et je vais toucher le gros lot.

Elle me percute l'épaule en passant. Le chauve retourne dans le pub.

– Je vous apporte des affiches ?

– Fais ce que tu veux, grommelle-t-elle en guise de réponse.

– Je pensais juste…

Elle fait volte-face si brusquement que les mots se bloquent dans ma gorge.

– Tu pensais quoi ?

Je recule.

– Avec tes grands airs, tu peux pas t'empêcher de te mêler de tout. C'est toi qui as mis des idées dans la tête d'Henry.

– Je…

– Depuis qu'il est tout petit. Tu parles de Sydney comme si c'était le paradis. Tu lui répètes qu'un jour il pourra y aller.

– Je voulais juste…

– En quoi ça te regarde ? demande Ivy. Tu es juste de passage ici. Tu donnes ton avis sur tout et tu fais des vagues.

Je rougis de honte. Jamais je n'ai été grondée comme ça par les parents de mes amis. Je me sens vexée, minuscule et blessée.

Ivy pointe son index vers moi, son ongle rouge tranchant l'air telle une dague miniature.

– C'est pas à toi de me dire ce que je dois faire avec mon fils.

Elle me transperce d'un nouveau regard impitoyable avant de tourner les talons.

– C'est à cause de toi qu'il est parti.

6

MASON
Dix semaines avant la tempête

À presque onze heures, Mason arrêta la voiture devant la maison de Rina sur Railway Parade. Pour lui, c'était toujours *la* voiture et pas *sa* voiture. Elle n'était pas à lui. Pas encore. Il ne travaillait pour Stu Macleod que depuis deux semaines, mais le brave homme avait insisté pour qu'il conduise tout de suite la Subaru.

– J'ai besoin de plus d'espace dans l'atelier, avait-il affirmé en lui donnant les clés. Tu me rendras service si tu la prends.

Ils s'étaient mis d'accord pour signer bientôt le contrat de travail, mais en attendant Stu voulait que Mason essaie la voiture et lui dise s'il s'y sentait bien.

Mason s'était retenu d'éclater de rire. Il se sentirait bien dans n'importe quelle voiture dès l'instant où elle lui permettait de s'éloigner de la cage que sa mère appelait leur maison.

– J'adore ces dés en peluche, commenta Rina en tripotant les deux cubes qui pendaient au rétroviseur. Très rétro.

Mason voyait bien qu'elle retardait le moment de descendre. Il avait proposé de l'emmener voir un film et mis la radio à fond sur le chemin du retour pour éviter d'avoir à faire la conversation. Il n'était pas d'humeur, et Rina voulait parler tout le temps. Parler *sentiments*. Parler *avenir*.

Comment avait-il laissé leur relation aller si loin ?

– On devrait partir en voyage, proposa-t-elle, se tournant sur son siège pour le regarder.

Elle n'avait pas encore retiré sa ceinture de sécurité.

– Rien que nous deux. Peut-être après Noël ? On pourrait prendre des sacs de couchage et aller à Merimbula.

Elle posa une main sur le genou de Mason qui se dépêcha de regarder le tableau de bord. Il ne voulait pas lui avouer qu'il l'avait déjà proposé à Raf et Tom. Camper avec Rina ne lui était même pas venu à l'esprit.

Ce n'était pas normal qu'il l'oublie aussitôt qu'ils n'étaient plus ensemble, il en était bien conscient. Quand il était venu la chercher, en début de soirée, elle lui avait dit qu'elle n'avait pas arrêté de penser à lui de tout le week-end. Il s'était alors senti obligé de mentir et de dire que c'était pareil pour lui. Pourtant même quand il était avec elle, son cerveau était ailleurs, tandis que son corps réagissait en pilote automatique.

Quelque chose ne tourne pas rond chez toi.

Quand Rina lui murmurait à l'oreille ce qu'elle ressentait, il s'interrogeait sur ce qu'il éprouvait, lui. Rien qu'une angoisse engourdie.

Tu es vide.

Ça n'aurait pas dû aller plus loin que la soirée de septembre où Rina l'avait trouvé sur les berges du bassin de retenue. Mason pensait qu'il était seul avec une demi-bouteille de whisky de sa mère, mais Rina l'avait suivi sur Coleman Road, après sa dispute avec Tom devant le feu de camp. Les deux garçons ne s'étaient pas battus, mais Mason se sentait encore blessé. Quand Rina était apparue dans le clair de lune, il avait d'abord voulu lui hurler dessus pour qu'elle parte. Mais ils se connaissaient depuis qu'ils étaient enfants et elle avait toujours été gentille et douce. Alors Mason lui avait tendu la bouteille et proposé de s'asseoir avec lui sur le sable. En échange, elle l'avait pris dans les bras.

Sans un mot, il avait posé la tête sur son épaule, soudain épuisé. Il n'en pouvait plus de trop réfléchir. Quand Rina l'avait surpris en l'embrassant sur le front, il l'avait regardée avec un sourire gêné. Elle avait alors planté les lèvres sur les siennes et enfoncé les doigts dans ses cheveux. Mason l'avait laissée faire. C'était plus facile. Il n'aurait su dire s'il acceptait les avances de Rina parce qu'il en avait envie ou parce qu'il était ivre.

Ce qu'il retenait de cette soirée, c'était surtout sa dispute avec Tom. Ça avait commencé par des taquineries inoffensives pour se transformer en insultes sarcastiques alimentées par l'alcool et la frustration. Était-ce de la jalousie ? Peut-être. Tom avait annoncé qu'il venait de remplir la demande d'inscription à l'université de Canberra pour l'année suivante. Mason avait été pris de panique. Parce qu'il aurait voulu être à la place de Tom ? Ou parce qu'il allait lui manquer ?

Ils s'étaient rencontrés en maternelle quand un petit dur appelé Darren Foster s'était mis à harceler Tom dans la cour de récréation. Mason regardait le gros balourd foncer vers le petit gars à lunettes et aux cheveux bouclés pour lui demander sa balle. Tom avait obtempéré sans discuter et était parti se cacher. Il était comme ça, toujours à éviter les conflits. Et Mason connaissait parfaitement cette envie de disparaître jusqu'à ce que l'orage passe. Il s'était fait un ennemi et un ami ce jour-là, quand il avait arraché la balle des mains de Darren Foster pour la rendre à Tom.

À cette époque, Tom vivait encore avec ses parents, avant que le tribunal condamne son père et que sa mère parte dans le Queensland en promettant de faire venir son fils dès qu'elle en aurait les moyens. Ça n'est jamais arrivé. Excuse après excuse, elle avait conclu que rester chez ses beaux-parents dans les Shallows serait le mieux pour Tom. Pendant cette période troublée, Tom s'était agrippé à Mason comme à un roc. Il le lui avait souvent répété.

Ils ne s'étaient pas séparés de l'élémentaire au lycée, surtout quand Darren Foster était dans les parages. Mason n'avait dit à Tom qu'une toute petite partie de ce qui se passait chez lui avec Ivy parce qu'il avait peur de le faire fuir. Mais son meilleur ami l'écoutait toujours. Il pardonnait à Mason ses emportements. Il acceptait ses défauts, parce qu'ils passaient pratiquement toutes leurs journées ensemble, depuis que Mason lui avait rendu son ballon bleu et blanc.

En dévisageant Rina, Mason se sentit coupable de ne pas éprouver pour elle le même attachement. La lumière du tableau de bord se reflétait dans le blanc des yeux de la jeune fille pleine d'espoir. Bien sûr, elle était jolie. Longs cheveux bouclés, peau couleur de miel, les mêmes lèvres pulpeuses et longs cils que sa mère, la prof de danse. Pendant les premières semaines où ils sortaient ensemble, quand Rina le touchait, il avait le cœur qui s'emballait et la peau qui brûlait, tout son corps presque affolé par la nouveauté. Maintenant il se demandait si ce n'était pas simplement parce que personne ne l'avait jamais touché ou tenu ainsi auparavant. Ivy le prenait dans ses bras, quand il était petit, mais avec une force excessive, ses doigts s'enfonçant dans sa peau tels des crochets. Les câlins constituaient une monnaie d'échange dont elle le privait régulièrement. Ils servaient à le faire chanter ou à le punir.

Wayne, ce n'était pas mieux, avec ses tapes dans le dos et sa fâcheuse habitude de lui ébouriffer les cheveux. Il portait Henry sur les épaules et le bordait dans son lit, et prétextait que Mason était « trop grand pour ça ». Mais la vraie raison était évidente : Henry était son fils biologique, la chair de sa chair, alors que Mason… juste un paquet encombrant à se farcir avec Ivy.

Rina s'éclaircit la voix et se pencha vers lui, croisant son petit doigt dans celui de Mason.

– Ma mère est à un mariage. Elle rentrera pas avant minuit. Tu veux entrer ?

Ses yeux remuèrent d'anticipation vers la fenêtre de l'appartement qu'elle partageait avec sa mère, au-dessus du fleuriste. Mason se crispa. Il savait que ça allait arriver, mais ne s'attendait pas à ce que ce soit ce soir. Une sensation étrange au creux du ventre, entre culpabilité et désir, le tenailla. Mais avant tout, il voulait prendre ses jambes à son cou.

Il ne se comprenait pas. N'importe quel autre garçon aurait sauté sur l'occasion, non ? Il pouvait très bien le faire maintenant et décider ensuite si c'était vraiment ce qu'il désirait, si *elle* était ce qu'il désirait. Passer à l'acte déjà, et laisser les doutes pour plus tard.

Mais ce n'était pas sympa pour Rina. Il l'aimait bien. Peut-être pas comme elle l'aurait souhaité, mais il la connaissait depuis longtemps et pour rien au monde il ne la blesserait. Il connaissait le goût des ressentiments, et leur pouvoir d'effacer le bon pour ne garder que le mauvais.

– Tu viens ? demanda Rina en se libérant de sa ceinture de sécurité.

Mason tourna la tête vers le pare-brise pour éviter son regard.

– Je ferais mieux de rentrer chez moi.

Du coin de l'œil, il vit les épaules de Rina s'affaisser. Elle poussa un soupir qui s'accordait parfaitement avec l'humeur de Mason, même si lui était surtout pressé qu'elle sorte de la voiture pour qu'il puisse enfin partir.

Elle se pencha pour l'embrasser tendrement sur la mâchoire.

– Au revoir.

Je suis désolé, songea-t-il, parce qu'il réfléchissait déjà au moyen de la quitter.

***

Hormis la légère lueur d'une lampe dans la chambre d'Henry, la maison était plongée dans le noir. Son frère n'aurait pas dû veiller si tard, mais Ivy avait renoncé à s'en occuper. Elle s'était sûrement écroulée depuis longtemps, *si* elle était rentrée.

Leur maison était une vieille bicoque en bois au milieu d'un grand terrain en friche d'un hectare. Les mauvaises herbes grimpaient sur tous les murs. Déjà qu'ils avaient du mal à garder l'intérieur dans un état décent, ils avaient complètement abandonné l'extérieur. Prenant Ivy en pitié, M. Milburn, leur ancien voisin, avait tondu la pelouse à plusieurs reprises, mais depuis qu'il avait déménagé, personne ne l'avait remplacé.

Le grand-père de Tom disait qu'Ivy avait hérité jeune de la propriété, après l'accident de la route qui avait tué ses parents, un Noël. Son grand frère, l'oncle de Mason, n'avait pas manifesté plus d'intérêt pour la maison que pour ses occupants et était allé vivre à Bali. Marrant comme Mason entendait toujours les histoires de sa famille racontées par des étrangers plutôt que par sa propre mère. Il se demandait à quoi ressemblait son oncle, s'il avait des enfants, ce qu'il faisait, s'il lui arrivait de penser à ses neveux qui habitaient là où il avait grandi. Encore quelqu'un qui s'était volontairement retiré de l'orbite d'Ivy.

Mason espérait que sa mère n'était pas encore là, et qu'il pourrait ainsi se vautrer devant la télé. Mais dès qu'il poussa la porte, une puanteur familière l'accueillit. Elle avait vomi quelque part. La troisième fois de la semaine. Bon sang !

La chambre d'Henry était fermée, mais pas celle de leur mère. Tout habillée, cette dernière était allongée sur le ventre en travers du lit, une grosse flaque sur la moquette devant sa porte. Il y avait même des éclaboussures sur la plinthe et le mur.

Mason laissa échapper un juron. Il n'avait pas la force. Il voulait juste aller se doucher. Il voulait regarder des émissions débiles à la télé avant de se traîner au lit. Équipé de gants en caoutchouc et du seau d'eau savonneuse déjà prêt depuis la dernière fois, il envisagea de mettre le feu à la moquette.

Où était Henry ? Il l'avait sûrement entendue vider ses tripes ! Il n'aurait pas pu nettoyer, pour une fois ? Il avait pourtant vu Mason le faire un bon millier de fois. Bien sûr, l'attitude de leur mère terrorisait son petit frère, mais elle le terrorisait lui aussi !

Après quinze minutes à frotter, un seau d'eau claire et encore dix minutes à tout essuyer et sécher, Mason devait maintenant s'occuper de sa mère s'ils ne voulaient pas respirer les effluves nauséabonds toute la nuit. Il vida le seau dans la baignoire et après avoir rincé le fond abondamment pour chasser les odeurs, il y posa un tapis antidérapant, prépara plusieurs serviettes et laissa couler l'eau le temps de chercher sa mère dans sa chambre. Elle essaya de le repousser quand il retira ses chaussures et ses chaussettes, mais il parvint même à la tourner sur le dos pour lui ôter son jean. Ça suffisait. Elle se baignerait en sous-vêtements et tee-shirt. Il n'allait pas en plus la regarder nue.

Quand il réussit à la soulever du lit, il se sentait déjà épuisé. Il s'était entouré les épaules de son bras pendant et la traînait laborieusement dans le couloir. La hisser dans la baignoire lui demanda tout ce qui lui restait d'énergie.

Elle se réveilla un peu quand ses jambes touchèrent l'eau et se plaignit qu'elle était froide. Ensuite, elle se laissa glisser sur l'émail telle une poupée de chiffon, ses membres se tordant à des angles improbables sans qu'elle puisse les contrôler. Mason pressa le bain moussant sous le robinet et prit un moment pour profiter du parfum à la pomme qui masquait l'odeur du vomi. Elle en avait jusque dans les cheveux et sur le menton. Mason ne se voyait pas le retirer.

Alors que le niveau de l'eau continuait à monter, il retourna dans la chambre d'Ivy pour retirer les draps du lit. Il les roula en boule avec le jean de sa mère pour les fourrer dans la machine, à soixante degrés. Ivy poussa un grognement dans la salle de bain. Pourvu qu'elle ne se remette pas à vomir ! Il accourut et la trouva plus bas dans la baignoire, l'eau lui arrivant désormais au menton.

– Tu vas me laisser me noyer ? marmonna-t-elle, les paupières mi-closes. Ferme le robinet.

Elle tenta de le faire avec le pied. Sa jambe retomba lourdement, aspergeant le carrelage de savon.

Mason remit du shampoing sous le filet d'eau, qu'il n'avait pas l'intention d'arrêter.

– Ça te plairait, hein ?

Elle avait du mal à garder les yeux ouverts.

– De te débarrasser de nous tous, si tu le pouvais.

Mason regarda l'eau monter jusqu'à sa lèvre inférieure.

– Je suis pas un bébé sans défense, moi, murmura-t-elle en s'assoupissant presque. T'aurais pas le cran.

L'eau entra dans sa bouche. Elle toussa et cracha, trop défoncée pour lever la tête correctement. Elle la laissa retomber de l'autre côté, et but de nouveau la tasse.

Ça te fait quoi ? songea Mason. *Tu penses que j'aime ça ? Nettoyer tes conneries tous les jours ? T'es carrément un bébé sans défense.*

Le parquet craqua dans le couloir. Mason tourna la tête et trouva Henry, les yeux grands ouverts devant la scène qui se jouait dans la salle de bain. Le cerveau de Mason s'était déconnecté l'espace d'une seconde. Il se reprit et tira sur la bonde. Un tourbillon se forma entre les pieds de sa mère tandis que le niveau de l'eau baissait.

Mason sortit de la salle de bain, évitant le regard de son frère.

– Va au lit, lui lança-t-il en passant.

De retour dans la chambre de sa mère, il refit le lit avec une précision d'automate : draps propres, coins nets, couverture fraîche, nouvelles taies d'oreillers. Quand il revint dans la salle de bain, Henry avait déguerpi, ce qui le contraria profondément, même si c'était lui qui l'avait envoyé se coucher.

Pourquoi tu me laisses toujours me débrouiller avec elle tout seul ?

Mason sortit sa mère de la baignoire, la sécha et la traîna de nouveau dans le couloir. Ivy se plaignit et lui donna des coups de coude quand il lui retira son tee-shirt, la laissant en sous-vêtements mouillés sous les couvertures.

Quand il eut terminé, Mason fit le tour de la maison pour éteindre les lumières et récupérer les serviettes trempées. Il n'aurait su trouver de mots pour décrire combien il était éreinté. Tout son corps lui faisait mal, jusqu'aux os. Il partit enfin dans la cuisine et se dirigea droit vers le meuble en verre de sa mère. Il contempla ses assiettes Wedgwood chéries pendant un long moment. Ses yeux finirent par se poser sur celle qu'il cherchait. Étagère du milieu, deuxième à partir de la droite. Sa préférée. Il s'en empara et referma doucement la porte en verre.

Il l'étudia un instant, son doigt se promenant sur le vernis mat et le motif blanc en relief, pareil à du glaçage sur un biscuit bleu. Il la porta délicatement dehors dans l'obscurité de la véranda. Un vent frais soufflait des murmures désapprobateurs dans les herbes hautes.

Quand Mason arriva devant l'abri pour voiture, la lumière s'alluma, affolant un groupe de souris qui fonça se cacher dans l'ombre. Il continua jusqu'au banc en bois sur lequel Wayne avait souvent essayé de réparer leurs appareils cassés. Avec le pouce, il trouva la brèche sur le bord de l'assiette et s'entailla la peau à force d'appuyer.

En prenant de l'élan, il la lança sur le mur.

7

Chloé
Maintenant

Les mots d'Ivy Weaver ne s'impriment réellement en moi que quand j'arrive au bureau de poste. Malgré mes efforts, ma gorge se serre et je dois cligner des yeux pour ne pas pleurer. Je glisse les enveloppes de Luisa dans la fente et contourne le bâtiment pour récupérer notre courrier. Les boîtes se trouvent à l'écart de la route et avec un peu de chance, il n'y aura personne.

Ma main tremble quand je tente d'insérer la clé dans la serrure. Quand j'arrive enfin à ouvrir la petite porte, j'attrape les lettres et les pubs et je les jette toutes dans mon sac.

À cause de toi.

J'entends déjà Sabeen : Ivy ne pensait pas ce qu'elle disait, elle s'est défoulée sur toi parce qu'elle se sent impuissante et a besoin de trouver un coupable. Je ne devrais pas le prendre personnellement, elle se serait déchargée sur n'importe lequel d'entre nous, j'étais juste au mauvais endroit au mauvais moment.

Seulement les Nolan ne voient pas la version d'Ivy Weaver que je connais moi. Ils ont droit à des sourires quand elle vient chercher une pizza, à des petits échanges sympathiques devant le pub. Quand Ivy était soûle et hurlait dans le parc le jour de l'An, Liv et Sally se sont occupées d'elle et l'ont ramenée chez elle parce qu'elle avait « abusé » de la boisson. Elles lui trouvent des excuses parce qu'elle « en a bavé ». Mais c'est trop facile. Et je l'ai suffisamment croisée depuis que je suis dans les Shallows pour savoir qu'elle ne m'aime pas.

Vers mes dix, onze ans, j'ai essayé d'en parler avec ma mère. Elle s'est moquée de moi.

– Tu n'as pas dû comprendre, ma chérie. Les adultes ont déjà assez de soucis comme ça pour aller se chercher des problèmes avec des gamins qu'ils connaissent à peine.

Pourtant, mon intuition ne me trompait pas. Les enfants savent ce genre de choses. Leur instinct n'est pas entaché par des a priori et ils ne vont pas chercher des excuses comme les adultes.

Je le sentais dans le visage impassible d'Ivy quand elle me trouvait devant chez elle, dans sa façon de claquer la porte et de me laisser sur la véranda le temps qu'Henry arrive. Si je prenais la parole en public, elle bâillait pour montrer à tout le monde combien ce que je disais était barbant. Une fois, j'avais treize ans à l'époque, elle m'a accusée d'avoir volé une barre Mars chez le marchand de journaux. J'ai dû vider mes poches devant unc foule de curieux. Quand le vendeur a fini par me croire, le regard d'Ivy prouvait qu'elle me savait innocente depuis le début.

Rien n'a changé, aujourd'hui. C'est même pire qu'avant. Ivy me reproche la fugue d'Henry.

C'est à cause de toi qu'il est parti.

Je me reproche aussi sa disparition, mais pas pour les mêmes raisons.

Mon téléphone vibre. C'est un message de Sabeen. Je le lis en revenant vers la rue.

J'aide oncle Bernie dans sa boutique. Pause à 10 h 30. Tu me rejoins au salon de thé ?

Je me mordille la lèvre en répondant que j'y serai. Pourvu qu'elle ait décidé de me raconter ce que Raf et elle me cachent. J'arrive avec quinze minutes d'avance, mais je vais directement au café pour me calmer avant qu'elle me rejoigne.

La façade du salon de thé ressemblait à une pâtisserie française pittoresque avec ses murs couleur crème et ses auvents verts rayés à chaque fenêtre. Mais la grêle et les bourrasques de la tempête ont déchiqueté les auvents et détruit les arbres en pot des deux côtés de la porte. Une rafale descendante, c'est comme ça que les météorologues appellent ce phénomène : c'est un courant aérien sous un orage qui produit des vents violents. Ça touche des zones de quatre kilomètres de diamètre maximum, et malheureusement pour les Shallows, c'est tombé tout près du centre-ville. Comme pour d'autres magasins sur la rue principale, les auvents du salon de thé ne sont plus qu'un lointain souvenir, et des taches d'humidité salissent les murs tel du mascara sur des joues trempées de larmes.

Les gens du coin ne semblent pas dérangés par les dégradations. Pratiquement toutes les tables sont occupées et une longue file de clients patientent devant les vitrines des pâtisseries. Je m'installe à une des dernières tables encore libres, sur laquelle ont été abandonnées une tasse et une soucoupe. Du coin de l'œil, je vois la serveuse approcher.

– Je vous débarrasse, lance-t-elle en prenant la vaisselle.

– Rina ? dis-je en reconnaissant tout de suite la voix.

Elle ouvre de grands yeux.

– Chloé, salut !

Sa surprise se transforme vite en malaise. Notre dispute du jour de l'An est toujours présente dans nos esprits.

– Tu as changé.

Je ne suis pas la seule. En général très maquillée, Rina a le visage aussi dépouillé d'artifices que le salon de thé. Elle a même les yeux un peu gonflés. Ses cheveux bouclés sont attachés en un chignon austère et quelques boutons rouge vif parsèment son menton.

– Maman m'a dit que tu venais pour les vacances, déclare-t-elle en essuyant la table avec des gestes brusques. Désolée d'avoir manqué la pizza hier.

Elle n'en dit pas plus et je n'insiste pas. Il vaut mieux qu'on évite de parler de Mason.

– Je ne savais pas que tu travaillais ici, dis-je plutôt.

– Depuis février, seulement. Ça fait peu d'argent de poche pour partir en voyage.

– Ah oui, tu vas partir en voyage ?

Rina grimace et détourne le visage.

– C'est annulé.

Elle n'a pas l'air de vouloir en parler, mais j'ai l'impression qu'elle attend une réaction de ma part.

– Dommage.

Elle fronce les sourcils, agacée, comme si j'avais échoué au test.

– Je t'apporte la carte.

– Deux, s'il te plaît. Sabeen arrive.

– Ah, OK.

Son visage se durcit.

– Sympa.

Je m'en veux aussitôt de l'exclure de notre rencontre, même si j'ignorais que je la trouverais là. Je sais que Sabeen et elle se sont beaucoup rapprochées depuis que je vis à Sydney, et j'imagine que Sabeen a choisi le salon de thé parce que Rina y travaille. Elle s'est sûrement dit que ce serait l'occasion de nous voir toutes les deux. Seulement il ne lui est pas venu à l'esprit que nous deux, on serait assises à papoter, pendant que Rina, elle, serait en train de nous servir. Ou que Rina est sûrement jalouse du temps que Sabeen passe avec moi chaque fois que je reviens pour les vacances.

Rina grommelle quelque chose que je ne comprends pas et part rapporter la tasse et la soucoupe dans la cuisine.

Au bout d'une dizaine de minutes, Sabeen apparaît et même si elle est pile à l'heure, je suis de mauvaise humeur. Je la regarde enlacer Rina à l'autre bout du café et échanger avec elle quelques mots, d'un air sérieux. Sabeen pose une main sur l'épaule de Rina pour la réconforter. Sur le point de craquer, Rina se ressaisit et me montre du doigt. Pendant qu'elle se presse vers la cuisine, la tête baissée, Sabeen vient me rejoindre.

– Tout va bien ?

– Pauvre Rina, me répond Sabeen en s'installant. J'espère que Mason et elle parviendront à arranger les choses.

– Ce serait peut-être mieux qu'ils n'y arrivent pas.

– Qu'est-ce que tu racontes ? s'offusque Sabeen.

Une autre serveuse vient prendre notre commande et Sabeen en profite pour changer de sujet. Je l'écoute poliment m'expliquer qu'elle aide Tom et oncle Bernie, qu'elle s'occupe de ranger la cave pendant qu'ils se concentrent sur la boutique. Je me retiens de l'interroger sur sa discussion de la veille avec Raf, parce qu'elle comprendrait tout de suite que je les ai espionnés. Je ne voudrais pas qu'elle le répète à Raf.

Rina revient avec un plateau rempli de boissons chaudes et elle dépose deux thés sur notre table avant de continuer dans le reste de la salle. J'attends qu'elle soit loin avant de me pencher vers Sabeen.

– Mason a cassé une vitre du motel la nuit avant mon arrivée.

– Quoi ? demande Sabeen, choquée.

– Une grande en plus.

– Sérieusement ? Il va bien ?

– Lui, ça va. La fenêtre, non.

– Comment ça s'est passé ? Il est tombé à travers ?

On sait toutes les deux ce qu'il en est, mais on préfère ne pas aborder le sujet. Mason boit beaucoup trop depuis un an déjà. Papa m'a raconté que Stu Macleod a menacé de le renvoyer s'il venait encore une fois soûl au travail.

– Il a jeté quelque chose dans le carreau, je pense. Mais j'en sais rien. Il avait les mains dans un sale état et quand je lui ai demandé pourquoi elles étaient blessées, il m'a baratinée.

– Comment tu sais qu'il mentait ?

– Il a dit qu'il les avait cognées contre un capot dans le garage, mais le sergent Doherty m'a dit qu'il s'était battu devant le Criterion.

– C'était peut-être juste une dispute. Peut-être qu'il s'est vraiment blessé au travail.

– Il m'a menti, Sabeen, ça se voyait.

– Pourquoi ? demande-t-elle sèchement. Son nez s'est mis à grandir ?

Elle boit une gorgée de thé, détournant les yeux vers la rue. Je reste sans voix. Je ne m'attendais pas à cette réaction de sa part. Qu'elle défende Mason quand je le critique, j'ai l'habitude, mais pas avec autant d'impatience et d'agressivité.

– Tu te souviens quand on jouait à l'Imposteur ? On inventait des histoires et on devait déceler les mensonges.

– Oui, je m'en souviens. Tu disais que mes yeux bougeaient dans tous les sens quand je mentais.

– Tout le monde a quelque chose qui le trahit quand il ne dit pas la vérité. J'ai vu ça dans un documentaire. Ils montraient comment les criminels simulent et mentent. Comme ce type en Angleterre qui est passé à la télé pour prouver son innocence parce qu'il était le suspect numéro un dans la disparition de sa belle-fille. Ce n'est pas un tic qui l'a trahi, mais un phénomène physiologique. Durant l'interrogatoire, ses oreilles sont devenues de plus en plus rouges.

– Et alors ?

– Un spécialiste du langage du corps dans l'émission a expliqué que c'est le signe d'une augmentation de la pression artérielle. À ce qu'il disait, on a des vaisseaux sanguins tout fins dans le nez et les oreilles, et quand la tension artérielle augmente, c'est là qu'on le voit en premier. Comme quand on a peur.

– Peur de quoi ?

– D'être pris en flagrant délit de mensonge.

– Donc Mason t'a menti, conclut Sabeen en haussant les épaules. Il devait plutôt être gêné.

– Il a de quoi. Tu crois que mon père a les moyens de se payer une nouvelle fenêtre ?

– Il va le rembourser.

– Ce n'est pas le problème.

Je regarde autour de moi et baisse la voix.

– Ce que j'essaie de dire, c'est que j'ai compris comment Mason réagit quand il ment.

– Il a les oreilles rouges ? reprend Sabeen avec un petit rictus. Pas sûr que ça tienne devant un jury, Votre Honneur.

– Tu te moques de moi.

Elle s'appuie sur le dossier de sa chaise et coince ses longs cheveux derrière ses oreilles.

– Je comprends même pas où tu veux en venir.

– Je te parle de la nuit où Henry a disparu.

– Et ?

– Quand on est allés chez les Weaver, le matin après la tempête, et que Mason a décrit ce qui s'était passé la veille. À quelle heure lui et Ivy sont allés se coucher, comment aucun des deux n'a entendu Henry sortir.

Sabeen se redresse, de nouveau intriguée.

– Tu es en train de dire que Mason a menti à ce moment-là ?

– Chuuut ! dis-je en regardant par-dessus mon épaule.

Heureusement, Rina n'est pas dans la salle. Je m'avance sur ma chaise et me penche vers Sabeen.

– Je ne l'avais pas repéré à l'époque, mais j'ai senti qu'il se passait quelque chose entre Mason et Ivy. Je regardais Mason de près, pour trouver des indices. Je me rappelle ses oreilles, elles étaient écarlates, mais je pensais qu'il était juste ébranlé. Et aussi peut-être qu'il avait honte.

– De quoi ?

– De ce qui s'était passé deux semaines plus tôt au bassin de retenue. C'est peut-être ce qui a déclenché l'envie de fuir chez Henry.

Et pas ce que je lui ai dit. Pitié que ce ne soit pas ce que je lui ai dit.

Sabeen remue sur sa chaise. Elle passe ses doigts fins sur le bord de sa tasse, plongée dans ses réflexions.

– Et tu penses qu'il mentait sur quoi le matin de la disparition d'Henry ?

Je secoue la tête.

– Aucune idée. Ça pourrait être n'importe quoi.

Cette fois, c'est Sabeen qui surveille les alentours avant de prendre la parole. Elle baisse la voix.

– Tu te rends compte qu'on parle de notre ami, Mason Weaver, le gars qu'on connaît depuis qu'on est toutes petites ?

– Ouais. Celui qui a poussé son petit frère dans le bassin tout en sachant pertinemment qu'il avait peur de l'eau.

Sabeen prend un air suppliant.

– Mais il s'est excusé ! Il a dit qu'il avait disjoncté. On lui a tous pardonné. Pourquoi pas toi ?

– Parce que c'est moi qui ai plongé pour repêcher Henry. J'ai senti son corps tremblant, son cœur qui tambourinait dans sa poitrine.

Sabeen ferme la bouche et acquiesce en silence. Personne n'a aimé voir Henry dans cet état. Et s'il était resté sous l'eau plus longtemps ? Et s'il s'était cogné la tête en tombant du Rocher du Diable ?

– Mason vit très mal la disparition d'Henry, déclare Sabeen en se radoucissant. Il se sent sûrement responsable. Lâche-le un peu.

Elle joue sur mes sentiments, me renvoie à notre enfance, quand on mangeait des esquimaux, qu'on faisait des courses de vélo ou des grandes balades dans les bois jusqu'à la vieille cabane. Petite, j'adorais l'humour subtil de Mason, son sens de l'observation tranquille, sa façon de rester en retrait sans se mêler forcément à tout. Maintenant qu'on a grandi, je trouve son comportement froid et distant, presque fourbe. Est-ce que c'est parce qu'avec les années Mason est devenu plus blasé et méfiant, ou est-ce que c'est moi qui le suis devenue ?

Je fouille dans mon sac en toile pour éviter de croiser le regard de Sabeen. Dès qu'elle commence comme ça, c'est terminé, on n'arrive plus à s'entendre sur Mason. Elle déteste les conflits. Elle voudrait qu'on reste un groupe soudé, comme quand on était enfants. Mais en grandissant, on change. On a beau avoir été liés, on reste des individus séparés.

Je pose sur la table le courrier pour chercher mon porte-monnaie.

– Qui est à Manly ? demande Sabeen en terminant son thé.

– Pardon ?

Elle tapote la carte postale qui dépasse entre deux enveloppes. Je tends le cou pour voir ce qu'elle regarde. « *Baisers de la plage de Manly, Australie* », en lettres dorées, traverse le bas de l'image.

Je la tire du paquet et contemple la photo des vagues, du sable et de la longue promenade de pins de Norfolk sur fond de ciel bleu limpide.

Qui papa connaît-il à Manly ?

Intriguée, je la tourne. Incroyable ! C'est à moi qu'elle est adressée. Le cachet de la poste remonte à neuf jours.

Salut Chloé. J'ai vu la page Facebook. Je voulais que tu saches que je vais bien. S'il te plaît, dis à tout le monde de ne pas s'inquiéter pour moi – Henry.

Je prends une grande inspiration.

– Qu'est-ce qu'il y a ?

À la deuxième lecture, j'observe attentivement l'écriture, chaque boucle, chaque trait, la pression exercée sur le stylo. Je fixe les phrases si longtemps qu'elles ne semblent plus formées par de vrais mots. Je suis mal à l'aise, mais sans vraiment comprendre pourquoi.

– Chlo ?

Quand je passe la carte à Sabeen, je la regarde inspecter les lettres et vois le moment précis où elle arrive sur la dernière ligne.

– *Oh my God !* lâche-t-elle.

Est-ce que c'est possible ? Manly est à moins de trente minutes de là où je vis avec maman à Glebe. L'idée qu'Henry était si proche de moi tout ce temps me fait l'effet d'une plaisanterie cruelle. Pourquoi ne m'a-t-il pas contactée ?

– Il faut le dire à tout le monde, dis-je, sonnée.

Je ne savais pas qu'Henry était sur Facebook. Il ne m'a jamais envoyé d'invitation. Quelqu'un lui a peut-être parlé de la page et c'est ce qui l'a convaincu de m'écrire. Avec qui est-il ? Où est-ce qu'il habite ?

Sabeen tourne et retourne la carte entre ses mains, s'attardant un moment sur le message.

– Tu penses qu'Ivy et Mason en ont aussi reçu une ?

– Chloé…

– Il faut mettre à jour notre page Facebook…

– *Chloé*, répète Sabeen, plus fermement. Ce n'est pas ce que tu penses, selon moi.

Le malaise revient et mon cœur s'emballe. Du coin de l'œil, je vois approcher Rina. Sabeen pose la carte rapidement sur la table et m'adresse un avertissement silencieux : *Ne dis rien*.

– Vous avez fini ? demande Rina en venant débarrasser.

Son regard se pose sur les mains de Sabeen. La photo de la plage apparaît entre ses doigts croisés et on peut lire les mots « *de Manly* ».

Rina hésite. Sabeen pince les lèvres. Elle me regarde de nouveau avec insistance et je fronce les sourcils. Rina nous observe à tour de rôle. Elle attend une réponse.

– Oh, dis-je. Oui. On a terminé. Merci.

Sabeen fait tomber la carte sur ses genoux en un mouvement rapide. Si Rina n'avait pas compris qu'on lui cachait quelque chose, maintenant c'est évident.

– Ne vous arrêtez pas de parler à cause de moi, grommelle-t-elle en mettant une tasse dans l'autre.

Elle pense peut-être qu'on parle d'elle.

– Je vous laisse tranquilles.

– Merci Rina, dis-je gaiement, ce qui sonne comme une méchante blague.

Elle me décoche un regard glacial.

– Allez payer à la caisse quand vous voudrez partir.

J'attends qu'elle retourne dans la cuisine pour grogner.

– Waouh, c'était gênant.

Sabeen replace la carte au milieu de la pile d'enveloppes qu'elle reforme avant de me la tendre.

– Ne la montre à personne.

– Pourquoi ?

Sabeen se lève brusquement, sa chaise crissant sur le plancher. Elle me rejoint de mon côté de la table pour me presser de me lever à mon tour.

– Ça risque de faire naître de faux espoirs, dit-elle tout bas.

Je jette un coup d'œil au courrier dans ma main, toujours aussi gênée.

– Tu peux venir chez moi plus tard ? Je t'envoie un texto dès que j'aurai fini chez Bernie.

– D'accord. Pour parler de quoi ?

– Je voudrais te montrer quelque chose.

Sabeen me dévisage et je comprends enfin. Je sais ce qu'elle va dire.

– La carte dit que c'est Henry qui l'a envoyée, explique-t-elle. Mais ce n'est pas son écriture.

8

8

Henry
Dix semaines avant la tempête

31 OCTOBRE 2018, 12 H 49

Missy : Joyeux Halloween si c'est ton genre de truc.

1er NOVEMBRE 2018, 13 H 07

Missy : Faut croire que non.

3 NOVEMBRE 2018, 17 H 05

Henry : Hello ! Désolé ! Je ne regarde pas mes messages tous les jours. Je le fais sur l'ordinateur de la bibliothèque.

Missy : Pas de problème.

Henry : Waouh ! C'était rapide.

Missy : Mon portable sonne quand je reçois une réponse.

Henry : Cool.

Missy : Tu pensais que je t'épiais ?

Henry : ()

Missy : Tu viens de regarder autour de toi, n'est-ce pas ? 

Henry : Nan... MDR. Comment s'est passé Halloween pour toi ?

Missy : Tranquille. On le fête pas particulièrement ici.

Henry : Pareil.

Missy : J'ai emmené ma petite sœur récolter des bonbons dans notre rue.

Henry : Vous vous déguisez ?

Missy : Elle était en ballerine.

Henry : Avec un tutu et tout le reste ?

Missy : Ouais, tout en rose. C'est tellement sympa de faire la fête en famille.

Henry : Si tu le dis.

Missy : Ah, c'est vrai, j'avais oublié que tu t'entendais pas avec ton frère.

Henry : Mon demi-frère. On n'a pas le même père. Le mien habite à Sydney.

Missy : Où ça ?

Henry : Les plages du nord, je crois.

Missy : T'en es pas sûr ?

Henry : Ma mère ne veut pas qu'on lui parle.

Missy : Pourquoi ?

Henry : Il a une nouvelle famille maintenant. Une nouvelle femme, deux enfants. Maman dit qu'il veut sa merveilleuse nouvelle famille, pas la vieille dégueulasse.

Missy : Dur. Quand est-ce qu'il est parti ?

Henry : Quand j'avais quatre ans.

Missy : Est-ce qu'il appelle, au moins ?

Henry : On n'a pas de fixe.

Missy : Donc t'as jamais de ses nouvelles ?

Henry : Il m'envoie une carte pour mon anniversaire. Avec la dernière il a ajouté un billet de vingt.

Missy : Super ! C'est déjà ça.

Henry : Je me suis acheté une casquette à la station-service. Je dis à tout le monde que c'est mon père qui me l'a offerte, parce que c'est un peu vrai.

Missy : Tu lui as déjà rendu visite ?

Henry : Je sais pas où il habite.

Missy : Et les cartes d'anniversaire ? Il n'y avait pas d'adresse sur l'enveloppe ?

Henry : Jamais.

Missy : Ta mère le sait sûrement.

Henry : Elle ne me le dira pas. C'est pour ça que je suis sur Facebook. Je vais le chercher.

Missy : Qu'est-ce que tu feras si tu le trouves ?

Henry : Je lui écrirai. Mais sans le dire à ma mère.

Missy : Pourquoi ?

Henry : Elle me tuera si elle le découvre.

9

CHLOÉ
Maintenant

J'avais oublié Henry.

La grosse gaffe. J'avais complètement oublié que je l'avais invité cette nuit de janvier pour regarder un film et dormir au motel. Je ne sais même plus si on avait fixé officiellement ou si on en avait simplement parlé en passant. En tout cas, Henry est arrivé sur son vélo à dix-neuf heures, avec sa casquette des Lucky-7 et son sac à dos. À cet instant, j'ai compris que je m'étais piégée.

J'avais prévu de sortir en douce vers vingt-trois heures, or c'était impossible si Henry était là. Même si le film était terminé et qu'on était tous couchés, il faudrait que je traverse le salon pour atteindre la porte de derrière. Allongé sur le canapé avec une couverture et un oreiller, Henry ne dormirait sûrement pas encore. Il voudrait savoir où j'allais, qui je partais retrouver. Il voudrait m'accompagner, et même s'il me laissait y aller seule, il aurait du mal à ne pas tout raconter à mon père le lendemain.

Si Henry restait la nuit, mes projets tombaient à l'eau. J'avais envie de me gifler. Pourquoi est-ce que je n'avais pas pensé à annuler notre soirée plus tôt ?

Entre l'avis de tempête et le couvre-feu imposé par ma mère, j'étais trop occupée à me demander comment accéder à la cabane des bois et, pire encore, ce qui se passerait avec Raf une fois que j'y serais. Au départ, il l'avait présenté comme un jeu pour ma dernière nuit aux Shallows : filer en douce et le rejoindre à minuit pour qu'il me montre son nouveau passe-temps. Il m'avait décoché un regard entendu, et les yeux au ciel, je lui avais demandé si « passe-temps » était un nom de code pour autre chose. On plaisantait tous les deux pour cacher notre nervosité.

Depuis qu'on est enfants, Raf et moi sommes liés par l'humour et le plaisir de se taquiner. Il faisait toujours des blagues presque pour lui-même et si quelqu'un riait c'était juste un plus inattendu. Il me lançait toutes sortes de défis parce qu'il aimait mon caractère têtu et compétitif, je pense. Et je n'acceptais que s'il relevait le pari avec moi. L'année dernière, on a tous les deux plongé dans le bassin de retenue en plein hiver. J'ai eu l'impression de nager au milieu de milliers de lames de rasoir glacées. J'ai eu une crampe à la cuisse et Raf a dû me ramener sur la terre ferme. Alors qu'il me soutenait sur la berge, jusqu'à nos serviettes, on a échangé un regard qui s'est prolongé plus longtemps que d'ordinaire. Tout aurait pu arriver si on s'était penchés l'un vers l'autre, mais on s'est tous les deux dégonflés.

Je n'ai pas arrêté d'y penser après. Et je n'ai pas arrêté de penser à lui. Je me suis mise à analyser chaque mot, chaque coup d'œil, à remarquer plein de détails hyper séduisants chez lui, comme si je l'observais avec des yeux nouveaux. Et j'ai alors compris que si j'acceptais tous ses défis, c'est parce que j'avais toujours eu envie de passer du temps avec lui. L'idée de me retrouver seule avec Raf dans la cabane me donnait des papillons dans le ventre.

C'est cruel et égoïste quand j'y pense maintenant, mais dès que j'ai aperçu Henry sur son vélo, ce soir-là, j'ai su qu'il fallait que je me débarrasse de lui.

Je lavais les carreaux dans le bureau. Henry m'a souri et sur son visage s'est affichée une expression où se mêlaient attente et espoir. Il m'a toujours regardée comme ça. Depuis peu, son nez s'était élargi et ses joues s'étaient creusées. Malgré ses adorables taches de rousseur, il commençait à perdre ses airs de petit garçon pour s'engager dans l'adolescence.

J'ai appuyé le chiffon contre la vitre pour frotter en cercle de toutes mes forces, mon esprit cherchant frénétiquement une excuse. Il a mis la béquille de son vélo et a pris le temps de retirer de l'herbe des rayons de ses roues. Il adorait son VTT. C'est Raf qui le lui avait passé deux ans plus tôt, même si, à vrai dire, il n'était pas encore trop petit pour lui. Mais il savait qu'Henry en aurait plus besoin que lui.

– Tu étales la crasse, a commenté Henry en entrant dans le bureau. Mets plus de produit.

Qu'est-ce que je pouvais lui dire ? Je n'avais jamais eu à annuler un rendez-vous avec lui. Aux Shallows, on n'a jamais vraiment d'imprévus, pas d'obligations, la vie se passe tranquillement. Si on accepte de se retrouver quelque part, on y va, simplement. On n'a pas besoin de sortir son agenda Google et de confirmer la veille, comme maman et moi on doit le faire en ville.

– J'espère qu'il n'y aura pas de coupure de courant, a dit Henry en retirant son sweat-shirt.

Au moment où il a ouvert son sac pour le ranger à l'intérieur, j'ai repéré sa brosse à dents orange et des vêtements. Mon cœur s'est arrêté de battre.

– Tu as entendu les prévisions météo ? m'a-t-il demandé. La tempête qui s'annonce, ça va être quelque chose.

Je suis descendue de mon escabeau et j'ai posé mon chiffon.

– Écoute, Henry, pour le film de ce soir…

– Sûrement pas ! C'est moi qui choisis, cette semaine, m'a-t-il interrompue en agitant son index devant mon visage. Tu étais d'accord pour qu'on regarde *Interstellar*. On devrait commencer tôt, parce qu'il dure des plombes.

– C'est pas ça. Je vais devoir annuler.

Son sourire a disparu.

– Quoi ? Pourquoi ?

– J'ai pas envie, ce soir, ai-je menti.

– Tu pourras aller te coucher quand tu voudras. Ton père continuera avec moi.

– Papa est fatigué aussi, ai-je dit rapidement.

Plus tard, j'ai compris que je lui donnais l'impression que papa le rejetait lui aussi.

– Mais tu m'as invité. Pourquoi tu annules alors que je suis là ?

Il parlait d'un ton boudeur qui m'a rappelé la différence d'âge entre nous. Il était devenu plus bougon depuis le collège, plus susceptible, moins raisonnable. Même s'il ne m'en parlait pas trop, je savais qu'il avait du mal à s'intégrer. Il n'avait ni téléphone, ni ordinateur, pas de console de jeux et son accès Internet se limitait à quelques heures par semaine à la bibliothèque. Henry se retrouvait à l'écart de ses camarades parce qu'il n'était pas connecté.

C'est pour ça qu'il aimait tant les vacances, qu'il essayait toujours d'en faire le plus possible quand j'étais là. Mais c'était déjà le troisième film de la semaine. Pas grave si on y renonçait, quand même.

– Désolée, j'avais complètement oublié que tu venais.

– C'est pas juste, a-t-il gémi. Qui a idée d'annuler un film en famille ?

– Oui, enfin, techniquement, on n'est pas une famille, lui ai-je fait remarquer, à bout de patience. Tu n'habites pas ici.

Henry a eu un mouvement de recul comme si je l'avais frappé. J'ai aussitôt regretté mes mots.

– D'accord, a-t-il grommelé en croisant les bras.

– Je suis désolée. Je ne le pensais pas, ai-je assuré en tendant une main vers son épaule, mais il s'est tout de suite dégagé. C'est juste cette fois, promis.

– Mais tu repars demain. Après je te reverrai pas pendant des mois.

– Je sais. Je suis juste fatiguée.

– Fatiguée de moi ?

– Mais non, ai-je répondu, exaspérée.

– T'en fais pas, j'ai l'habitude.

Il a pris son sac à dos et a passé une anse sur son épaule.

– Ivy me le répète sans arrêt.

C'est là que j'aurais dû faire marche arrière. J'aurais dû écrire à Raf et annuler notre rencontre. Je savais qu'Henry considérait notre motel comme un refuge et je venais de lui claquer la porte au nez violemment. J'aurais dû percevoir le désespoir derrière sa colère. Il s'agrippait à notre soirée tel un naufragé à son canoë pour ne pas rentrer chez lui.

Mais je ne pensais pas à Henry. Je ne pensais qu'à moi. Je pensais aux yeux noisette de Raf et à l'excitation qui montait en moi plus que n'importe quelle tempête à l'horizon.

Je n'ai pas arrêté Henry quand il a poussé la porte en verre et a enfourché son vélo. Je ne l'ai pas appelé quand il a foncé dans l'allée, ralentissant à peine en arrivant sur la route. Même maintenant, des mois plus tard, la honte de cette conversation continue à me dévorer. Ce que j'ai dit à Henry, la façon de le lui dire… comme si je m'en fichais complètement, comme s'il ne comptait absolument pas pour moi.

Est-ce que je peux lui reprocher d'être parti sans me dire au revoir ?

***

C'est déjà la fin de l'après-midi quand je reçois un texto de Sabeen m'informant qu'elle est chez elle et qu'elle laissera la porte de derrière ouverte afin que je l'attende à l'intérieur pendant qu'elle se douche. Jamais je ne pourrais faire ça à Sydney, et je ne pense pas que je le ferais sans crainte ici non plus. Je dis toujours à papa que les gens de la campagne sont bien trop confiants. Tout le monde se connaît dans les petites villes, mais est-ce qu'on se connaît *vraiment* ?

Je grimpe les marches qui mènent à la terrasse de derrière et trouve la porte coulissante légèrement ouverte. Je fais un pas à l'intérieur et me tourne pour contempler la vue qu'on a de chez eux : la verdure foisonnante du parc naturel.

Depuis le motel, il faut une vingtaine de minutes à travers bois pour arriver au réservoir, ce qui nous donne une longueur d'avance sur l'hôtel Traveller's Rest de l'autre côté de la ville. Le bassin de retenue fournit l'eau à toute la région, par conséquent, on n'a pas le droit d'y nager ou d'y faire du bateau, mais ça n'empêche pas les gens d'enfreindre le règlement, malgré les grosses amendes qu'ils encourent. En revanche, on peut pêcher sur la berge à trois emplacements bien précis, comme le faisait souvent Henry. Ça lui permettait de s'isoler et de méditer. Mais si sa ligne se coinçait entre les rochers ou sous une bûche, il devait la couper et abandonner l'hameçon en plastique plutôt que d'entrer dans l'eau jusqu'à la taille. Il n'avait jamais appris à nager correctement parce qu'il avait peur de l'eau.

« On sait jamais ce qui peut se cacher tout au fond. Tu imagines, tu glisses et personne sait où tu es. »

Dans mon souvenir, le réservoir m'a toujours paru sinistre la nuit, comme si des secrets étaient immergés dans ses profondeurs troubles. Récemment, j'ai écouté un podcast sur un homme qui a assassiné sa voisine âgée dans un lac de la province de Victoria. Il a lesté ses poches avec les briques d'un mur qu'il a abattu dans sa propriété. En pleine nuit, il a ramé jusqu'au milieu du lac et l'a passée par-dessus bord. Quelques semaines plus tard, quand les plongeurs de la police ont retrouvé le corps, on a découvert que les briques cassées correspondaient à celles du tas devant la maison du coupable. Personne n'avait rien soupçonné parce qu'ils étaient amis depuis trente ans.

On pense connaître quelqu'un, mais on ne sait jamais de quoi il est capable.

Je glisse la porte en verre pour la refermer et la verrouiller. Quand je me retourne, une silhouette apparaît à l'entrée du salon.

– Pu… !

Je me tiens la poitrine à deux mains, avalant la fin du mot.

– Sabeen ! Tu m'as fait super peur !

Elle vient vers moi, dans son peignoir blanc, une serviette attachée sur ses cheveux mouillés.

– Ben j'habite ici, t'avais oublié ? Pourquoi t'es si nerveuse ?

– Tu ne devrais pas laisser ouvert si tu es seule à la maison, tu sais.

Je m'écroule sur le canapé en daim.

– C'est vraiment pas prudent.

– C'est pour les chats, explique-t-elle en partant vers la cuisine.

Comme par hasard, un de ses matous passe dans la pièce pour ouvrir la porte de la chambre de Raf d'un coup de tête et sauter sur son lit. J'aperçois le coin de son bureau et le bord de son grand écran d'ordinateur. Derrière le bureau, il a accroché un tableau avec des photos, mais elles sont dans le noir et je ne distingue rien. Je meurs soudain d'envie de savoir ce qu'il a choisi.

– Où est Raf ? Et tes mamans ?

– À la pizzeria, répond Sabeen en revenant avec deux verres de jus. J'ai ma soirée.

Elle me tend le mien et s'assied sur le fauteuil en face de moi, ses jambes pliées sous elle. Tout en buvant, elle regarde les arbres par la fenêtre. Je ne touche pas à mon jus, impatiente de savoir pourquoi elle m'a demandé de venir.

Dans la cuisine, le vieux frigo brise notre silence de ses ronrons et de ses craquements.

– *Sabeen !* dis-je à bout de patience. Tu voulais me montrer quelque chose.

Elle pose son verre et se redresse.

– Oui, désolée. La journée a été longue. C'est un tel désordre chez Bernie. Tom va devoir passer toutes ses vacances à faire le tri.

Elle se lève et part un instant. Je prends une rapide gorgée de jus et tente d'arrêter mon genou de trembler.

– On a trouvé quelque chose, lance Sabeen en revenant. Enfin, c'est moi qui l'ai trouvé. Mais quand je l'ai montré à Raf, il m'a dit qu'il ne fallait pas t'en parler.

Je suis sidérée par la trahison de Raf. Il faudra sans doute que j'y réfléchisse plus tard, mais pour l'instant je reste concentrée sur ce que Sabeen a dans la main.

Elle me passe une feuille pliée et se rassied en retirant sa serviette de sa tête. Ses cheveux tombent sur ses épaules, sombres et fins.

Je déplie le papier rapidement et le lisse sur ma cuisse. C'est un dépliant du motel qui date d'avant le changement de nom, imprimé en grandes lettres noires. La feuille est légèrement ondulée par endroits, comme si elle avait été mouillée, puis séchée.

CHERS CLIENTS, MERCI DE BIEN VOULOIR PRENDRE NOTE :

Maintenance des machines à laver les 12 et 13 janvier. Le motel ne pourra pas laver le linge de ses clients à ces dates. Des machines à jetons sont à leur disposition au 31a Bridge Road.

La direction.

– Oui, et alors ? dis-je en fronçant les sourcils. Mon père a posé ces affiches il y a des mois.

– Regarde au verso.

J'obéis. C'est un message griffonné au stylo rouge. Il est à l'envers, je le tourne pour le lire.

Salut Chloé

T'es où ? Je suis revenu, mais t'es pas là. Ça va pas bien du tout chez moi. J'ai vraiment besoin de toi. On peut se parler demain ?

De la part d'Henry.

J'entrouvre la bouche et j'inspire un filet d'air machinalement.

– Où est-ce que tu as trouvé ça ?

– Dans ta chambre en faisant le ménage pour ton père, il y a deux semaines, explique Sabeen en entortillant une mèche de ses cheveux autour d'un doigt. Il m'a demandé de passer l'aspirateur pour préparer ta visite et le papier s'est coincé dans le tuyau derrière le rideau. J'étais sur le point de le jeter à la poubelle, mais j'ai préféré vérifier que ce n'était pas important.

Je jette un nouveau coup d'œil sur le message.

T'es pas là.

– Comment c'est arrivé là ?

Sabeen se penche, les coudes sur les genoux.

– Par la fenêtre, j'imagine.

Je hoche la tête, incapable de retirer les yeux du papier.

– Peut-être qu'Henry a essayé de l'envoyer sur ton lit, devine Sabeen. Comme avec l'araignée en caoutchouc, tu te souviens ?

Mes lèvres esquissent un sourire.

– Oui. Raf lui avait lancé le défi.

J'examine de nouveau le papier. On l'a plié plusieurs fois pour le rendre tout petit, et comme pour lui donner du poids.

– Tu dois avoir raison. Peut-être qu'il a atterri sur le sol. Ou je l'ai peut-être envoyé par terre en entrant au lit.

– Quand est-ce qu'Henry l'a écrit, selon toi ? Tu es restée un mois, aux dernières vacances.

– Il n'y a pas de date, du coup, je sais pas…

Je retourne la feuille et relis le mot de la direction. Papa a collé ces affiches dans la salle des machines à laver une semaine avant l'intervention du réparateur. Est-ce qu'elles étaient encore là, le soir de la tempête ? Sûrement. La réparation était prévue pour les 12 et 13 janvier. La tempête, c'était le 10.

Je suis revenu.

Henry est passé au motel plusieurs fois au cours de cette semaine-là, donc ça aurait pu être après n'importe laquelle de ses visites.

T'es où ?

Mais il y a une seule nuit où Henry ne m'aurait pas trouvée dans ma chambre, s'il m'avait appelée par l'ouverture de ma fenêtre.

– Ça pourrait être important, lance Sabeen. J'allais l'apporter au sergent Doherty...

– Non ! dis-je en me redressant brusquement.

Elle paraît estomaquée.

– Dingue ! Raf a réagi exactement de la même façon ! Il m'a pas expliqué pourquoi et m'a dit qu'on ne devrait pas t'en parler non plus. Mais là...

Elle se penche et tapote la feuille.

– Il écrit « ça va pas bien du tout chez moi ». Le sergent Doherty devrait être mis au courant, tu crois pas ?

La main sur le front, je laisse échapper un soupir.

D'un côté, ce message pourrait aider Doherty à suivre les mouvements d'Henry, si on peut prouver qu'il l'a jeté dans ma chambre la nuit de la tempête. Rien n'indique à quelle heure il l'a écrit ni même le jour exact. Et rien n'y montre qu'il avait l'intention de s'enfuir.

D'un autre côté, si je montre ce papier à Doherty, je dois lui expliquer ma théorie, et pourquoi je pense qu'Henry est revenu au motel le soir de la tempête. Le sergent voudra alors savoir pourquoi je n'étais pas dans ma chambre. Du coup, il me demandera où j'étais et pourquoi je lui ai menti en janvier. Et même si je suis prête à subir les conséquences de mon mensonge et à accepter la punition que je mérite, je ne suis pas seule dans l'histoire. Raf aussi a menti à Doherty à cause de mon couvre-feu. Je n'ai aucune envie de l'entraîner avec moi. Et une fois que maman sera mise au courant, elle va se dépêcher de revoir le droit de garde de mon père. Comment pourrais-je faire ça à papa ?

– Merci de me l'avoir montré, Sabeen.

Je suis perdue. Je n'aime pas lui cacher des choses, mais je ne veux pas non plus tout lui raconter et lui demander de ne rien dire à personne. J'ai déjà un membre de la famille Nolan qui me couvre, je ne peux pas l'exiger de Sabeen aussi.

– Tu comprends ce que je disais sur l'écriture ? me demande-t-elle.

En effet. C'est assez brouillon, avec quelques mots difficiles à déchiffrer, comme s'il avait écrit rapidement. Mais je reconnais les lettres d'Henry.

– Compare ça avec la carte postale, suggère Sabeen.

Je fouille dans mon sac en toile et pose la carte sur la table basse. Sabeen vient s'asseoir à côté de moi sur le canapé.

– Donc, les deux sont en caractères d'imprimerie et pas en cursives. Pas de boucle aux « l » ou aux « b » qu'on pourrait analyser.

– Depuis quand t'es experte en graphologie, toi ?

– Si tu avais passé autant de temps que moi à essayer de déchiffrer l'écriture de maman et mimi sur les commandes, tu serais devenue une spécialiste, toi aussi.

À bien y regarder, je suis d'accord avec elle. Les deux écritures ne se ressemblent pas. Mais l'une est en rouge, l'autre en bleu, la carte postale est bien soignée, alors que sur l'affiche du motel, les lettres sont plus grandes dans l'ensemble, formées à la hâte. Pas facile de comparer.

– Dès que j'ai vu la carte, ça m'a sauté aux yeux, dit Sabeen en me montrant les « j ».

Ils ont un trait au sommet.

– Et sur le message d'Henry, juste des barres verticales, pas de trait au-dessus.

– Tu as raison. Ils sont différents.

– Et ça.

Sabeen pointe son index vers mon nom et celui d'Henry sur l'affiche du motel.

– Regarde comment le « C » et le « h » sont reliés dans « Chloé ». Presque en cursives, mais pas tout à fait. Pareil pour le « H », le « e » et le « n » de « Henry ». Et aussi les mots « vraiment », « chez » et « peut ».

Elle me les montre tous, l'un après l'autre.

Sur la carte postale, chaque lettre est séparée.

– Tu ne penses pas que c'est parce qu'il a dû se presser dans un cas et qu'il a pris son temps dans l'autre ?

– Peut-être. Mais même sa signature. « Henry » sur la carte postale et « De la part d'Henry » sur le message.

C'est peut-être une toute petite différence, mais ça commence à faire beaucoup de petites différences.

Je m'adosse sur le canapé, admirative.

– Impressionnant !

Sabeen hausse les épaules.

– Les « j » m'ont tout de suite sauté aux yeux sur la carte postale. Je ne sais pas pourquoi je me suis rappelé leur aspect sur la note que j'ai trouvée.

– Parfois, de petits détails attirent ton attention sans que tu saches pourquoi et ils deviennent utiles plus tard.

On reste un moment silencieuses, cherchant d'autres points de comparaison pour confirmer notre piste.

– Si Henry n'a pas écrit la carte postale, alors c'était qui ?

– Il est peut-être vraiment à Manly, suggère Sabeen. Et il a demandé à quelqu'un de l'écrire pour lui.

– Qui est-ce qu'il connaît à Sydney ?

– Son père vit là-bas, non ?

– Possible. Mais il les a abandonnés il y a près de dix ans. Henry n'a aucune idée de l'endroit où son père habite. Ils ont même pas le droit de prononcer son nom devant leur mère.

– Peut-être qu'Henry l'a cherché tout seul.

– Comment il aurait fait ?

– Comment tu ferais, toi ? demande Sabeen en haussant les épaules.

– Internet.

– Exactement. Henry ne se contentait peut-être pas d'envoyer des mails et de regarder YouTube quand il était à la bibliothèque.

Je n'arrive pas à y croire. Pourquoi ne m'aurait-il rien dit ? On a souvent parlé de Wayne et jamais il n'a évoqué d'éventuelles recherches.

Je range dans mon sac la carte et l'affiche.

– Tu vas faire quoi avec ? m'interroge Sabeen.

– Je ne sais pas encore. Je vais sans doute faire un petit tour chez notre cher sergent Doherty.

Elle me voit grimacer et m'adresse un sourire compatissant.

– Je sais que tu préférerais manger dans les poubelles de la pizzeria que lui parler, mais c'est une nouvelle piste, ça vaut la peine, tu trouves pas ?

Bien sûr. C'est évident. Je peux lui montrer la carte postale en attendant de décider ce que je fais avec l'autre message. Parce que si Henry n'a pas écrit la carte lui-même, ça veut dire que quelqu'un se fait passer pour lui.

Pourquoi quelqu'un ferait une chose pareille ? Pourquoi mentir ainsi ?

Pourquoi les gens mentent, en général ?

Pour cacher la vérité.

10

Mason
Huit semaines avant la tempête

Mason avait un goût de sang dans la bouche.

Il passa la langue sur ses dents pour s'assurer qu'il n'en avait pas perdu et sentit ce parfum puissant et métallique. Son incisive de devant lui avait perforé la lèvre inférieure quand le poing de Darren Foster avait percuté son menton. C'est vrai qu'il avait laissé le jeune garçon lui balancer quelques belles frappes. S'il y avait eu des témoins, ils se seraient sans doute demandé pourquoi Mason avait cessé de se défendre en plein milieu de la bagarre. Ils n'auraient rien compris s'il leur avait avoué qu'au fond de lui il pensait mériter cette correction.

Tu es vide.

Il n'aurait su dire à quel âge la paralysie avait débuté. Elle s'était aggravée avec les années, le privant de toute émotion au point qu'il ne sache plus s'il avait jamais éprouvé des sentiments. En revanche, il se souvenait de l'instant exact où une autre personne que sa mère lui avait appris à avoir honte de lui-même. Il avait alors compris que se montrer tel qu'il était ne ferait que lui rendre la vie plus difficile.

C'était juste après le départ de Wayne, Ivy sombrait inexorablement. Elle n'allait plus au travail et passait ses journées au lit, les rideaux tirés. À huit ans, Mason se rendit compte qu'au cours des quatre dernières années, c'était son beau-père qui avait fait les courses et préparé les repas. Les dîners autour de la table de la cuisine s'étaient transformés en pizzas à emporter sur le canapé, puis en sandwiches, pour finir par devenir des soupes en conserve, les bons jours, ou des restes de biscottes les mauvais jours. Et quand les placards étaient vraiment complètement vides, les repas étaient constitués des fonds des derniers paquets de céréales.

Un après-midi, alors que leur mère s'était enfermée dans sa chambre en prétextant une violente migraine, Mason avait servi à son frère du fromage couvert de sauce tomate, parce que c'était ce qui se rapprochait le plus d'un vrai dîner. Le lendemain, à l'école, sa classe travaillait sur la pyramide alimentaire et la maîtresse leur avait demandé de représenter ce qu'ils avaient mangé la veille. Le voisin de Mason avait dessiné de belles assiettes colorées de rôti d'agneau et de potiron, et de spaghettis bolognaise avec pain à l'ail. Mason, lui, avait dû expliquer ce que signifiait son carré jaune sur lequel il avait ajouté une tache rouge. L'air blasé, Mme Kruger avait habilement plié son dessin en deux et l'avait glissé dans sa poche.

Ne nous embarrasse pas avec ta misère, disait ce geste. *C'est profondément honteux, alors cache ça, garde-le pour toi et fais semblant.*

– Recommence, avait demandé Mme Kruger en lui tendant une feuille vierge.

Mason avait donc menti. Il ne comprenait pas vraiment pourquoi il ne pouvait pas dire la vérité sur ce qu'Henry et lui avaient mangé pendant que sa mère dormait. Il avait dessiné des escalopes de poulet panées, des petits pois et de la sauce, se rappelant ce que Wayne leur avait préparé une fois pour l'anniversaire d'Ivy.

– Miam ! avait lâché la maîtresse pour le féliciter. Ça a l'air délicieux !

Elle semblait soulagée.

Il te suffit de jouer le jeu et on fera pareil.

Avec le temps, mentir devient de plus en plus facile. Ça finit par être une deuxième nature qui ne laisse de vous qu'une coquille vide. Et alors, vous laissez la brute de la classe vous défoncer la face pour enfin sentir quelque chose.

Mais ce n'était pas Mason qui avait provoqué la bagarre. Il vivait peut-être l'enfer, il n'en était pas pour autant devenu masochiste. Se faire tabasser n'était pas pour lui un moyen de passer un bon moment, surtout dans la puanteur des toilettes du lycée, noyées de flaques de pisse. Tombé sur le carrelage à côté des lavabos, il s'appuyait désormais sur le mur froid. La nausée était passée, remplacée par une douleur sourde dans le bas-ventre.

Bâti comme un tank, Foster n'était pourtant pas aussi fort qu'il se l'imaginait. Pour prendre l'ascendant, il avait dû frapper Mason entre les jambes. Ou peut-être qu'il essayait de faire passer un message à son adversaire, vu ce qui avait déclenché sa colère.

– Qu'est-ce que tu regardes ? avait grondé Foster en se plantant devant l'urinoir à côté de Mason.

Le jeune adolescent n'avait même pas entendu quelqu'un entrer derrière lui. Les yeux rivés sur des graffitis illisibles gribouillés sur le mur en béton, il pensait au devoir de géographie qu'il n'avait pas fait.

– Quoi ? demanda-t-il en levant la tête vers le visage plat de Foster.

– T'aimes mater, c'est ça ? l'accusa ce dernier en jetant un regard à son propre matériel.

Mason regarda de nouveau le mur en remontant sa braguette.

– Qu'est-ce que tu racontes ?

Foster se rhabilla à son tour sans même s'être soulagé. Mason comprit alors qu'il n'était pas venu aux toilettes pour ça.

Darren Foster détestait Mason depuis la maternelle. Et après l'incident du ballon, chaque fois que Foster harcelait Tom, Mason s'était trouvé là pour le protéger. Les deux garçons s'étaient tellement battus que leurs mères avaient fini par être convoquées dans le bureau du directeur, avec menace de suspension. Pendant un an et demi, Foster les avait laissés tranquilles.

Mais au lycée, les insultes et humiliations avaient recommencé. Foster était le genre de gars qui manque tellement cruellement de confiance en lui qu'il a besoin de rabaisser les autres pour se sentir plus fort. En général, Mason arrivait à ne pas faire attention à lui et à l'éviter. Personne n'écoutait vraiment Foster. Qu'il soit arrivé jusqu'au lycée sans se faire renvoyer ou mourir dans un accident ridicule était déjà un miracle en soi.

Mais aujourd'hui, c'était différent. Mason l'avait senti en se penchant sur le lavabo pour se laver les mains. Foster lui bloqua la sortie des toilettes.

– Je vais devoir raconter à tout le monde que tu matais ma bite.

Mason afficha un petit rictus sarcastique.

– Ça marche, connard. Te gêne pas.

La vraie raison, Mason la connaissait. Foster était le neveu de Stu Macleod et il aurait vraiment voulu que son oncle fasse de lui son apprenti au garage. Stu avait déjà confié à Mason qu'il n'avait aucune intention d'embaucher ce fainéant, même si sa sœur le lui réclamait depuis des années.

– C'est toi qu'il me faut pour ce boulot, lui avait garanti Stu.

Mason avait été partagé. D'un côté, il voulait ce travail, mais de l'autre, il connaissait les conséquences.

Foster avait déjà tenté de dissuader Mason en le menaçant. Il avait dit du mal de lui à Stu et avait même crevé les pneus de la Subaru dans le parking du lycée. Il brûlait de colère, Mason le voyait bien. Ce n'était qu'une question de temps avant que Foster se défoule sur lui.

Mason essaya de le contourner, mais Foster posa une main sur le mur pour l'en empêcher. Quand Mason tenta de passer en dessous, Foster lui donna un coup de coude entre les omoplates et passa un bras sous son cou pour l'étrangler.

– Lâche-moi ! hurla Mason, sa voix étouffée contre le ventre de Foster.

Il se débattit, mais Foster le maintenait coincé contre le mur. La cloche avait déjà retenti, signalant la fin de la pause déjeuner, et les cours avaient repris. Personne ne se trouvait plus dans les couloirs.

– Si tu continues à regarder ma bite, tu vas rendre ton petit ami jaloux, se moquait Foster, essoufflé par l'effort.

Mason arrondit le dos et cogna Foster contre le mur. Le bras qui l'étouffait se desserra suffisamment pour qu'il puisse se libérer. Il recula de quelques pas vers le milieu des toilettes tandis que Foster se redressait et avançait vers lui, le menton baissé, les épaules carrées.

– Viens là, lança-t-il en s'attrapant l'entrejambe. Tu veux me faire une pipe ?

Mason plaqua violemment les deux mains sur le torse de la brute.

– Fous-moi la paix !

– Eh, t'as tes règles ou quoi, princesse ?

Un poing surgit de nulle part sur la tête de Foster. Mason ne se rendit pas tout de suite compte que le coup était venu de lui, mais une douleur aux phalanges l'en informa. Il ne se rappelait plus ce qui s'était passé entre cette droite et le genou de Foster entre ses jambes. Beaucoup d'agitation et peu de contacts, des prises de catch, de la lutte et des insultes échangées d'un côté et de l'autre. Mason ne savait pas vraiment se battre, mais quelle satisfaction de voir Foster sortir des toilettes avec un nez en sang et des boutons en moins à sa chemise !

J'ai perdu le contrôle pendant un instant.

C'était comme une drogue, le flot de sang, de colère et d'adrénaline l'avait rendu ivre et invincible à la fois. Malgré la douleur des coups, Mason s'était senti plus vivant que depuis des mois.

Seulement maintenant, sur le sol crasseux, la sensation familière de vide revenait. Il avait l'impression d'être encore plus lourd qu'avant. Il n'était même pas certain d'être en état de se lever. Sans bouger, il suivit des yeux les lignes du carrelage et les joints jusqu'à ce que sa vision se brouille et qu'il se revoie dans une autre salle de bain, des années plus tôt. Un incident encore si frais dans sa mémoire.

Je n'ai rien fait, s'était-il entendu dire à sa mère. *Il a glissé.*

Mason se cogna la tête contre le mur, essayant de chasser le visage de sa mère, sa déception et sa méfiance à jamais gravées dans son esprit. La rage avec laquelle elle l'avait écarté pour sortir Henry de la baignoire, le regard qu'elle lui avait décoché en grondant « ça tourne pas rond chez toi ! », les cris d'Henry résonnant dans la salle de bain, sur le carrelage, entêtants et assourdissants.

Pas rond. Pas rond. Pas rond.

Mason poussa un long soupir et une vive douleur se réveilla sous ses côtes. Il sentit la poche de son short vibrer et en sortit son portable. Il avait reçu un message de Tom.

J'ai rapporté ton sac dans la classe. T'es où ?

Mason tapa une explication rapide et attendit. Il savait que Tom allait venir. Il avait tiré Mason d'affaire sans jamais le juger et il allait visiblement encore devoir le faire. Ils étaient très proches et la perspective de le voir partir à l'université d'ici quelques mois le plongeait dans un mélange de terreur, de déni et de solitude à pleurer.

Ton petit ami.

Les mots revenaient sans cesse, aussi lancinants que la douleur dans sa tête. Foster avait dit n'importe quoi, comme d'habitude, mais contrairement à toutes ses inepties précédentes, ces paroles-là avaient résonné en Mason.

Après quelques minutes, il entendit des pas dans le couloir. De deux personnes, manifestement. Tom apparut alors, suivi de près par Raf, même si, plus jeune qu'eux d'un an, il n'était pas dans leur classe.

– J'ai prévenu Raf, lui expliqua Tom en se précipitant vers lui. Je savais pas dans quel état je te trouverais. Je me disais que j'aurais peut-être besoin de renfort.

– J'étais trop content de sortir du cours de maths, plaisanta Raf.

Il grimaça en voyant la blessure sur la lèvre inférieure de Mason.

– Mec ! Il te reste deux semaines à peine avant la fin du lycée. Tu pouvais pas te retenir encore un peu ? Il fallait absolument que tu lui repeignes la face, à Foster ?

Mason se retint de rire.

– C'est pas vraiment ce que j'ai fait. Enfin, il saignait quand même du nez. Il a dû rencontrer mon coude par hasard.

Tom mouilla de l'essuie-main sous le robinet et s'agenouilla devant Mason pour lui tamponner la bouche. Il sentit sa lèvre pulser et eut l'impression qu'elle avait doublé de volume.

La mâchoire serrée, il prit une inspiration.

– Ça pique.

– Tu aurais dû y penser avant de chercher la bagarre, le gronda Tom en lui essuyant le menton.

Le papier prit une teinte rose. Raf arracha encore quelques feuilles du distributeur pour les tendre à Tom.

– Il ne m'a pas laissé le choix. Je n'ai rien cherché du tout.

– Qui a donné le premier coup ? demanda Tom.

– Il me lâchait plus.

– Et si… je sais pas, hein, mais si tu l'avais ignoré, par exemple ? suggéra Raf.

– Facile à dire pour toi, grommela Mason, regrettant aussitôt sa remarque.

Foster harcelait Raf et Sabeen depuis l'école primaire avec des insultes racistes et des commentaires homophobes visant leurs mères. L'absence de réaction de Raf face à ces provocations prouvait son sang-froid et son assurance. Comment arrivait-il à se sentir si bien dans sa peau ?

– Il a dit quoi ? demanda Tom en prenant Mason sous le bras.

Raf vint l'aider en se mettant de l'autre côté. Ensemble, ils le relevèrent.

– Aucune importance, répondit Mason sans le regarder.

Il s'appuya sur le lavabo, cherchant à sentir quelle partie de son corps lui faisait le plus mal.

Raf ouvrit le robinet pour qu'il passe ses poings sous le filet d'eau froide. Tout en s'exécutant, Mason contempla son reflet dans le miroir. Ses cheveux blonds étaient trempés de transpiration, son col était remonté d'un côté. À l'exception de sa lèvre inférieure, son visage ne semblait pas particulièrement gonflé. Quelques rougeurs, une égratignure sur la joue, pas de sang sur sa chemise de lycéen. Pas si mal. Il pouvait retourner en classe sans que tous les regards se tournent sur lui.

– Qu'est-ce qui s'est vraiment passé ? insista Tom.

Il y avait tellement de réponses possibles. Mason n'avait pas l'énergie de commencer.

– Je sais pas, dit-il en secouant la tête.

Tom lui décocha un regard sévère.

– J'arrive pas bien à gérer ma colère, j'imagine.

– Sans blague ? ironisa Raf.

Mason lui adressa un petit sourire honteux. L'entaille sur sa lèvre s'ouvrit et il grimaça de douleur.

– Ne me fais pas rire, s'il te plaît.

Mais c'était un soulagement pour lui que Raf arrive à plaisanter dans cette situation et le visage de Tom se radoucit également. Mason avait besoin de dédramatiser pour éviter d'affronter la réalité : il avait complètement perdu le contrôle de lui-même.

Pas rond. Pas rond.

– Comment tu fais, toi ? demanda-t-il à Tom. Quand on vient te prendre la tête avec ton père en prison ? Comment tu fais pour ne pas te laisser emporter ?

Tom jeta l'essuie-tout à la poubelle et s'approcha du lavabo pour se laver les mains.

– Tu pars ailleurs, à l'intérieur, répondit-il en remontant ses lunettes avec le dos de sa main. Tu ne peux pas contrôler ce qui s'est passé ni ce qu'on te dit, alors tu le bloques et tu te concentres sur ce que tu peux contrôler. C'est un truc à travailler. Tu dois entraîner ton esprit à dépasser le négatif.

– Et tu fais comment ?

– Tu te focalises sur ce que tu sais faire, ou sur un endroit où tu voudrais être. Tu te rappelles que rien de ce qui se passe maintenant ne peut affecter le reste de ta vie, à moins que tu le décides. C'est un choix.

Ils se turent un instant, le robinet toujours ouvert entre eux.

– Waouh, Tommy ! lâcha Raf. T'as bouffé le Dalaï-Lama ou quoi ?

Tom rit.

– Sois pas jaloux de ma zénitude intérieure.

Mason sourit, mais le mouvement déclencha un froncement de sourcils. Tom se pencha vers lui pour inspecter sa lèvre et le rapprochement fit oublier à Mason sa douleur. Son pouls se mit à battre bruyamment dans ses oreilles.

– Tu ne saignes presque plus, remarqua Tom. Tu peux marcher ?

– Ne surestime pas Foster.

– Allons-y, les pressa Raf. Nos profs vont penser qu'on a la diarrhée.

En marchant vers sa classe, Mason tenta de se rappeler la bagarre, quelle partie de son corps était entrée en contact avec le visage de Foster, où ils se tenaient, ce que Foster faisait. Les images étaient noyées, floues, à l'envers, comme s'il avait été là sans y être.

Où était parti son esprit pendant les quelques minutes où la rage l'avait saisi ?

Il essaya de ne pas imaginer ce dont il serait capable si jamais il disparaissait de nouveau.

11

CHLOÉ
Maintenant

L'Imposteur a été inventé dans la cabane des bois, un matin froid de juin. Si je m'en souviens tellement bien, c'est que c'était la première fois que ma mère me permettait d'aller dans la forêt avec Raf, Sabeen et Rina sans adulte. J'avais huit ans à l'époque, et jusque-là je n'avais pas eu le droit d'aller plus loin que chez les Nolan.

Le brouillard léchait les arbres sans que les faibles rayons du soleil naissant parviennent à le brûler. Raf a passé toute la balade à essayer de nous effrayer avec une histoire de fantômes qu'il nous présentait comme un fait divers connu. Il se perdait dans des détails invraisemblables au point d'en perdre le fil de son récit.

– Je disais quoi, déjà ?

Et je lui ai tout répété, sans omettre un seul de ses rebondissements rocambolesques.

– Arrête d'être si intelligente, Chloé Baxter, a-t-il grondé, fâché.

Dans la bouche du grand frère de ma meilleure amie, ça m'a paru être le plus beau des compliments.

Tom et Mason nous attendaient déjà à la cabane. Ils étaient amis depuis la maternelle et je les connaissais tous les deux séparément. Avec Tom, je partageais ma passion pour les livres, dans le magasin d'antiquités de son grand-père, et Mason venait dans notre motel trois après-midi par semaine. Raf et Sabeen étaient mes voisins, Raf connaissait Tom des scouts et Rina était ma copine des cours de danse et elle était dans la même classe que Raf. Notre petit groupe formait une structure solide à l'image de notre cabane : un assemblage de pièces distinctes qui tiennent mieux ensemble que toutes seules. Et quand Henry a eu l'âge de se joindre à nos aventures, on lui a fait de la place et il s'est intégré comme s'il avait toujours été là.

Sabeen n'arrêtait pas de parler de l'impossible histoire de fantômes de Raf et il nous a mis au défi d'en inventer une plus crédible.

– C'est comme un jeu, a commenté Mason. Tu dois faire en sorte qu'on te croie.

– Il faut des règles, a ajouté Tom, par souci d'équité et de justice, comme toujours.

– On sera par équipes de deux ! s'est enthousiasmée Sabeen.

– Je suis avec Chloé ! a tout de suite lancé Raf, avant même qu'on définisse le principe du jeu.

Et tout est parti de là. Une histoire débile qui avait un tout petit fond de vérité. On a fini par griffonner des mots sur des bouts de papier qu'on piochait dans un chapeau.

Mais quelle que soit la forme qu'ait prise le jeu, il se résumait à une question fondamentale.

À quel point connaît-on ses amis ?

Elle me trotte dans la tête maintenant que je longe Railway Parade et que je dépasse la bibliothèque dans laquelle Henry s'installait régulièrement. Qu'est-ce qu'il faisait vraiment sur l'ordinateur quand il ne m'écrivait pas ? Je pense tout le temps à la carte postale où il parle de Facebook. Si c'est bien lui qui l'a écrite, il a peut-être vraiment un compte sans que je sois au courant.

Je continue de ressasser tout ça et je finis par m'asseoir sur un banc en bois devant le Criterion Hotel. J'ouvre Facebook et entre « Henry Weaver » dans la barre de recherche. Plusieurs résultats avec son nom remplissent l'écran, mais aucune photo de profil ne correspond à mon ami. Il y a des personnages de bandes dessinées et des paysages. Certains profils n'ont même pas de photo, juste une silhouette blanche entourée d'un cercle bleu pâle. Et s'il avait un pseudo ? Ça augmente encore les possibilités.

Je quitte mon compte et reviens sur la page de connexion. Je pianote l'adresse mail d'Henry. Pour le mot de passe, il avait choisi son deuxième prénom et sa date de naissance quand on lui a créé un compte Gmail. J'essaie, sans succès. Le curseur clignote impatiemment dans la barre du mot de passe.

Ma conscience me rappelle qu'entrer dans le compte de quelqu'un d'autre constitue une atteinte à la vie privée. Mais si Henry a été en contact avec quelqu'un à Sydney, c'est une piste que Doherty pourrait suivre. Je tente l'anniversaire d'Henry sans rien d'autre, mais ça ne marche pas non plus. À combien de tentatives ai-je droit avant que Facebook me bloque ?

Un véhicule sombre qui passe devant moi attire mon attention. Je mets un moment à reconnaître le break bleu foncé de Mason qui se gare plus loin dans la rue. Il en sort et avance dans ma direction. Il porte l'uniforme du garage de Stu Macleod : polo rouge et noir, pantalon foncé. Ça doit être sa pause déjeuner.

Les arbres en pot sur la chaussée à intervalles réguliers me cachent. Quand je me penche en arrière pour le regarder à travers le feuillage, je constate qu'il se dirige droit vers moi. Sabeen a dû lui parler de la carte postale. Ou du message d'Henry sur l'affiche du motel. Avec un peu de chance, elle ne lui a pas dit que je le soupçonne d'avoir menti le matin de la disparition d'Henry, sinon ça risque de s'envenimer. Je range mon portable et me prépare.

Avant d'arriver devant le Criterion, Mason traverse brusquement la rue. La tête baissée, il parcourt quelques mètres sur le trottoir avant de traverser de nouveau pour aller au bureau de poste. On dirait qu'il a tout fait pour m'éviter, mais je ne suis même pas sûre qu'il m'ait vue. Derrière moi, le pub victorien me domine avec ses rambardes en fer forgé sombre et ses immenses baies vitrées. Mason a peut-être fait un détour à cause de sa bagarre de la veille ? Ou peut-être parce que sa mère est à l'intérieur ?

Curieuse, je le suis des yeux alors qu'il disparaît dans le bureau de poste après avoir jeté un dernier regard fugace au pub. Je file vers le bâtiment et me cache dans la rue adjacente à côté des boîtes aux lettres. À travers une fenêtre, je regarde Mason avancer vers le comptoir.

Je ne peux entendre ce qu'il demande à travers le carreau, mais l'employée au guichet se penche pour lui chercher un formulaire. Elle le lui tend et le parcourt avec lui en lui indiquant plusieurs endroits sur la page. Je ne distingue pas le moindre mot. Je suis sur le point de renoncer quand je la vois accompagner Mason à l'autre bout du comptoir. Elle tend la main vers un crochet sur le mur pour faire descendre un écran blanc.

Je me dépêche d'entrer dans la poste. Sur ma droite se dressent des présentoirs de cartes postales et de souvenirs. Je fais mine de les consulter pour écouter Mason. L'employée lui explique où se tenir en le guidant vers une croix au sol. Il passe une main dans ses cheveux et se redresse.

– Ne souriez pas. Pour les photos de passeport, il faut une expression neutre.

Quoi ? Un passeport ? Est-ce que l'un de nos amis est au courant ? Personne ne m'en a parlé. Où est-ce qu'il va ?

S'il essayait vraiment d'éviter le Criterion à l'instant, sa mère n'en sait peut-être rien, elle non plus. Mais pourquoi garder ce projet secret ? A-t-il l'intention de partir à l'étranger sans en informer personne ?

Une fois la photo prise, Mason attend qu'elle soit imprimée. L'employée murmure encore quelques consignes que je n'entends pas en regardant le formulaire. Sûrement la demande de passeport. Il regarde par-dessus son épaule à plusieurs reprises pendant qu'il attend. J'hésite à filer en douce, mais rate l'occasion de sortir. Rapidement, l'employée revient avec quatre photos qu'elle glisse dans une enveloppe. Mason paie en liquide et tourne les talons.

S'il n'avait pas scruté les lieux avec tant de frénésie, il n'aurait jamais fait attention à moi derrière les présentoirs. Mais dès qu'il avance vers la sortie, je comprends qu'il m'a repérée. Nos regards se croisent. Il pense la même chose que moi. On ne va pas pouvoir faire comme si on ne s'était pas vus.

– Salut, dis-je en m'emparant de la première carte à ma portée et en faisant semblant de lire le message à l'intérieur. Quoi de neuf ?

Sans me quitter des yeux, il glisse son dossier derrière le dos. Grâce à sa peau mate et à ses taches de rousseur, il est difficile de remarquer qu'il rougit.

– Pas grand-chose. Je suis venu régler la facture d'eau.

Menteur.

Je replace la carte sur le présentoir et en prends une

autre. Il se doute sûrement que je l'ai vu se faire photographier. Pourquoi me mentir aussi ouvertement ?

– Et toi ?

– Je cherche une carte…

– C'est l'anniversaire de qui ?

Je me retiens de dire Henry. Son anniversaire est dans quelques jours à peine alors c'est la première personne qui me vient à l'esprit. Mason y a pensé aussi. Je le sens à l'expression de son visage.

– Tu connais pas, dis-je en reposant la carte.

Ça sonne plus cassant que je ne l'aurais voulu. Un silence embarrassé nous enveloppe, comme si Mason avait compris que je ne lui disais pas la vérité non plus. Il s'apprête à partir, mais change d'avis.

– J'ai l'impression que tu me prends toujours de haut.

– Pardon ?

– Avant, c'était pas aussi difficile de te parler.

Je m'empourpre aussitôt.

– Je pourrais dire pareil pour toi.

– C'est quoi le problème ? Qu'est-ce que tu vois en moi que tu n'aimes pas ?

Je déglutis et détourne les yeux.

– C'est à cause de ma mère ? De qui on est ? De notre maison minable ?

– Quoi ? Bien sûr que non !

– À cause de mon père alors. Tout le monde ici sait qu'il était violent. Tu penses que je suis comme lui, c'est ça ? Tu me crois capable d'atrocités.

Question compliquée. On est tous capables d'atrocités.

Je ne réagis pas assez vite et Mason se crispe.

– Pendant des années, Henry t'a présenté sa version de notre vie à la maison, continue-t-il. Pourquoi tu m'as jamais demandé la mienne ?

– Henry et moi sommes très proches. Il est comme mon frère.

– C'est *mon* frère, rétorque Mason du tac au tac. Et tu me connais depuis aussi longtemps. Pourquoi t'as décidé qu'Henry valait la peine que tu lui consacres ton temps et pas moi ?

– C'est pas vrai, Mason.

– Ah non ? Devine quoi ? J'adore les soirées ciné, moi aussi.

Je ne m'y attendais pas. Jamais je n'aurais pensé que Mason aurait voulu qu'on l'invite à regarder des films avec nous. Je pensais au contraire qu'il serait content de ne plus nous avoir, Henry et moi, dans les pattes. Mais vu ce que ces soirées représentaient pour Henry, un moment d'évasion loin d'Ivy et de leurs problèmes à la maison, j'aurais dû me douter que Mason aurait voulu qu'on l'y inclue. Seulement, il avait Rina, lui. Il avait les Nolan. Il avait Tom. Il ne me voyait pas comme sa sœur, contrairement à Henry.

– Écoute, quand on était plus jeunes, on était tous très proches…

– Et quelque chose a changé.

– Oui, dis-je plus fort que nécessaire. Toi ! T'as commencé à te renfermer et à cacher des choses. Tu étais toujours glacial avec Henry. Tu perds le contrôle, Mason.

Les personnes au comptoir se tournent vers nous, agacées. Mason baisse la tête et fuit mon regard.

– Tu m'as démasqué.

Je regrette de m'être emportée.

– Ce que je voulais…

Il s'éloigne, mais fait volte-face avant de sortir. Quand il revient vers moi, je me ratatine. Mason le remarque et prend un air vexé.

– Tu sais quoi ? demande-t-il d'une voix tremblante de rage. Je ne me connais pas moi-même, alors d'où est-ce que tu penses me connaître, toi ?

Il a parlé si fort que tous les regards sont rivés sur nous.

– Excusez-moi, jeune homme, intervient l'employée. Vous ne pouvez pas crier comme ça dans un lieu public. Je vais devoir vous demander de partir.

Mason l'ignore, ses yeux toujours rivés sur moi. Enragé, il repart vers la sortie et, avant de pousser la porte, me jette un nouveau regard assassin par-dessus son épaule.

– Rends-moi un service, lance-t-il, furieux. Dis à ton vieux de me lâcher et d'arrêter de parler avec ma mère.

12

HENRY
Sept semaines avant la tempête

21 NOVEMBRE 2018, 16 H 05

Missy : Tu as réussi à retrouver ton père ?

Henry : Pas encore. Je crois pas qu'il soit sur Facebook après tout. J'ai essayé des recherches sur Google.

Missy : Tu sais ce qu'il fait ?

Henry : Aucune idée. Et je peux pas demander à ma mère.

Missy : Et à ton frère ?

Henry : Il ne veut jamais parler de mon père. Il dit que le seul moyen de partir d'ici est de se débrouiller tout seul.

Missy : Tu penses qu'il essaye de s'en aller ?

Henry : Mason ?

Missy : Il te le dirait ?

Henry : Sans doute que non. Mais je sais qu'il n'est pas heureux.

Missy : Pourquoi tu penses ça ?

Henry : Ma mère est difficile à vivre.

Missy : Il n'y a peut-être pas que ça. Il te dit peut-être pas tout. Il a changé récemment ?

Henry : Il est tout le temps de mauvaise humeur.

Missy : Tu penses qu'il te cache des choses ?

Henry : Pourquoi tu me poses tellement de questions sur mon frère ?

Missy : Désolée, on a dévié. Si tu retrouves ton père, tu partiras ?

Henry : Je veux lui rendre visite à Sydney. Voir à quoi il ressemble.

Missy : Ta mère serait d'accord ?

Henry : Jamais de la vie.

Missy : Comment tu feras ?

Henry : En douce. Elle pourra pas m'arrêter si je suis déjà parti.

13

CHLOÉ
Maintenant

Je n'étais jamais entrée dans un commissariat avant. Ça me rappelle la salle d'attente d'un médecin, sans les journaux. Carrelage gris au sol, peinture blanche sur les murs, une rangée de chaises en vinyle fixées entre elles et un grand comptoir qui court sur toute la longueur de la réception. Pour l'instant, la salle est vide. Je suis seule avec des prospectus sur une table et le ventilateur au plafond.

Si je n'avais pas vu Mason au bureau de poste, j'aurais peut-être remis ça à plus tard. J'aurais trouvé une autre occupation qui m'aurait épargné d'avoir à parler avec l'ex-amant de ma mère. Mais la demande de passeport de Mason m'a déstabilisée et je ne saurais dire d'où me vient ce sentiment d'urgence. Un frère Weaver est porté disparu et l'autre, sur le point de quitter la ville. J'ai l'impression que toutes les réponses vont partir avec lui.

Derrière le comptoir, deux chaises vides, ainsi qu'une vitre qui donne sur une salle bien plus grande avec des bureaux et des ordinateurs. Une jeune fonctionnaire de police lève un instant les yeux de son clavier, ses cheveux roux attachés en une queue de cheval serrée. Elle boit une gorgée de sa tasse avant de reculer sur son fauteuil à roulettes. Elle lisse son pantalon et se dirige vers la réception.

Au moment où elle s'apprête à pousser la porte, le sergent Doherty l'arrête, des papiers dans la main. Ils échangent quelques mots que je n'entends pas et elle finit par faire signe dans ma direction. Doherty prend un air surpris et renvoie sa collègue à son bureau. Il quitte un moment mon champ de vision.

Qu'est-ce que je suis censée faire ? Prendre un numéro ? C'est le protocole habituel dans les commissariats ? Faire attendre les gens pendant des plombes ? Je m'appuie sur le comptoir, mal à l'aise, essayant de comprendre ce que Doherty a pu dire à la policière pour qu'elle renonce à venir me voir.

Une porte de sécurité s'ouvre sur ma droite.

– Chloé ? lance Doherty en entrant dans la salle d'attente.

La lourde porte automatique se referme derrière lui.

– Que puis-je pour toi ?

– Oh, je…

Je jette un coup d'œil à la policière à travers la vitre et je tourne ensuite la tête vers la sortie. J'imagine qu'il ne me recevra pas dans un lieu plus isolé.

– Je dois vous montrer quelque chose.

Je tire de mon sac la carte postale.

Doherty la parcourt brièvement et fronce les sourcils. Avec son nez aquilin et ses pommettes saillantes, je l'ai toujours trouvé jeune. Mais de près, je remarque ses rides et ses paupières affaissées. Ses larges épaules et son uniforme ajusté lui donnent une silhouette athlétique, seulement les cernes noirs sous ses yeux attestent de sa fatigue. Je ne l'ai vu sourire qu'en de très rares occasions, et uniquement lorsqu'il entretenait une relation clandestine avec ma mère.

– Quand est-ce que tu l'as reçue ? me demande-t-il.

– Je l'ai trouvée dans notre boîte aux lettres, il y a deux jours.

Son regard se voile.

– Henry t'a déjà contactée avant ça ?

– Quoi ? Non. Je vous l'aurais dit, quand même.

Il ne réagit pas, et retourne la carte pour la relire.

– Donc tu n'as reçu ni texto ni appel de sa part ?

– Rien du tout. C'est la première fois qu'il me contacte. Et en plus...

Je pousse un soupir en tendant la main vers la carte.

– Je suis même pas sûre que ça vient de lui. On dirait pas son écriture.

Je retiens ma respiration, inquiète qu'il me demande de le prouver. J'ai l'impression que le message d'Henry est en train de faire un trou dans mon sac.

– Hmm, lâche-t-il simplement.

Il n'est ni étonné ni choqué.

– Vous êtes du même avis.

– Je ne sais pas qui l'a envoyée, mais ce ne sera pas facile de le découvrir.

– On ne peut pas en retrouver la source ?

Doherty penche la tête.

– Je ne peux pas interroger tous les vendeurs de cartes postales de la plage de Manly dans l'espoir qu'ils se souviennent de la personne qui a acheté celle-ci.

Son ton n'est pas méchant, mais légèrement supérieur.

– Et dans cette région, il doit y avoir des dizaines de boîtes aux lettres que des milliers de gens utilisent tous les jours. La plupart ne sont sans doute même pas couvertes par des caméras de surveillance. Et, même si elles l'étaient, comment découvrir qui a posté cette carte en particulier ? Si ce n'est pas l'écriture d'Henry, comment savoir qui on recherche ?

Ça me tue de le reconnaître, mais il a raison, bien sûr.

– Je pensais que ça pourrait nous donner une piste…

– Laisse-moi faire une photocopie qu'on ajoutera au dossier d'Henry.

Il me laisse patienter au comptoir pendant qu'il compose un code sur le panneau de la porte de sécurité. Elle se débloque et il passe de l'autre côté. La femme lève de nouveau les yeux de son écran et je me sens comme une gamine qu'on ne veut pas vexer. Si cette carte postale avait de l'importance, Doherty aurait exigé de la garder.

– Ne te fais pas trop d'illusions avec ça, lance-t-il quand il revient. On va faire des recherches, mais c'est sûrement un plaisantin qui suit la page Facebook et veut voir si tu vas poster une réaction.

– Un plaisantin qui connaît mon nom ? Et l'adresse du motel ?

– Il a peut-être vu que tu étais l'administratrice et a cliqué sur ton profil perso. Tu n'as jamais parlé du motel sur ta page privée ?

– Peut-être, dis-je, perplexe. Comment savez-vous que je suis l'administratrice de la page d'Henry ?

– C'est mon boulot de savoir ce genre de choses.

Il me tend la carte postale, mais ne la lâche pas tout de suite, me forçant à lever les yeux vers lui.

– Écoute, je sais combien tu veux retrouver ton ami. Ton engagement est vraiment admirable. Tu as accroché des affiches dans tout Sydney.

Je le dévisage un instant, intriguée.

Est-ce que Doherty est toujours avec ma mère ?

– Revois tes paramètres de confidentialité, peut-être, me conseille-t-il en retournant vers la porte. Et si tu reçois une autre carte, préviens-moi.

***

Je passe le reste de l'après-midi à faire le ménage pour évacuer ma frustration. Plus je pense à ma conversation avec Doherty, plus elle m'exaspère. J'ai vraiment dû prendre sur moi pour aller l'affronter, et tout ce que ça m'a valu c'est de me faire rembarrer. Le pire, c'est que j'ai l'impression d'avoir trahi mon père en m'étant montrée polie avec Doherty.

Après avoir déchargé toute mon agressivité sur le sol et les murs de la cabine de douche, je vérifie que Luisa n'est pas au téléphone avant de tirer l'aspirateur dans le couloir pour l'emporter de notre habitation privée vers le motel. Avec ses plantes en pot tombantes et son canapé délavé, la réception fait peine à voir. Le chemisier fleuri aux motifs d'hibiscus de Luisa et son chouchou assorti égayent considérablement la pièce. Ce matin, elle a aussi apporté les chrysanthèmes orange que le fleuriste de son immeuble lui a offerts.

Alors que je branche l'aspirateur, Luisa se détourne de l'ordinateur et lève les bras au ciel, ses bracelets en or cliquetant sur ses poignets.

– De nouveau, ça ne marche pas, lance-t-elle. Je vais devoir passer encore une heure avec l'assistance téléphonique.

Je me redresse.

– Je peux t'aider ?

– *Não, querida.* Ça ira. C'est juste ce nouveau logiciel de réservations.

Elle grommelle quelque chose en portugais.

– Il te donne du mal ?

Elle pivote dans son fauteuil à roulettes, contente de faire une pause.

– Les deux premières semaines ? Il marche bien. Maintenant la page d'administration sème et on peut plus l'utiliser.

Quoi ?

– Ah, il plante ?

– Plante ! C'est ça, oui. David et moi étions dessus jusqu'à une heure du matin la semaine dernière pour le réparer.

Elle se lève et s'étire, avant de s'emparer d'une tasse en céramique couverte d'étoiles jaune vif.

– Je vais avoir besoin d'un autre café si je dois parler au technicien. Tu peux répondre au téléphone pendant ce temps ?

Elle part dans notre résidence et je suis frappée par le naturel avec lequel elle entre chez nous quand ça lui chante. Elle n'hésite pas à utiliser nos toilettes et notre cuisine plusieurs fois par jour, comme si elle vivait là, elle aussi. Et pourtant, elle vient de m'expliquer que si elle est restée si tard jeudi dernier avec mon père, c'est parce qu'ils travaillaient. Et moi qui pensais qu'elle avait passé la nuit ici. Ridicule ! On parle de mon père, quand même, il n'est sorti avec aucune femme depuis la fin des années 1990. S'il se débrouillait à l'époque, je doute sérieusement qu'il sache encore comment faire.

Je passe l'aspirateur sur chaque millimètre carré de la réception, me rappelant de l'éteindre régulièrement pour surveiller le téléphone. Sous le canapé, les saletés montent bruyamment dans le tuyau en métal, sûrement avec encore quelques éclats de verre de la fenêtre cassée. Soudain, un objet plus gros bouche l'orifice. Je m'accroupis pour regarder sous le canapé et trouve une pierre de la taille d'une balle de softball.

Elle est lisse et lourde. J'imagine qu'elle a laissé un trou sur le sol du jardin juste devant le motel. Elle a dû rouler là quand Mason l'a lancée sur la fenêtre. Ça me rappelle un documentaire que j'ai vu l'année dernière à l'école sur une enquête policière. On a présenté au coupable, qui avait menti lors de son interrogatoire, la pierre avec laquelle il avait frappé sa victime. Tous ses scrupules et sa culpabilité sont alors remontés à la surface. Ça l'a rendu malade et il a avoué son meurtre. Dans le reportage, l'enquêteur explique que chaque coupable a sa « pierre », un objet de la scène du crime qu'il ne supporte plus.

Qu'éprouverait Mason si je lui montrais ce que je viens de découvrir ? Aurait-il des remords ? Pourrait-il regarder cette pierre ? Au lieu de la rapporter dans le jardin, je pars avec dans la chambre trois où papa repeint les murs. Je veux qu'il me raconte ce qui s'est passé précisément le jeudi soir et pourquoi Mason m'a transmis un message pour lui. Comme pour tout le reste, en ce moment, je sens que je n'ai qu'une moitié de l'histoire.

– Salut, papa.

Les meubles sont tous recouverts de bâches et l'odeur de peinture et de moquette neuve fraîchement posée embaume l'air.

– Regarde ce que j'ai trouvé.

Je pose la pierre sur la table du petit déjeuner devant la fenêtre. Papa sort de la salle de bain pour regarder.

– Ah, c'était ça, alors ?

– Pourquoi Mason a envoyé cette pierre sur la vitre ? Luisa et toi avez travaillé tard, il a dû vous voir dans le bureau.

– Exact, confirme papa en remontant son pinceau en une ligne parfaitement verticale le long de la porte. Dommage que Luisa se soit trouvée là. Elle était terrorisée.

– Et ?

– Il était soûl et malheureux, chérie. Je sais pas ce que tu veux que je te dise.

– Pourquoi malheureux ?

– Ah ça, c'est à Mason qu'il faut poser la question.

J'écarte une bâche en plastique pour m'asseoir sur le lit.

– Pourquoi tu le protèges ? T'as pas dit au sergent Doherty que c'était lui.

Papa passe de l'autre côté de la porte de la salle de bain et s'agenouille en grognant. Il me regarde un instant, comme s'il hésitait à continuer.

– Je t'ai parlé un peu de mon père, déclare-t-il en peignant la plinthe. Ton grand-père, Bill.

– Hmmm.

Mon grand-père est mort quand j'avais quatre, cinq ans, et je ne me souviens pas vraiment de lui. Je sais que ça n'a pas été facile pour papa et son frère Paul de vivre sous son toit à cause de son mauvais caractère. Il n'entre jamais dans les détails.

– C'était un homme très dur.

Papa trempe son pinceau dans le pot et retire doucement le trop-plein.

– Il nous donnait une raclée à la moindre bêtise. Les gamins se faisaient tout le temps corriger à l'époque, mais chez lui, c'était plus que de la discipline. Il se défoulait sur nous.

– C'est affreux !

– On ne savait jamais à quelle version de lui on devait s'attendre. Le pire, c'est que tout le monde le trouvait génial. Et il l'était. Avec les autres.

Mal à l'aise, je gigote un peu sur le matelas.

– Elle disait quoi, ta mère ?

– Pas grand-chose. Je ne sais pas pourquoi. Elle se disait peut-être qu'il nous frapperait plus fort encore si elle réagissait.

Il hausse les épaules, comme si c'était une excuse valable.

– Et personne ne vous est venu en aide, à Paul et toi ?

– On n'a jamais rien demandé, répond papa simplement. On ne pensait pas qu'on pouvait. Notre propre mère savait ce qui se passait et ne bougeait pas, alors pourquoi quelqu'un d'autre l'aurait fait ?

Il se repositionne sans quitter son travail des yeux.

– On se disait que c'était comme ça…

– Oh, papa ! dis-je tristement.

Il tourne la tête vers moi.

– Maintenant, quand je regarde Mason Weaver, c'est moi que je vois. Il a le même air absent que j'avais quand j'étais adolescent. Comme s'il était usé.

À travers la porte ouverte, j'ai une vue directe sur la chambre quinze qu'il laisse libre depuis quelques mois pour Mason.

– C'est pour ça que tu lui as proposé cette chambre ?

– J'aurais dû le faire plus tôt, se désole papa. J'ai entendu Stu Macleod raconter avant Noël comment Mason traîne dans le garage jusqu'à pas d'heure pour éviter de rentrer chez lui. Quand je l'ai vu le jour de l'An, j'ai tout de suite compris qu'il avait besoin d'un espace à lui pour décompresser. Il avait l'air si malheureux.

Je baisse les yeux, consciente d'en être en partie responsable. La nuit de la Saint-Sylvestre a vraiment bien commencé, mais elle s'est terminée de façon tellement désastreuse qu'elle a fracturé notre petit groupe d'amis. C'est la disparition d'Henry dix jours plus tard qui nous a réunis, mais ce n'était plus pareil.

– Ce que tu viens de dire là, que tu ne savais pas dans quel état tu retrouverais ton père, Henry m'a dit quelque chose du même genre à propos d'Ivy. Certains jours, elle est bien, et d'autres, elle est d'une humeur de chien depuis le moment où elle ouvre les yeux. Parfois elle dort du matin au soir, ou alors elle a des crises de colère et jette tout dans la maison. C'est pour ça qu'Henry se cachait pratiquement tout le temps dans sa chambre quand elle était à la maison.

Papa hoche la tête lentement.

– Le bruit court qu'Ivy s'est remise à boire vraiment beaucoup. Elle a déjà eu des problèmes avec la boisson par le passé.

– Quelqu'un a osé aborder le sujet avec elle ?

Papa pose son pinceau sur le bord du pot de peinture.

– Sally et Liv ont essayé après le jour de l'An, mais Ivy est dans le déni. C'est compliqué. On ne sait jamais ce qui se passe derrière une porte fermée.

– Mason m'a demandé de te dire d'arrêter de parler avec sa mère. Quand est-ce que tu l'as vue ?

Papa prend un air coupable.

– La veille de ton arrivée. Je prenais une bière avec Stu au pub, et on a vu Mason se disputer avec le barman parce qu'il refusait de le resservir. Il était seul et semblait de mauvaise humeur. On a décidé de prévenir sa mère.

– Tu lui as dit quoi ?

Papa reprend le pinceau pour le tremper dans le pot.

– Que Mason n'était pas bien, qu'il était sur une mauvaise pente.

– Et elle a répondu quoi ?

– Elle m'a dit de me mêler de mes affaires. Qu'elle n'en pouvait plus des conseils bidon qu'on lui donnait sur sa famille. Elle était hyper remontée. J'ai aggravé la situation, je pense.

– C'est pour ça que Mason a cassé la fenêtre ?

– Je lui ai pas demandé, répond papa en haussant

les épaules. Et je le ferai pas. Je vais juste laisser cette chambre libre pour quand il en aura besoin.

Il fait un signe de la tête vers l'autre côté de la cour.

– Ne sois pas trop dur avec toi-même, papa. Mason aurait pu partir de chez lui s'il l'avait voulu.

– Tu penses vraiment ?

– Pourquoi ?

– Pour la même raison que moi. Je ne pouvais pas laisser Paul seul avec mon père.

– Henry n'est plus là. Et Mason a dix-huit ans, il peut partir dès maintenant.

– Ce n'est pas toujours aussi facile, mon cœur.

– Pourquoi ?

– Ivy est sa mère, malgré tout.

Je suis sur le point de protester, mais je me rappelle soudain qu'on n'a quitté Sydney qu'après la mort de mon grand-père Bill. Papa m'a confié une fois qu'après ses études, son rêve était de vivre à la campagne, mais ce n'est que vingt ans plus tard, après la mort de son père dans une maison de retraite du sud de Sydney, qu'on a enfin vendu la maison. Il lui était impossible de quitter son père. Après ce qu'il vient de me révéler, je mesure à la fois l'incroyable générosité et la tristesse déchirante contenues dans l'attachement dont un enfant est capable pour ses parents, malgré tout ce qu'ils ont pu lui faire subir.

– Mason s'est fait faire des photos d'identité pour un passeport. Je viens de le voir à la poste.

Papa lève les yeux.

– Ah oui ? Mieux vaut ne pas le raconter à Ivy, sinon on va devoir changer un autre carreau.

– Il m'a menti. Il voulait pas que je le sache.

– Comment le lui reprocher ? Pas étonnant qu'il le cache jusqu'à la dernière minute.

– Tu penses que c'est ce qu'a fait Henry ?

Papa penche la tête pour y réfléchir.

– Peut-être. Moins de risques qu'on l'arrête.

– Qu'Ivy l'arrête ?

– Ou ses amis, non ?

Je laisse échapper un petit grognement d'agacement.

– J'aurais juste voulu savoir ce qu'Henry avait derrière la tête ! J'ai l'impression de tâtonner dans le noir.

– Pourquoi tu aurais toutes les réponses, mon cœur ? J'ai quarante-huit ans et il y a encore des choses que j'essaie de comprendre.

J'appuie mon menton dans mes mains.

– Je vais continuer à le chercher. Mais je n'ai plus aucune piste.

Tout en prononçant ces mots, je me rends compte que ce n'est pas entièrement vrai. J'ai bien une source d'informations, mais dans un endroit où je n'ai jamais eu l'autorisation d'entrer.

Je me lève et traverse la pièce pour faire un câlin à mon père.

– Merci pour cette conversation, papa, dis-je en lui embrassant la joue.

– C'est à cause de Luisa, plaisante-t-il, mal à l'aise. Elle veut toujours que je développe mes réponses. Elle ne tolère ni grognement ni monosyllabe.

– Excellent !

Apparemment, Luisa a une très bonne influence sur mon père.

Je le laisse à sa peinture en réfléchissant à ce que je vais pouvoir découvrir chez les Weaver.

14

MASON
Six semaines avant la tempête

Dos à la cuisine où leur mère regardait par la fenêtre les bras croisés, Henry dévisageait Mason, assis en face de lui à table. Par moments, selon l'éclairage, Henry lui paraissait avoir de nouveau cinq ans, avec ses grands yeux bleus qui le suppliaient. *Trop tard*, voulait-il lui dire. *On ne peut pas partir. Tu vas devoir rester ici et tu vas devoir te battre et surmonter cette épreuve.* Il n'avait aucune idée de ce qu'ils avaient fait cette fois. Est-ce qu'Ivy avait remarqué qu'une des bouteilles de whisky vides n'était pas à elle ? Elle avait peut-être appris qu'il s'était battu au lycée avec Darren Foster. Ou c'était peut-être juste qu'il n'avait pas fait la lessive.

– Mason ? hésita Henry.

Il n'était pas doué pour capter l'humeur d'Ivy. Ce n'était pas le moment de parler, mais de faire profil bas. *Ce serait tellement plus simple si j'avais pas à m'en faire pour toi*, songea Mason.

Il était fils unique depuis quatre ans et demi quand Henry était arrivé. Sa mère travaillait à mi-temps à l'époque dans une boutique d'informatique de Mittagong. Elle roulait dans une vieille berline rouge qu'elle avait fini par revendre en pièces détachées après avoir perdu son permis. Mason avait fait le calcul : Ivy avait dû tomber enceinte aussitôt qu'elle avait rencontré Wayne Weaver. Mason avait été présenté à son futur beau-père une seule fois avant que ce dernier emménage dans leur maison, et le ventre d'Ivy était déjà bien rond.

Ivy et Wayne s'étaient mariés dans un service d'état civil un matin, alors que Mason était à la maternelle, et même si Wayne ne l'avait jamais officiellement adopté, on l'avait tout de suite appelé Mason Weaver. Son nom de famille sur son certificat de naissance était toujours celui de jeune fille d'Ivy, et ce n'est que lorsqu'il était entré à l'école primaire que sa mère avait rempli les papiers nécessaires. Elle n'avait jamais épousé le père biologique de Mason, qui avait fait quelques apparitions au cours des trois premières années de sa vie. Mais le plus clair de son temps, il le passait entre drogue et mauvaises fréquentations.

Ce n'était pas un type bien. Mason le savait. Il était trop jeune pour s'en souvenir, mais il avait entendu assez de personnes répéter que son père frappait sa mère à tel point qu'elle essayait de cacher les marques de coups avec du maquillage. Oncle Bernie racontait qu'un jour Ivy avait eu le poignet cassé. Elle affirmait avoir glissé dans la douche. Elle n'était jamais entrée dans les détails avec Mason et se fâchait dès qu'il insistait. M. Milburn, leur ancien voisin, avait vu le père de Mason pousser sa mère de la véranda, tandis qu'elle tenait son bébé dans les bras. Les gens en ville s'étaient dit que ce serait la goutte d'eau, mais elle avait tenu encore deux ans avant de le chasser de sa vie pour de bon.

Mason se demandait ce qu'il avait hérité de son père, si ses gènes le prédisposaient à tout détruire sur son passage.

Il en avait bien l'impression.

C'était comme si des braises incandescentes lui comprimaient la poitrine, s'entassaient, s'accumulaient sans qu'il puisse s'en échapper. Et parfois la chaleur devenait tellement insupportable que Mason voulait s'arracher la peau, s'ouvrir le torse et éjecter tout. Ça lui donnait des maux de tête, des brûlures au cœur. C'était comme enfermer tout au fond de lui une identité secrète, que personne ne devait voir.

Il était peut-être quelqu'un de très mauvais.

De dangereux.

Qu'est-ce qu'une union entre son père et Ivy pouvait donner de bon ?

Henry n'avait que la moitié de ces gènes pourris et c'était un tendre. Mason restait sur ses gardes, cynique et vigilant, alors qu'Henry possédait une naïveté qui le rendait dépendant et vulnérable. Il n'était pas équipé pour une mère comme Ivy. Sa carapace était trop fragile pour les moqueries et les insultes, pour le manque de chaleur et d'attentions. À force, Mason s'était adapté, mais Henry ne savait toujours pas y faire.

Elle les observait à présent, tout en trempant un sachet de thé dans une tasse en céramique ébréchée. Des volutes de fumée montaient de la cigarette qu'elle venait d'allumer. Ses silences étaient pires que ses cris parce qu'on ne savait jamais comment ça allait tourner. Quand elle avait trop bu, on pouvait plus ou moins prévoir ses litanies, son auto-apitoiement, son dégoût du monde entier. Elle buvait encore plus et jouait son argent, avant de vomir et de s'écrouler pour se réveiller avec une gueule de bois et répéter inlassablement le même schéma.

Mais quand elle n'était pas soûle, ses mots et ses actions se teintaient de cruauté. Chaque regard qu'elle adressait à ses garçons dégoulinait de mépris et de ressentiment. Mason se sentit accablé. *Redresse-toi*, se gronda-t-il. *Tiens-lui tête. Montre-lui qu'elle ne t'a pas détruit.*

Il essaya de s'en convaincre, parce que sinon, à quoi bon continuer ?

Ivy jeta le sachet de thé dans l'évier et ouvrit un placard en hauteur. Chaque porte dans la maison gardait les marques rouges de ses ongles manucurés telles les traces de sang d'otages qui auraient désespérément essayé de s'échapper en grattant le bois. Elle trouva son sucrier et prit tout son temps pour se verser trois bonnes cuillérées et touiller avec un crissement irritant. Mason en eut la chair de poule. Un généreux nuage de lait et de nouveau le crissement, encore et encore.

Criiii. Criiiii. Criiii.

Mason adressa un rapide coup d'œil à Henry qui ouvrit la bouche comme pour lui dire quelque chose, mais Mason le fit aussitôt taire avec un froncement de sourcils.

Ils n'avaient jamais été proches. Plus jeunes, avec leur différence d'âge, ils étaient à des stades de développement différents, et Mason était jaloux du temps et de l'attention que Wayne consacrait à Henry. Après le départ de Wayne, Mason était devenu le baby-sitter de son petit frère, ainsi que son protecteur quand Ivy était au pire de sa forme. Il n'avait jamais demandé cet emploi et n'en voulait pas. Difficile de considérer Henry autrement que comme un poids et une inquiétude en plus, et il en avait déjà suffisamment sans lui. L'idée de former une famille avait disparu avec Wayne et les trois n'étaient plus que des colocataires belliqueux qui se toléraient tout juste, uniquement parce qu'ils n'avaient pas d'autre choix.

Mason avait essayé de rendre le départ de Wayne moins douloureux pour Henry, grâce à quelques mensonges pour donner l'illusion que son père se souciait encore de lui. Mais c'est ailleurs qu'Henry était allé chercher du réconfort. Chloé l'avait adopté comme s'il était son petit frère, Sally et Liv Nolan lui préparaient de bons repas. Il s'était attaché à Raf grâce à ses plaisanteries et parlait livres avec Tom. Bernie Lawson le traitait comme son petit-fils. Henry avait le genre de personnalité chaleureuse qui attendrit tout le monde sans qu'il ait à faire quoi que ce soit. Mason savait comment les gens aux Shallows voyaient les deux garçons d'Ivy. Henry était le gentil, l'affectueux, et Mason était… l'autre.

Alors qu'il avait cinq ans, juste après l'incident de la baignoire, Ivy l'avait traité de petit garçon froid. Elle lui avait dit qu'il était vide. Il n'avait aucune raison de ne pas la croire puisque personne ne lui affirmait le contraire. Et qui le connaissait mieux que sa mère ? Mason ne s'était jamais vraiment lié à Wayne, et pendant leurs quatre ans de vie commune, il avait bien compris que son beau-père préférait Henry, la chair de sa chair, le sang de son sang. Après son départ, Ivy s'était noyée dans l'alcool pendant deux jours et avait terminé sa beuverie en hurlant sur Mason que tout était de sa faute.

– Ça tourne pas rond chez toi ! C'est pour ça qu'ils partent. Pourquoi tu penses que Wayne nous a quittés, hein ? Parce que t'es vide et il le savait. Tu les fais tous fuir !

Le lendemain matin, elle ne se rappela rien, mais Mason n'avait jamais pu oublier ses paroles. Elles s'étaient inscrites pour toujours dans son cerveau.

Ivy avança dans ses Ugg, le visage de marbre. Elle ne s'assit pas et plaça sa tasse de thé sur la table entre ses fils.

– Je pense que l'un d'entre vous a quelque chose à me dire.

Henry adressa à Mason un regard affolé. Qu'est-ce qui l'inquiétait tant ? Pourquoi se pensait-il visé ?

Ivy prit une gorgée de thé avant de reposer sa tasse au même endroit.

– Ne m'obligez pas à vous le faire cracher, lâcha-t-elle d'une voix blanche.

C'était impossible de lire son expression. La plupart de ses humeurs à la maison se déclinaient en différentes teintes d'amertume, mais Mason l'avait vue au pub avec ses copains, le sourire aux lèvres, la gaieté personnifiée. Il était tombé sur elle une fois devant le Criterion, et elle avait affiché le grand jeu devant ses camarades fumeurs. Maladroite, elle avait passé un bras autour des épaules de Mason et avec l'autre main, lui avait attrapé le menton.

– C'est mon gosse ! avait-elle fanfaronné, avec une haleine d'alcool, de Coca et de cigarettes. Aussi beau que sa mère, hein ?

Les autres avaient renchéri joyeusement.

– Ça se fête ! s'était exclamé un grand chauve aux bras tatoués, avant de se tourner vers Mason. C'est quelqu'un, ta mère. Il faut que tu fasses bien tout ce qu'elle te dit et que tu la rendes fière !

Mason avait reçu cette remarque comme un coup de poing dans le ventre. Aucun de ces gars ne le croirait s'il leur disait comment elle le traitait à la maison. Elle était leur bonne copine, ils ne la connaissaient que dans le contexte du pub. Ils n'avaient aucune idée de sa réalité, des taches de vomi sur la moquette et de l'argent des courses perdu dans les machines à sous. Ils n'avaient aucune idée de ses silences si menaçants qu'on avait envie de s'arracher les oreilles.

– C'est quoi le problème ? demanda Henry, au grand désespoir de Mason.

Ivy reprit sa tasse, but, la reposa.

– À toi de me le dire.

– Je sais pas.

Il était blême et chez Mason, la curiosité se mêlait à la nervosité. Henry cachait quelque chose. Mason ne l'en croyait pas capable.

Ivy se tourna et fit quelques pas vers son armoire en verre. Elle ouvrit une porte tout doucement, puis la deuxième.

Merde, songea Mason. *L'assiette*.

Il l'avait complètement oubliée. Elle avait fini par remarquer son absence, évidemment. C'était sa préférée, d'où la satisfaction de Mason quand elle s'était brisée en mille morceaux contre le mur. Il avait même jeté le petit support dans la poubelle du garage et écarté les autres sur l'étagère pour remplir l'espace. Sa mère ne faisait jamais l'inventaire des provisions pour ses enfants, mais on pouvait compter sur elle pour faire attention à son précieux service.

– Elle est où ? demanda-t-elle en faisant un signe de tête vers le meuble où étaient exposées les assiettes pareilles à des cibles.

Mason n'avait jamais autant eu envie de s'entraîner au tir.

Il était temps qu'il avoue la vérité. Il dirait qu'il avait cogné le placard en passant le balai. Elle ferait en sorte qu'il se sente le dernier des derniers pendant une semaine et lui demanderait l'argent pour la remplacer. Et c'est tout. Plus ou moins. Elle lui en reparlerait régulièrement aussi, bien entendu, pour lui rappeler qu'il ne valait rien.

Henry gigota sur sa chaise.

– C'est toi qui l'as cassée, déclara-t-il.

Mason se tourna vers lui, s'attendant à voir son petit frère brandir son index vers lui pour le dénoncer. Mais non ! Henry regardait leur mère !

– Tu l'as cassée un soir quand tu es rentrée… fatiguée.

Mason dévisagea Ivy. Son visage ne trahissait aucune émotion, mais il repéra la rage sous la surface.

– Tu t'en souviens pas ? On t'a aidée à nettoyer et tu as dit que tu t'en rachèterais une nouvelle sur eBay.

C'était un miracle. Pour la première fois de sa vie, Henry intervenait pour couvrir Mason. L'avait-il vu sortir de la maison avec l'assiette, ce soir-là ? Ou avait-il simplement deviné qu'il était coupable ? Il sentait bien qu'Henry était soulagé de la tournure des évènements. Apparemment, il avait ses propres soucis. Mason ne voyait pas du tout ce que ça pouvait être.

Ivy les inspecta tous les deux.

– Et le support ?

– Le quoi ? demanda Henry en interrogeant Mason des yeux. Euh, c'est…

– Tu l'as jeté aussi, l'interrompit Mason. Par erreur.

Sa mère plissa les yeux.

– Vraiment ?

Elle le toisa avec un mépris doublé de haine pour avoir soutenu le mensonge d'Henry.

Mason savait que ça allait exploser. C'était la même sensation que lorsque la rage montait en lui, comme si une créature affamée rôdait dans la pièce, guettant la moindre faiblesse pour attaquer. Quoi que sa mère fasse maintenant, ce serait rapide et brutal. Elle recula de la table et Mason attrapa sa chaise à deux mains, se préparant au pire.

Ivy referma avec soin les portes du meuble et traversa la cuisine en traînant ses Ugg sur le carrelage. Elle s'arrêta, glissa une main entre le frigidaire et le mur pour s'emparer du balai. Henry se crispa, une lueur de panique scintillant dans ses yeux grands ouverts.

– Quels mauvais menteurs vous faites, gronda-t-elle, le balai dans sa main droite.

Tu paries ? songea Mason. Il n'existait pas meilleur menteur que lui.

Henry se leva et recula vers un coin de la pièce.

– C'est pas nous !

Leur mère pivota sur elle-même et partit dans le couloir.

– Qu'est-ce qu'elle... ? demanda Henry en regardant Mason.

Ils restaient figés sur place, dans l'attente de ce qui allait arriver.

Boum !

Mason se leva d'un bond, essayant de chercher la source du bruit. Un autre fracas et des objets qui dégringolent. Une porte qui percute un mur. Des cintres qu'on remue. Mason échangea un regard perdu avec Henry avant de sortir par la cuisine. Ivy était dans sa chambre. Elle la mettait sens dessus dessous.

Il s'arrêta sur le pas de la porte, Henry sur ses talons, et l'entendit retenir une exclamation d'horreur. Ivy avait retourné le matelas et sorti la moitié des vêtements de Mason de l'armoire. Ses affaires d'école étaient répandues sur le sol et un tiroir avait été arraché de la commode. Heureusement, elle n'avait pas touché à celui du bas sur le fond duquel il avait scotché une enveloppe avec de l'argent.

– C'est normal de casser mes affaires, hein ? cria Ivy en tenant le balai à deux mains.

Elle l'agita vers la table de chevet et propulsa sur le mur la lampe qui avait appartenu aux grands-parents de Mason, laissant une marque sur le bois. Étonnamment le socle en céramique résista en s'écrasant sur la moquette, mais l'abat-jour se tordit à un angle improbable.

– Alors moi aussi, je casse les vôtres !

– Non ! lâcha Henry, conscient de ce qui allait suivre.

Ivy avança vers eux et ils durent la laisser passer.

– Non, non, non ! criait Henry.

Il se précipita vers sa chambre et se planta devant, bras et jambes écartées comme une étoile de mer pour bloquer l'entrée. Il bichonnait son repaire. Les quelques livres qu'il possédait étaient soigneusement alignés sur des étagères, à côté des petits souvenirs trouvés dans les affaires de ses grands-parents, et des polaroïds d'oncle Bernie dans leurs cadres d'occasion, sur le rebord de la fenêtre. C'était la plus belle pièce de la maison, pas étonnant qu'Henry s'y réfugie la plupart du temps.

Ivy fit mine de foncer sur lui.

– *Arrête !* hurla Henry si fort qu'il allait sûrement le sentir dans sa gorge pendant plusieurs jours.

Le balai toujours dans une main, Ivy posa l'autre sur le torse du jeune garçon. Elle le poussa avec une telle violence qu'il décolla du sol. Mason poussa un juron. Il était paralysé. Il se revit dans les toilettes du lycée. Il avait repoussé Darren Foster exactement de la même façon. *Je suis comme elle*, songea-t-il. Mais jamais il n'avait levé la main sur sa mère. C'était une ligne à ne pas dépasser.

Henry atterrit lourdement sur la moquette. Il leva rapidement un bras pour se protéger le visage, mais sa mère n'entra pas dans la chambre. Mason regardait, par-dessus l'épaule d'Ivy, Henry recroquevillé par terre pour évaluer les dégâts. Son petit frère avait le regard effrayé d'une bête sauvage sur le point de s'enfuir. *Elle va le faire fuir.* Un de ces jours, Henry allait se sauver et ne plus jamais revenir.

Ivy ressortit dans le couloir, percutant l'épaule de Mason au passage. Elle entra dans sa chambre et claqua la porte. La bouteille de vodka cachée dans ses sous-vêtements la calmerait pour un temps, et ensuite elle partirait sans doute au pub.

Mason se tourna vers Henry.

– Ça va ?

Le garçon lui décocha un regard chargé d'un tel mépris que Mason sentit sa poitrine se serrer.

– Va-t'en ! gronda Henry en fermant sa porte au visage de son frère.

Henry l'avait couvert et Mason n'avait rien fait pour le défendre en retour. Tout s'était passé trop rapidement.

Tu es froid.

Qu'est-ce qu'il aurait dû faire ? Frapper sa mère ? Il ne voulait pas devenir comme ça.

Ça ne tourne pas rond chez toi.

Mason n'était pas encore légalement adulte. Elle le tenait encore. Elle l'avait déjà menacé.

« J'aurais pu appeler quelqu'un, tu sais », lui avait-elle répété si souvent depuis qu'il avait laissé Henry glisser dans la baignoire. « J'aurais pu te faire interner dans une maison de correction. Ce que tu as fait était très mal, Mason, mais je t'ai laissé rester. Ne l'oublie jamais : tu as une dette envers moi. »

Mason appuya ses poings contre ses tempes pour chasser la voix dans sa tête. Il avait besoin d'un verre. Il avait besoin d'oublier qui il était.

Il pourrait aller au cimetière. Il y allait souvent quand il était enfant. Ça amusait ses amis qu'il trouve du réconfort entre les pierres tombales, mais il ne connaissait aucun endroit plus apaisant dans toute la ville. Seulement il faisait très chaud et le cimetière était peu ombragé. Il valait mieux qu'il aille dans la cabane des bois. Il y faisait frais. Il serait heureux de s'allonger sur le sol, les yeux fermés, et de sentir son corps devenir plus léger à chaque gorgée.

Il devrait sans doute arrêter de boire autant.

Il ne voulait pas devenir comme elle.

Il ne voulait pas devenir comme son père.

En retrouvant sa veste et les clés de la voiture dans le capharnaüm de sa chambre, Mason s'efforça de ne pas écouter la petite voix dans sa tête. *Tu es déjà comme eux.*

15

Chloé
Maintenant

Papa dort déjà devant *Downtown Abbey* quand je ferme le motel pour la nuit et tourne la pancarte « fermé » sur la porte. J'ai proposé de m'occuper de la réception pour libérer Luisa et permettre à papa de prendre une longue douche et manger le plat de pâtes que j'avais préparé pour le dîner. Luisa a réussi à refaire marcher le logiciel de réservations, alors avant d'éteindre l'ordinateur, je regarde à quoi ressembleront les semaines suivantes. À part quelques chambres prises le long week-end de Pâques, c'est désert. Il va falloir que ça change rapidement. Comme Cutler Bend est fermé, on risque de ne même plus avoir des randonneurs de passage. Comment un motel peut-il survivre avec pour seul client un ado déchaîné qui y dort de temps en temps sans payer ?

Après avoir éteint les lumières, je prends les clés du bureau et je sors dans l'allée. On laisse la buanderie ouverte toute la journée et toute la nuit, parce que les machines et les distributeurs de lessive fonctionnent avec des jetons. Les clients aiment laver leur linge à toute heure, et surtout avant de partir. Ce soir, un seul séchoir tourne sous les néons clignotants.

Je consulte l'écritoire qui pend au crochet sur la porte. C'est juste un planning tout simple pour savoir quand les distributeurs ont été remplis et les filtres vidés. Un stylo rouge est accroché à une chaîne. Je déplie le message d'Henry et le baisse le long du mur, pour voir jusqu'où peut aller le stylo. Il n'a pas pu s'asseoir, ce qui explique l'écriture malhabile.

Pourquoi Henry est-il venu ici ? Si personne ne lui a ouvert, pourquoi n'est-il pas simplement rentré chez lui ?

Ça va pas bien du tout chez moi.

Il essayait de gagner du temps.

Il guettait peut-être mon retour pour rester dormir au motel. Il ne savait pas que mon père laissait la chambre quinze vacante et la clé sous la plante. Papa avait proposé cet arrangement à Mason seulement une semaine avant la tempête, et il m'avait demandé de ne pas en parler à Henry. Lui, il dormait déjà régulièrement chez nous, après le dîner et le film, alors c'était juste pour Mason.

L'affiche est légèrement gondolée. Est-ce qu'elle a été mouillée par le déluge ? Henry s'est peut-être caché ici pour attendre que passe le plus gros de l'orage. Autour de minuit, environ. Quand la pluie et la grêle ont commencé à tomber, j'étais déjà dans la cabane et je consultais nerveusement l'appli météo sur mon portable en espérant que Raf éviterait lui aussi de se faire arroser.

Même si on prenait le même chemin, je ne l'avais pas vu dans la forêt. Je suis arrivée tôt, vers onze heures trente, au moment où les premières gouttes s'enfonçaient dans la terre autour de mes pieds. Raf m'a rejointe une dizaine de minutes plus tard, trempé jusqu'aux os.

Combien de temps la tempête a-t-elle duré ensuite ? Peut-être vingt minutes ? Trente ? Peu après minuit, elle s'était calmée.

Qu'est-ce qu'Henry faisait ici à minuit ?

On peut se parler demain ?

De quoi voulait-il me parler ? Qu'est-ce qu'il n'avait pas dit quand il m'avait vue plus tôt dans la journée ?

J'ai vraiment besoin de toi.

Pour quitter la ville ? Avait-il pris cette décision dans les quelques heures après notre rencontre ? Peut-être que ma réaction l'a poussé dans une direction qu'il envisageait de prendre depuis un moment déjà.

Je relis le message en entier. Mon instinct me dit qu'il n'avait pas l'intention de fuguer en l'écrivant.

La sonnerie de Skype retentit dans ma poche. Je sors mon téléphone, sûre de voir la photo de ma mère s'afficher sur l'écran, mais à ma grande surprise, c'est Tom.

– Hello, me salue-t-il.

– Hello !

– Ça te dérange pas que je t'appelle en visio ? Je voulais voir ton joli visage.

Je regarde l'arrière-plan.

– T'es encore au magasin ?

– Je m'apprête à rentrer, répond-il dans un soupir. Je triais les papiers de grand-père. Une longue journée.

Il approche son visage de la caméra.

– T'es où ?

Je tourne mon portable vers les machines à laver.

– T'es de corvée lessive ?

– Non, je suis venue vérifier un truc.

Je me demande si je dois lui parler du message d'Henry. Son opinion a toujours beaucoup compté pour moi et il est doué pour jouer l'avocat du diable. Mais il faudrait que je lui explique pourquoi j'ai ce mot et où j'étais le soir de la tempête. Et c'est une conversation que je préférerais avoir en tête à tête.

– Tom, tu penses qu'Henry est à Sydney ?

– C'est quoi le rapport avec la lessive ? demande Tom, éberlué.

– J'arrête pas de penser à lui, ce soir. Encore plus que d'habitude.

– Parce que c'est bientôt son anniversaire ?

– Oui, dis-je, appuyée contre le mur. Et aussi parce que j'ai reçu une carte postale dans la boîte aux lettres du motel il y a deux jours, signée d'Henry.

– T'es sérieuse ?

Le visage de Tom se colle pratiquement à l'écran.

– C'est génial ! Il t'a dit où il était ? Waouh ! Tout le monde sera tellement soulagé !

– Je l'ai montrée au sergent Doherty.

– Et ? Qu'est-ce qu'il a dit ?

– Il ne pense pas qu'elle vient d'Henry.

– *Quoi ?* Mais pourquoi ?

Je suis désolée de lui avoir causé cette fausse joie. C'est pour ça que Sabeen ne voulait pas que j'en parle.

– D'après lui c'est sûrement un plaisantin qui a eu mes coordonnées par Facebook. Il attend sûrement une réaction, maintenant.

Tom fronce les sourcils.

– Ah oui ? Il pense ça, Doherty ?

– Toi, tu crois vraiment que ça peut être Henry ?

– Carrément. Pourquoi ?

Il se frotte les yeux et je n'arrive pas à savoir si c'est l'émotion ou juste la fatigue.

– Qu'est-ce qu'elle dit, cette carte ?

– Qu'il va bien et qu'il ne faut pas s'inquiéter pour lui.

– Peut-être qu'il a réussi, lâche Tom.

– Réussi quoi ?

– À retrouver son père.

– C'est-à-dire ? Henry ne sait pas où est Wayne.

Tom s'adosse sur sa chaise, et son visage devient plus petit.

– Il m'a posé des questions sur Sydney parce qu'il sait que j'ai une tante là-bas chez qui je vais parfois. Il était particulièrement intéressé par les plages du nord.

– Il pense que Wayne habite là.

– Quand je lui ai demandé pourquoi il me posait tant de questions, il m'a expliqué qu'il voulait retrouver son père.

– Mais il ne m'en a jamais parlé ! dis-je, blessée. J'habite à Sydney, moi !

Tom hausse les épaules.

– Il voulait sûrement être le plus discret possible. Tu imagines si Ivy le découvrait ?

Je n'ai pas envie de lui dire ce que Sabeen et moi, on a pensé de l'écriture. Ça lui retirerait toute illusion.

– Chlo, lance Tom en se penchant et en souriant. Ne fais pas cette tête ! Une carte postale de Manly, c'est une bonne nouvelle. Croisons les doigts qu'il nous recontacte.

– Tu as raison. Allez, il est tard et tu as l'air épuisé. Je dois te laisser rentrer chez toi.

– On se prend un café bientôt ! J'ai l'impression de t'avoir à peine vue depuis qu'on est arrivés.

– Avec plaisir. Je t'écris demain.

Je glisse mon portable dans ma poche, jette un dernier coup d'œil à la buanderie et sors dans la nuit. Ce n'est qu'au milieu de la cour que je prends conscience d'un détail. Je n'ai jamais dit à Tom que la carte venait de Manly !

***

Je fais les cent pas devant la réception, mon regard se posant tour à tour sur le message d'Henry et sur la pierre que j'ai rapportée dans le jardin il y a quelques heures.

La situation me semble de plus en plus insaisissable. Tom est la personne la plus honnête que je connaisse. Comment est-ce possible qu'il m'ait menti ? Sabeen lui a visiblement déjà parlé de la carte postale, pourquoi m'a-t-il laissée croire qu'il n'en savait rien ?

Pour chasser mes frissons, je referme ma veste, avance sur l'allée jusqu'à la pelouse de devant et traverse le sentier entre le motel et le champ. J'ai laissé exprès les rideaux tirés et ma fenêtre débloquée pour tester la théorie de Sabeen sur la façon dont Henry aurait envoyé son message dans ma chambre.

À peine ai-je réussi à soulever la vitre que j'entends un bruit derrière moi. Pas juste à côté. Tout au bout du champ, quelqu'un tousse.

Je me raidis et retiens ma respiration. Plus rien. Je scrute l'orée du bois comme je l'ai fait il y a quelques nuits et repère une silhouette très nette qui disparaît vers le réservoir. Cette fois, je suis sûre de ce que j'ai vu.

J'enjambe la clôture et me précipite sur le chemin en terre. J'ai besoin d'une réponse ! Je ne veux plus me contenter de la moitié des informations. Il va falloir que je résolve ces mystères une fois pour toutes. Sabeen m'appelle « la réparatrice ». Selon elle, ça a commencé quand mes parents ont divorcé parce que je n'ai pas réussi à souder ma famille, alors maintenant il faut que je répare tout.

– Tu ne supportes pas de ne pas avoir le contrôle, m'a-t-elle dit. Quand les choses déraillent, tu te sens obligée de les remettre sur le bon chemin.

J'avoue. Surtout que cette tendance s'est manifestée bien avant que ça aille mal entre mes parents. Depuis que je suis toute petite, j'ai besoin de comprendre comment tout fonctionne et je n'arrive pas à accepter quoi que ce soit à moins de saisir toutes les raisons et les implications. « Chloé, laisse tomber » est sûrement la phrase que j'ai entendue le plus souvent dans ma vie.

Jamais. Surtout s'il s'agit de retrouver Henry.

À l'endroit où je me suis arrêtée la dernière fois, je me remets à hésiter. Je tends l'oreille. La nuit est dégagée, sans un souffle de vent. De la fumée de cheminée s'élève vers le ciel. Un crissement de chaussures me parvient depuis le sentier devant moi. Si je ne me presse pas, je ne saurai pas par où partir après l'embranchement : le réservoir ou la cabane.

Je n'y vois plus rien maintenant que le chemin se rétrécit et que la végétation devient de plus en plus dense de chaque côté. Je me cogne sur les rochers et les racines des arbres et prie pour que le bruit n'annonce pas ma présence. De peur d'être repérée par la torche de mon portable, je tourne la lumière vers le sol. *Mince !* J'aurais dû laisser mon téléphone au motel ! Demain je saurai si ma mère traque mes mouvements. Elle n'attendra pas longtemps avant de s'en prendre à mon père.

J'arrive enfin au croisement. La pancarte horizontale devant moi indique le réservoir des Shallows sur la droite à un kilomètre. Je plaque mon téléphone contre ma poitrine et plonge dans l'obscurité absolue. À cet instant, je remarque une lueur dans le virage qui mène vers le bassin de retenue. Elle scintille entre les branches telle la braise dans un feu de camp.

Qui peut aller là-bas à onze heures passées quand il fait nuit noire ?

Je ralentis pour laisser plus de marge entre nous, me frappant la nuque au moment où je me fais piquer. Les moustiques doivent se régaler. Au loin, un courlis pousse sa plainte déchirante. Les arbres se referment sur moi avec leurs branches sombres, comme pour me rappeler que tout est vivant ici.

Contre mon attente, la clairière devant le réservoir est déserte. La lumière a disparu. J'examine les tables de pique-nique pour m'assurer que personne n'y est installé dans le noir. Tous mes poils se hérissent. Celui que je suivais se cache-t-il ? Ou a-t-il rebroussé chemin sans que je le voie ?

Et soudain, la lueur tout au bout de l'aire de pique-nique attire mon regard. *Elle est encore là*. Elle suit l'étroit sentier vers l'affleurement rocheux au-dessus de l'eau. Le Rocher du Diable. C'est un gros bloc recouvert de sable à quatre mètres du bassin, parfait pour un plongeon ou un saut périlleux pour les cascadeurs. On venait tout le temps se baigner là quand on était petits, même si c'était interdit, ce qui ne faisait que rendre l'expérience plus excitante encore. Je ne regarde plus cet endroit de la même façon depuis que Mason y a poussé Henry.

Je prends une autre route en m'aidant des larges pierres pour avancer sur le sol accidenté. La lumière sur le rocher ne bouge plus désormais, comme si quelqu'un avait déposé par terre une lampe ou un téléphone. Je m'approche le plus possible et jette un coup d'œil, cachée par un arbre qui a poussé entre deux rochers. À genoux, la silhouette semble s'affairer à la hâte. À côté d'elle, je vois une couverture de pique-nique sur laquelle s'étale du matériel de randonnée, un appareil photo et une lanterne de camping.

Quand la silhouette se tourne pour prendre quelque chose dans son sac à dos, je suis tellement surprise que je fais quelques pas en avant et sors de l'ombre.

– Raf ?

Il fait volte-face.

– *Putain !* s'écrie-t-il en se tenant la poitrine, terrorisé.

Il se redresse.

– Tu débarques d'où comme ça ?

– Désolée, dis-je, hilare. Tu dis pourtant que je suis aussi discrète qu'un rhinocéros.

– Je retire ce que j'ai dit, assure-t-il, les mains levées en signe de reddition. Qu'est-ce qui te fait rire ? J'espère que tu sais comment on pratique les massages cardiaques, parce que je fais un infarctus, là !

Il se frotte la poitrine de façon comique. C'était ce qu'il nous fallait pour briser la glace.

Un million de questions et d'explications traversent mon esprit. Tout ce que j'ai envie de lui dire depuis ces derniers mois. Et surtout combien il m'a manqué.

– Qu'est-ce que tu fais ?

De plus près, je vois maintenant qu'il assemble un trépied pour son appareil photo.

– C'est plutôt moi qui devrais te le demander, non ? me répond-il.

– Je t'ai suivi.

– Oui, ça, j'avais deviné, ironise-t-il. Ce que je sais pas encore, c'est pourquoi.

– J'ai vu quelqu'un rôder derrière le motel, je voulais vérifier qui c'était.

– Rôder ?

Sa voix résonne sur l'eau.

– J'allais juste au réservoir. T'appelles ça rôder, toi ?

– C'était toi aussi, vendredi dernier ?

– Ouais. Je me disais que tu m'avais probablement vu. La lumière de ta chambre était allumée au moment où je descendais la colline depuis chez moi. Tu étais devant la fenêtre et j'ai hésité à m'arrêter. Mais la lumière s'est éteinte, alors j'ai continué ma route.

– Je t'ai suivi, vendredi aussi.

– Sérieusement ? dit-il en riant.

– Je voulais savoir qui c'était. Seulement j'ai eu peur, alors je me suis arrêtée au début du sentier.

– Oui, c'est pas rassurant ici parfois. Mais j'oublie tout dès que je commence.

– De la photo de nuit ?

– Oui. Des photos des étoiles, précise-t-il.

– Waouh ! T'as vraiment un nouveau hobby ! Je pensais que c'était juste un stratagème pour m'attirer dans la cabane…

Raf glousse, un peu trop fort.

– J'allais pas emporter mon matériel par cet orage. Et de toute façon, ce soir-là, on a trouvé d'autres sujets de conversation…

Je sens mes joues s'embraser. Heureusement qu'il fait sombre.

C'est vrai qu'on a parlé. Pendant des heures. Raf avait apporté des parts de pizza et de la bière qu'il avait piquée dans le frigo du garage de ses mères. On s'est assis par terre et on a discuté des cours, de Netflix et du dessert-pizza qu'on pourrait inventer si Sally et Liv nous laissaient en proposer. C'est dingue tout ce qu'on peut dire quand on anticipe nerveusement un baiser qui peut très bien ne jamais être échangé.

– Alors, tu viens souvent ici ?

– Je profite de la nouvelle lune, parce que c'est à cette période que le ciel est le plus sombre. Mais regarde, elle est déjà de retour, explique-t-il en me montrant le croissant suspendu au firmament et dont le reflet apparaît à la surface de l'eau.

– Et alors ?

– On est entre deux phases, la nouvelle lune, quand elle est invisible, et le premier quartier quand la moitié est visible. Quand elle devient trop brillante, les conditions ne sont plus aussi bonnes pour photographier les étoiles.

– La lune te dérange, c'est ça ?

– Pour obtenir de beaux clichés des étoiles, oui. Mais pas quand je veux photographier ses cratères.

– Tu peux ?

– J'apprends. La semaine prochaine, la lune entrera dans sa phase gibbeuse croissante. On la verra presque en entier, à l'exception d'un segment dans l'ombre. Ce sera le contraire de ce soir.

Je ne l'ai jamais vu aussi enthousiaste.

– Et tu as cette courbe dans l'obscurité qui met en relief tous les cratères. Ça donne des résultats incroyables si on sait comment s'y prendre… ce n'est pas mon cas. Mais j'y arriverai.

J'éclaire son équipement avec la lumière de mon téléphone.

– J'aurais dû me douter que tu ferais un truc de ce genre avec tous les romans et les films de science-fiction que tu dévores.

– Eh oui. Je suis obsédé par l'astronomie.

– Et comment !

On rit tous les deux.

– Reviens la semaine prochaine, si tu veux, propose-t-il d'une voix moins affirmée, presque timide. Bon, même si tu seras sûrement dans le coin à me traquer, puisque t'adores tellement ça.

– Très drôle, dis-je en lui donnant une petite tape sur le bras. J'ai un faible pour les obsédés de l'astronomie, faut croire.

Le silence nous enveloppe. Raf frotte un pied contre le sol.

– Pourquoi t'en as parlé à personne ? demande-t-il soudain. De la cabane ? T'avais honte ?

Je repense à cette nuit, à la façon dont Raf trouvait toutes les raisons possibles pour s'approcher de moi, sur le tapis, comment on se regardait, visiblement attirés l'un par l'autre, chaque fois qu'on ne parlait plus. Quand je lui ai demandé « tu veux m'embrasser ? » Raf a ri nerveusement, avant de se pencher vers moi et ses lèvres se sont posées sur les miennes, ses mains sous mon tee-shirt, pendant ce qui m'a paru l'éternité. C'était la réponse la plus satisfaisante que j'aie jamais reçue de toute ma vie, et tout ce que j'avais en tête, c'était que Raf continue à me répondre encore et encore.

– Non, pas du tout. Et toi ? dis-je plus bas.

– Bien sûr que non.

– Toi non plus, tu n'en as pas parlé.

– Je ne voulais pas te causer des problèmes. Tu avais déjà menti au sergent Doherty quand il t'a interrogée, alors je lui ai dit que j'étais dans mon lit toute la nuit. Je n'en ai plus reparlé à personne. Je préférais ne pas aller contre ta version.

Je laisse échapper un soupir.

– Je suis désolée de t'avoir entraîné dans mon mensonge. Quand Doherty a commencé son interrogatoire, j'ai paniqué.

– À cause du couvre-feu de ta mère.

– Elle en aurait profité pour m'interdire de rendre visite à mon père. Elle cherche toutes les excuses possibles pour lui enlever ma garde.

– Je comprends. Et honnêtement, ce mensonge ne fait aucune différence pour la disparition d'Henry.

Il m'invite à m'asseoir sur sa couverture de pique-nique.

– Alors, qu'est-ce que tu fais ici ?

– Je cherche des indices qui pourraient nous permettre de retrouver Henry.

– Je m'en doutais. C'est tellement toi, commente-t-il en souriant. Bon, je t'écoute. Dis-moi ce que tu as déjà.

Je lui détaille tout ce que je sais sur Mason, la carte postale, le compte Facebook d'Henry. Raf sort son portable et parcourt tous les « Henry Weaver » du site. Il tente quelques mots de passe. En vain. Je sors de ma poche le message d'Henry, le déplie et le lisse sur le rocher.

– Désolé. J'aurais dû t'en parler.

– Pourquoi tu l'as pas fait ?

– J'avais peur que ça te mette dans tous tes états. Vu les circonstances… je voulais pas que tu te sentes coupable.

– En effet.

Je lui montre les deux écritures côte à côte en lui décrivant les différences remarquées par Sabeen.

– Ça prend forme, détective, lance-t-il. Ça ne ressemble plus trop à une simple fugue.

– Je ne sais pas à quoi ça ressemble, mais je ne vais pas m'arrêter là.

– Très bien, dit-il, enthousiaste. En parlant d'indices, je pense pouvoir t'apporter une petite contribution. Regarde ça.

Il ouvre une poche dans son sac à dos.

– Tu transportes un indice sur toi ?

– Ce sac est mon coffre-fort, explique-t-il en le caressant avec affection. Tout ce qui a de la valeur pour moi est rangé ici. Les objectifs pour mon appareil photo, mon disque dur, mon téléphone et mon portefeuille, des M&M's…

Il les sort et déchire le paquet pour m'en offrir.

– Pourquoi tu gardes tout ça là-dedans ?

Je tends la main et il m'en verse une belle poignée avant de se servir à son tour.

– En cas d'incendie, surtout. Le feu de forêt de l'année dernière m'a un peu traumatisé. Si on doit partir en urgence, je veux avoir toujours mes affaires les plus précieuses avec moi.

– Et tes chats ? Dans quelle poche ils entrent ?

Il sourit.

– Tu plaisantes, j'espère. Je les mets dans un porte-bébé, évidemment.

Je ris et Raf me balance un M&M's.

– D'accord. C'est quoi, alors ?

Il enfourne sa poignée entière et se remet à chercher dans son sac. Comme il a la bouche trop pleine pour parler, il me donne simplement un petit objet triangulaire pas plus grand qu'un timbre-poste.

Je reprends mon téléphone pour allumer la torche.

– C'est bleu.

Je dois attendre qu'il finisse de manger pour avoir une réponse.

– Attention, c'est coupant.

– C'est quoi ?

– Je ne suis pas sûr. Dis-moi d'abord, toi, pour voir si on est d'accord.

Les surfaces externes sont lisses, et le milieu est poreux.

– De la porcelaine, on dirait. Un morceau de vaisselle.

Raf attend, me pressant du regard d'arriver à une conclusion.

– Du grès. Un éclat d'assiette Wedgwood, dis-je plus pour moi-même que pour lui. Comme celles que collectionne Ivy.

– Bingo.

Je le tourne entre mes doigts, évitant la pointe.

– Où est-ce que tu l'as trouvé ?

– Sur le sol de la cuisine des Weaver, le matin après la tempête. Après l'interrogatoire, Tom et moi, on est restés un peu prendre un thé.

– T'as de la chance. Moi, je n'ai pas le droit de dépasser le seuil de la porte.

– Quand j'ai tiré une chaise pour m'asseoir, j'ai vu cet éclat par terre. Mais le plus étrange de tout : à part ce morceau d'assiette, j'ai jamais vu une cuisine plus propre. Tu pouvais carrément manger à même le sol, et c'est jamais comme ça chez eux.

– Étrange, en effet.

– C'est pas tout, dit-il en reprenant l'éclat. La superbe armoire d'Ivy avec sa collection n'était plus là.

– Pardon ?

Raf fait un bruit avec sa bouche et claque des doigts comme un magicien.

– Disparue. Comme Henry.

16

HENRY
Trois semaines avant la tempête

21 DÉCEMBRE 2018, 18 H 02

Henry : Joyeux Noël ! C'est un peu tôt, mais après la bibliothèque va fermer.

Missy : Merci ! Joyeux Noël. Qu'est-ce que tu vas faire pour les fêtes ?

Henry : Pas grand-chose. Ma mère déteste ça.

Missy : Pas de dinde ? Pas de bûche ?

Henry : On va chez des amis pour cette partie. Sally prépare un super déjeuner.

Missy : Elle cuisine bien.

Henry : Tu dis ça comme si tu la connaissais.

Missy : Désolée, j'ai oublié le point d'interrogation.

Henry : Oui, elle est excellente. Et toi, tu fais quoi pour Noël ?

Missy : C'est plutôt calme ici. Juste ma mère et moi.

Henry : Et la ballerine.

Missy : Qui ?

Henry : Ta sœur.

Missy : Ah oui. Bien sûr.

Henry : Et ton père ?

Missy : Il ne vit pas avec nous. Je préfère ne pas parler de lui.

Henry : Pas de problème. Tout le monde a ses secrets.

Missy : Même toi ?

Henry : Je n'ai dit à personne que je cherchais mon père.

Missy : Même pas à la fille dont tu parles toujours ?

Henry : Chloé ? Pas encore.

Missy : Pourquoi ?

Henry : Elle s'inquiète beaucoup pour moi. Elle prendrait les choses en main et me dirait quoi faire.

Missy : Elle est autoritaire.

Henry : Non, pas vraiment. Elle est un peu comme un flic, elle pose beaucoup de questions.

Missy : C'est le genre rigoureuse.

Henry : Voilà.

Missy : Le prends pas mal, mais elle a pas

l'air marrante. Parfois c'est mieux d'être spontané.

Henry : Tu veux dire que je devrais partir à Sydney ?

Missy : Exactement ! La vie est courte. Il faut savoir prendre des risques.

17

Chloé
Maintenant

Le soleil a déjà presque disparu à l'horizon quand je sors de la route pour rouler dans l'allée des Weaver. Le sommet des eucalyptus rayonne d'une lueur dorée tandis que l'obscurité recouvre la végétation au sol. La propriété est envahie par les herbes hautes et les mauvaises herbes, certaines atteignant même les fenêtres de la petite maison en bois. Les marches qui mènent au porche n'ont plus toutes leurs planches et la gouttière s'affaisse dangereusement par manque d'entretien. On dirait la carapace vide et abandonnée d'une famille depuis longtemps partie.

La voiture de Mason n'est pas là et il n'y a aucune lumière aux fenêtres. La véranda me paraît plus grande que dans mon souvenir, sûrement parce que la dernière fois, elle grouillait de monde. Je me rappelle le regard que Mason et sa mère ont échangé ce jour-là. Ça discutait dans tous les sens, mais eux deux n'avaient pratiquement rien à dire.

Qu'est-ce qu'ils cachaient ? Que s'est-il passé dans cette maison pour qu'Henry décide de sortir dans la tempête ?

Sur la première marche, je constate que la porte est ouverte.

– Bonjour… ?

Je me penche dans l'entrée pour voir à l'intérieur. Je frappe.

– Bonjour ?

Un frottement sur le gravier attire mon attention. Ivy apparaît sur le côté de la maison, une poubelle vide dans la main. Avec l'autre main, elle remonte la bretelle de son soutien-gorge noir sous son débardeur mal ajusté. Elle devait être dans l'arrière-cour quand je suis arrivée. Elle monte les marches dans ses Ugg, évitant les planches manquantes avec habileté, sans même baisser la tête. Ses cheveux pâles sont attachés en une queue de cheval fine, ce qui souligne ses joues creuses.

– Qu'est-ce que tu veux ? me demande-t-elle.

– Bonjour.

Mal à l'aise, je me dandine d'un pied sur l'autre.

– Je ne savais pas s'il y avait quelqu'un à la maison.

– Et ?

– Je vous avais dit que je vous en apporterais, dis-je en glissant une main dans mon sac pour en sortir un tas d'avis de recherche.

Ivy ne les prend pas, mais ses yeux se posent sur le visage d'Henry. Elle penche la tête et sa bouche se décrispe un peu.

De mauvaise grâce, elle s'en empare enfin.

– C'est une bonne photo.

Je la sens se radoucir, mais ça ne suffira pas pour qu'elle me laisse entrer.

– Il faut espérer qu'il reviendra vite.

Elle se tend de nouveau.

– Te fais pas trop d'illusions.

– Pourquoi ?

Elle prend un air particulièrement exaspéré, comme si notre conversation la fatiguait déjà.

– Les gens ont tendance à disparaître de ma vie.

Elle me contourne et entre dans la maison, prête à refermer la porte derrière elle.

– Oh. Euh... Henry m'a emprunté un livre en janvier, dis-je. Je voulais le récupérer.

Pas génial, je sais. Mais je n'ai rien trouvé de mieux. Je mise sur le fait qu'Ivy ne sait sûrement pas quels sont les livres d'Henry et quels sont les miens. De toute façon, c'est moi qui les lui ai pratiquement tous offerts, et ceux qui ne viennent pas de moi, ce sont des bouquins fantastiques ou de science-fiction que Tom a trouvés dans la boutique de son grand-père.

Étonnamment, Ivy m'ouvre grand la porte et fait un signe de tête pour m'inviter à l'intérieur.

– Merci. Je…

Elle part aussitôt dans la cuisine.

Je me retrouve toute seule, ce qui me convient parfaitement. De dehors, je sais où est la fenêtre d'Henry, je pars donc vers la première porte sur la gauche. Je suis tentée de suivre Ivy dans la cuisine pour vérifier ce que Raf m'a dit la veille sur la collection d'assiettes Wedgwood, mais elle se poserait des questions. Je lui demanderai un verre d'eau en partant.

La chambre d'Henry n'est pas très grande, avec des étagères sombres encastrées sur une bonne partie d'un mur. Du coup, les meubles occupent le reste de l'espace, avec le lit simple en plein milieu, soigneusement fait au carré. Par Ivy ou Mason ? Difficile de les imaginer. Il me semble petit et solitaire, perdu et inquiet de ne pas revoir son propriétaire revenir.

Quelque chose ressort sous l'oreiller. Après un coup d'œil vers le couloir pour m'assurer qu'Ivy ne m'a pas suivie, je m'en empare. C'est une enveloppe blanche adressée à Henry. Je la retourne, rien n'est écrit sur le verso. Mais je sais de qui elle vient. C'est la carte d'anniversaire de son père, il lui en envoie une tous les ans. Ça me déchire le cœur de me dire que cette année, Henry n'est pas là pour la recevoir.

Mais alors…

Si Wayne Weaver a écrit à son fils une carte, il ne peut pas être à Sydney avec lui.

En entendant Ivy approcher, je me dépêche de remettre l'enveloppe où je l'ai trouvée. Je m'approche ensuite des étagères pour faire semblant de regarder les tranches des livres. Je laisse en réalité mes yeux se promener sur les figurines en bois, les animaux en porcelaine, un tas de manuels scolaires et la ville de New York en Lego à moitié montée. On s'était tous cotisés pour la lui offrir à Noël chez les Nolan. Henry et Mason nous avaient dit une fois qu'ils n'avaient jamais eu de boîte de Lego. C'est la première d'Henry !

Ivy arrive sur le pas de la porte, les bras croisés.

– Tu as trouvé ?

– Je regarde encore.

Pour le coup, je ne mens pas. Je scrute tout ce qu'il y a dans la chambre, les murs, les étagères, le sol, à l'affût de ce qui me prouverait qu'Henry s'est enfui.

Ou pas.

– Il l'a peut-être pris avec lui. Il a emporté son sac à dos, n'est-ce pas ?

Ivy s'appuie sur le montant de la porte, les yeux plissés.

– Un sac à dos, une brosse à dents et les vêtements qu'il portait sur lui. Peut-être un ou deux tee-shirts de plus. Je sais pas trop. J'ai pas l'impression qu'il manque autre chose.

— Sa casquette des Lucky-7. Celle que son père lui a offerte.

– C'est ce qu'il t'a dit ? demande-t-elle, méprisante.

– Il l'a achetée l'année dernière avec l'argent de son anniversaire. Qu'il a reçu avec une carte.

– Quoi ? Wayne ne s'est plus préoccupé d'Henry depuis le jour où il est parti.

Je fronce les sourcils.

– Il ne vous a jamais parlé des cartes d'anniversaire ? Henry en reçoit une de son père tous les ans.

Ivy me regarde comme si je délirais.

– Je pensais que vous le saviez, dis-je rapidement. Parce que vous avez mis celle de cette année sous son oreiller.

Ivy traverse la chambre et écarte l'oreiller. Elle prend l'enveloppe et l'examine sous toutes les coutures.

– Pas de cachet de la poste, commente-t-elle en la brandissant.

Je n'avais pas remarqué. Avant que je puisse réagir, elle glisse un doigt sous le rabat pour l'ouvrir.

– Attendez. Vous ne pouvez…

Après avoir sorti le contenu de l'enveloppe, elle la laisse tomber par terre. Un billet de vingt dollars orange s'échappe de la carte et atterrit sur le lit. Ivy ne s'attarde pas sur le message, mais se baisse pour ramasser l'argent. Moi, en revanche, je prends le temps de lire les trois mots écrits au stylo noir sur fond blanc : *Avec amour, papa*.

– Wayne n'a pas envoyé ça, déclare-t-elle. C'est l'écriture de Mason.

Elle range le billet dans son soutien-gorge et sort de la pièce. Je lui emboîte le pas.

– Attendez. Comment vous le savez ?

– Wayne a coupé les liens, il y a des années. Grâce à sa chère femme. Elle l'a convaincu qu'Henry n'était pas de lui. Wayne m'a appelée quand la police l'a prévenu de la disparition d'Henry pour me dire qu'il ne veut rien avoir à faire dans tout ça.

Elle lâche quelques insultes sur son ex-mari. Je comprends alors que toutes les cartes d'anniversaire qu'Henry a reçues venaient de Mason. Si j'avais su, je ne lui aurais jamais parlé comme ça à la poste. Je le regrette, maintenant. Mais c'est difficile de concilier un comportement aussi attentionné avec la façon dont il a poussé Henry dans le bassin de retenue.

Et comment imaginer maintenant qu'Henry soit vraiment parti à Sydney à la recherche d'un homme qui ne veut plus entendre parler de lui ? Compte tenu de tout ça, il est peu crédible qu'il ait réussi à le contacter.

– Je te raccompagne pas, me lance Ivy froidement, redirigeant vers moi sa colère contre Wayne et le reste du monde.

Elle fait un signe vers la porte d'entrée encore ouverte et s'en va.

Je jette un dernier coup d'œil à la chambre d'Henry et m'arrête devant la cuisine, alors qu'Ivy s'avance lentement vers la table dans le coin. La pièce était peut-être immaculée il y a trois mois, mais ce n'est plus du tout le cas. De la vaisselle sale s'empile sur la paillasse à côté de l'évier, depuis un bon moment, à en croire l'état de la nourriture incrustée dessus. Des miettes et de la saleté se sont accumulées un peu partout, des éclaboussures et des taches recouvrent toutes les surfaces, comme si plus personne ne se souciait de maintenir un minimum d'ordre dans la maison. Une montagne de linge sale attend à côté de la machine à laver, mais la boîte de lessive renversée est désespérément vide.

Je ne vois aucune armoire en verre ni la moindre assiette de collection.

Ivy tourne légèrement la tête dans ma direction en s'asseyant.

– T'es encore là ?

– Désolée.

Les épaules basses, je fais quelques pas vers la sortie, mais je ne peux pas me résoudre à franchir le seuil.

– Pourquoi vous me détestez tellement ?

Ivy prend ses cigarettes et son briquet. Lentement, elle en place une entre ses lèvres pour l'allumer.

– Qu'est-ce que tu racontes ? lâche-t-elle après avoir tiré longuement dessus.

– Je pense que vous le savez très bien.

Je ne sais pas où je trouve le courage de lui parler ainsi. Ça bouillonne en moi depuis longtemps. Peut-être que l'avoir vue voler le billet d'Henry a été le déclencheur.

– J'ai beau chercher, je ne comprends pas pourquoi vous m'en voulez à ce point.

Elle me dévisage, les paupières mi-closes. Je suis tentée de tourner les talons, mais je me force à rester sur place et, à ma grande surprise, son visage se radoucit.

– Tu as quel âge ?

Elle fait glisser vers elle un cendrier en céramique blanc sur lequel est imprimé le logo du Criterion.

– Seize ans.

– Mes parents sont morts quand j'en avais dix-sept. Ma mère ne m'a strictement rien appris. Je ne savais ni faire la lessive ni préparer un repas. Je ne savais pas conduire, et encore moins m'occuper d'une famille. Mon grand frère a voulu que je la remplace avant même qu'elle ait refroidi dans son cercueil.

Déstabilisée, je parviens à soutenir son regard. Je ne sais pas où elle veut en venir, mais c'est la première fois qu'elle m'adresse la parole aussi longtemps.

– Mark a bu tout l'argent que mes parents avaient mis de côté et l'a pissé contre un mur. Je n'ai pas pu finir le lycée parce qu'il a fallu que je me trouve un boulot. Mark n'était jamais à la maison, et mes amis ont arrêté de m'appeler parce qu'on n'avait plus rien en commun. Mon petit copain m'a dit que ça le gonflait de me voir toujours aussi pitoyable.

Elle tapote sa cigarette dans le cendrier avant de la remettre entre ses lèvres.

– Quand je lui ai annoncé que j'étais enceinte, il m'a mis un œil au beurre noir. Trois semaines plus tard, mon frère est parti à Bali et n'est jamais revenu. J'ai accouché seule et j'ai ramené seule le bébé à la maison. Je m'en suis occupée seule jusqu'à ses six mois, quand mon bon à rien de mec a rappliqué, la queue entre les jambes, pour mon dix-neuvième anniversaire.

Je fais le calcul rapide dans ma tête. Elle n'a même pas encore quarante ans. Elle en fait au moins dix de plus.

– Alors, je vais te dire quelque chose, lance-t-elle en pointant sa cigarette vers moi. Autrefois, avant tout ça...

Elle fait un geste vague du bras.

– Avant cette maison, cette situation, cette vie... j'étais toi.

Elle détourne le regard et ses yeux se posent sur un coin vide de la pièce, une expression triste sur le visage, comme s'il manquait quelque chose. Quand elle reprend enfin la parole, ses mots ont perdu leur mordant.

– Difficile de pas avoir la haine.

***

Penchée sur mon vélo, je repense à ce que vient de me dire Ivy, quand des phares éclairent soudain la route. Le soleil s'est caché maintenant, et un petit croissant de lune apparaît entre les arbres. Je revois le visage souriant de Raf. Ça me remonte un peu le moral après cette étrange conversation.

C'est sûrement Mason qui rentre chez lui. Il n'y a que peu de maisons dans cette zone rurale des Shallows, et maintenant que Cutler Bend est fermé, la route se termine en cul-de-sac, il faut prendre l'ancienne autoroute pour revenir de la ville. Par conséquent, si on passe par là, c'est qu'on y habite.

Alors que la voiture se rapproche, j'éloigne mon vélo de la boîte aux lettres et je me cache derrière un buisson. Si Mason veut que mon père les lâche, sa mère et lui, il ne sera sans doute pas ravi de me trouver ici. Le véhicule ralentit, monte sur l'allée, crisse sur le gravier. J'ose jeter un coup d'œil tandis qu'il roule vers l'auvent, ses lumières rouges scintillant dans l'obscurité.

Soudain tout s'éteint. Mason a coupé les lumières. Il parcourt les cinquante derniers mètres dans le noir. Curieuse, je laisse mon vélo où il est et me dirige vers la maison. Dès que j'aperçois une lueur sous l'auvent, je m'immobilise derrière un arbre. L'ouverture de la portière illumine un instant Mason. Il la referme très délicatement, sans faire aucun bruit. Au lieu de partir vers la véranda, il avance vers l'arrière-cour.

Je le suis, mais n'ose plus avancer après l'auvent. Il s'est engagé sur l'allée de terre qui mène aux buissons, un vieil abri de jardin en tôle marquant la limite de leur propriété. La voiture refroidit avec de petits cliquetis tandis que j'hésite à continuer. Seulement je n'ai pas si souvent l'occasion de venir chez les Weaver. Je n'ai rien trouvé à l'intérieur de la maison. Si je vois ce que trafique Mason, je ne repartirai peut-être pas bredouille.

Mais je n'ai pas d'endroit où me cacher ici. Je file vers une rangée d'eucalyptus le long de la clôture qui sépare le jardin des Weaver de celui de leurs voisins. Au même rythme que Mason, j'avance derrière les arbres, me figeant au moment où il ralentit à côté de l'abri de jardin. Il jette un regard vers la maison et je me colle aussitôt contre le tronc, priant pour qu'il ne soit pas pris d'assaut par une colonie de fourmis. Quand j'estime que je ne risque plus rien, je penche la tête et vois un faible éclat rayonner à travers la porte ouverte. Il réapparaît avec une pelle juste avant que la lumière s'éteigne.

Mon cœur s'emballe.

Je n'aime pas ça du tout.

Je suis soudain frappée de voir combien cette maison est isolée depuis le départ des Milburn. Des bois à l'arrière, des enclos de l'autre côté de la route et des propriétés vides tout autour. Personne n'entendrait quelqu'un qui hurlerait à l'aide ici. Personne ne viendrait à son secours. Il pourrait arriver n'importe quoi ici sans que les gens de la ville n'en sachent rien.

Mason repart derrière la lisière des arbres qui bordent l'abri de jardin. Je repère un petit sentier, rarement emprunté si on en croit la hauteur des herbes. Je sors mon portable pour vérifier qu'il a assez de batterie, au cas où. Ce que je remarque surtout, c'est que le signal est archi faible.

Je ne me rends compte de la distance qui me sépare de Mason que lorsqu'on s'enfonce dans la forêt. Une lueur scintille devant moi. Je suis assez proche pour voir qu'il tient une lampe-torche. J'ai l'impression qu'on a beaucoup marché, mais on doit être à une centaine de mètres à peine de sa maison. C'est difficile à dire avec précision ; je n'ai aucun point de repère. Je me fige de peur de ne pouvoir revenir sur mes pas sans me faire repérer.

Le faisceau lumineux se promène le long d'un tronc d'arbre couché. Mason quitte lentement le sentier pour s'engager dans les sous-bois. Il pose sa torche à une extrémité du tronc et se penche en avant.

Je ne bouge pas, incapable de voir ce qu'il fait. J'entends des coups de pelle, la terre qui tombe en pluie sur les feuilles mortes. Il creuse pendant une minute environ, avant de s'agenouiller. Je n'aperçois plus que sa tête. Mais il se redresse déjà et se remet à creuser.

Chloé, tu dois partir.

Je n'ai aucun moyen de me cacher ici sans qu'il m'entende piétiner les fougères et les feuilles. Le sentier est trop étroit. Si je tente de me cacher derrière un arbre, Mason me verra tout de suite. Je reviens sur mes pas rapidement et le plus discrètement possible, jetant des regards par-dessus mon épaule pour m'assurer que la torche est toujours au même endroit. Je crains de ne jamais y arriver. Dès que j'atteins l'abri de jardin, je me dépêche de me blottir tout près du sol.

Comme je l'avais soupçonné, Mason n'est pas loin. Ses pas résonnent dans mon dos. Et plus rien. Plus aucun mouvement. Je tends l'oreille, mais n'entends plus que les battements de mon cœur affolé. Quelques secondes d'un silence assourdissant se prolongent. Toujours cachée, je m'arme de courage pour jeter un coup d'œil vers le bois, sûre de trouver Mason au-dessus de moi.

Criiiiii. La porte de l'abri de jardin s'ouvre. Je colle mon oreille contre la paroi en tôle. Un bruit sourd me parvient de l'autre côté. La porte se referme avec le même grincement et les bruits des pas de Mason s'éloignent et finissent par disparaître.

Je ne sais pas combien de temps je reste accroupie là avant de sentir que je peux me relever. Quand je repars derrière la maison des Weaver, il fait déjà nuit noire. Au moment où je reprends mon vélo, mon téléphone vibre avec plusieurs messages. Je capte de nouveau.

J'appuie de toutes mes forces sur les pédales pour rentrer chez moi. Mon esprit tourne aussi vite que mes roues tandis que je tente de chasser toutes les affreuses pensées qui le traversent. Sabeen dirait que j'écoute trop de podcasts sur des histoires criminelles, mais les mêmes questions reviennent en boucle dans ma tête.

Pourquoi Mason fait-il une demande de passeport ?

Pourquoi le sol de la cuisine des Weaver était-il si propre le matin après la tempête ?

Et… qu'est-ce que Mason a bien pu enterrer dans les bois ?

18

Mason
Deux semaines avant la tempête

Il n'avait pas voulu pousser Henry. Tout était arrivé si rapidement. C'était comme s'il avait eu besoin de relâcher la pression dans sa tête, de soulager sa frustration.

Et le pire était que la journée avait commencé d'une manière complètement différente.

Raf et Sabeen avaient apporté les restes du repas de Noël pour leur pique-nique sur le Rocher du Diable. Le lieu grouillait de touristes, pour la plupart logés dans le motel le plus proche. Des éclats de rire s'élevaient du bassin de retenue dans lequel se croisaient des pédalos, une petite enceinte diffusait gaiement des chants de Noël, une famille disputait un match de cricket. C'était un joyeux bazar plein de vie. Mason retira ses chaussures et s'allongea en s'appuyant sur les coudes, la pierre chaude et ferme sous lui, l'immense étendue bleue du ciel au-dessus de sa tête.

Tom l'imita, s'installant à côté de lui. Dans son short, ses jambes nues bronzaient tranquillement. Ils avaient tous les deux fini le lycée et la pression retombait. Plus de profs, plus d'examens, et plus de Darren Foster. Après ses heures au garage, Mason aurait tout le temps, cet été, pour se relaxer et profiter de la compagnie de Tom. Et ça commençait bien. Rina était au travail, Mason avait la paix, personne pour lui rappeler de mettre de la crème solaire toutes les cinq minutes. Henry, lui, aidait oncle Bernie avec sa caravane. Mason se sentait libre, détendu. Personne n'attendait rien de lui et il pouvait simplement être lui-même.

C'était la première fois depuis longtemps qu'il avait l'impression de goûter au vrai bonheur.

Et soudain Chloé se releva pour épousseter des miettes, la brise chaude soulevant sa robe au motif floral. Les cuisses de la jeune fille apparurent et Mason vit Tom qui les observait intensément. Ses yeux remontaient le long de ses jambes, avant qu'il ne détourne la tête, embarrassé. Tom regardait Chloé ; Mason regardait Tom. Et Mason se rendit compte qu'il n'avait pas du tout envie que Tom contemple Chloé de cette façon.

Chloé était la copine de Raf. Pas officiellement, il n'avait pas encore osé le lui dire, mais elle lui plaisait depuis plusieurs années, c'était évident. Il suffisait de se rappeler la réaction de Raf lorsque la mère de Chloé avait annoncé qu'elle repartait vivre à Sydney, avec sa fille. Jamais Mason ne l'avait vu aussi triste et maussade. Désormais, chaque fois que Chloé revenait aux Shallows, ils flirtaient tout le temps, mais aucun des deux ne semblait conscient qu'ils devraient se bouger s'ils voulaient aller plus loin.

Mason ne voyait pas ce que tout le monde trouvait à Chloé. Elle semblait ne jamais avoir de temps à lui consacrer mais elle était toujours disponible pour Henry. Et Mason sentait bien que sa mère ne la supportait pas. Seulement, indépendamment de ce qu'il pensait d'elle, le courant passait entre Chloé et Raf et il ne serait pas surpris qu'ils finissent ensemble.

Mais ce n'était pas pour ces raisons qu'il ne voulait pas que Tom la regarde ainsi.

Ça n'avait rien à voir avec Chloé.

Tom était son meilleur ami, son pilier, son confident. Pas celui de Chloé.

Alors, oui, c'était probablement de la jalousie.

Soudain, elle eut une crampe dans la jambe, un spasme violent dans le mollet. Mason vit son muscle se durcir quand elle se tordit en deux pour poser les doigts sur le point douloureux. Sabeen bondit pour l'aider, mais Tom avait réagi plus vite. Il dit à Chloé de ne pas bouger, tandis qu'il touchait sa peau nue, la massant avec les pouces en mouvements circulaires. Raf ne remarquait rien, la musique dans les oreilles, les yeux rivés sur l'eau, trop occupé à lancer des M&M's en l'air pour les rattraper avec la bouche.

Mason dut se retenir pour lui donner une tape du pied afin d'attirer son attention sur la scène.

Fais quelque chose, Raf! voulait-il hurler. *Tom est en train de draguer ta copine!*

Mais ce qu'il pensait vraiment c'était : *Ta copine est en train de draguer mon mec!*

Il se retint de rire. C'était tellement ridicule. Ce n'est pas comme ça qu'il voyait Tom ! Ils étaient copains. Et lui était avec Rina, bon sang !

Et pourtant... Mason se sentait perdu. Il pensait à Tom tout le temps, quand il le reverrait, de quoi ils parleraient. Il se rappelait toutes les fois où il avait fait rire Tom, le plaisir que ça lui avait procuré. Quand sa mère lui faisait vivre l'enfer, c'est lui que Mason allait retrouver, et sans demander à connaître tous les détails, Tom savait toujours se montrer présent et à l'écoute. Ils étaient vraiment de bons amis. Les meilleurs.

Mason ne savait pas pourquoi il avait décidé d'engager la conversation avec deux randonneuses allemandes venues admirer la vue depuis le Rocher du Diable. Il avait sans doute voulu rendre Tom jaloux, lui aussi.

Les deux blondes essayaient de faire un selfie. Mason leur proposa de les prendre en photo. La plus grande semblait réellement séduite. Elle donna un coup de coude à sa copine en riant et elles se présentèrent dans un anglais bancal. Alors qu'ils tentaient tant bien que mal de communiquer, il remarqua du coin de l'œil que Sabeen et Raf avaient pris le relais et aidaient Chloé à étirer sa jambe.

Parfait, se dit-il.

Les Allemandes insistèrent pour qu'il soit sur un de leurs clichés et il répliqua quelque chose qui les fit rire. Il jeta un coup d'œil par-dessus son épaule en direction de Tom. Il ne les regardait même pas. Debout, il inspectait le petit sentier qui s'éloignait vers le terrain de pique-nique.

– Henry ? appela-t-il. Tout va bien ?

Mason se tourna aussitôt. Son petit frère remontait l'étroit chemin entre les énormes rochers. Quelques secondes plus tard, Henry arriva, essoufflé.

– Mason ! cria-t-il.

Il avait dû escalader la pente en courant depuis le moment où il avait laissé son vélo.

– Il faut que tu viennes.

– Qu'est-ce qui se passe ? demanda Mason, agacé.

– Il faut que tu m'aides, supplia Henry en appuyant la main sous ses côtes pour chasser un point de côté. Il y a du sang par terre dans la cuisine. Elle en a étalé jusque dans le salon. Elle a cassé quelque chose. Il y a du verre partout. Viens, Mase, *s'il te plaît*. Aide-moi à laver.

Une des Allemandes gloussa nerveusement en entendant parler de sang. Et soudain, Mason se revit à huit ans, au supermarché de Bowral, terrorisé à l'idée que sa mère se soit fait mal. Un sac de provisions dans une main, celle d'Henry dans l'autre, Ivy descendait d'un pas mal assuré les marches vers le parking. Elle venait d'incendier une caissière à cause d'une promotion affichée sur le catalogue qui n'apparaissait pas sur le ticket. Elle avait tout de suite élevé le ton, attirant sur elle l'attention des autres clients et plongeant la pauvre employée dans un embarras évident.

Ensuite elle avait exigé de voir le responsable et avait renversé un bocal de confiseries vendues pour une œuvre de charité. Une vieille dame avait claqué la langue, outrée, avant de se tourner vers son mari pour lui chuchoter quelques mots que Mason n'avait pas distingués. Mais l'homme avait soulevé les sourcils et toisé Ivy de la tête aux pieds.

– Tu penses qu'elle a bu ? avait-il murmuré.

Mason avait ramassé les bonbons qui s'étaient éparpillés au sol et sa mère lui avait donné une tape avec le genou pour qu'il se relève.

– Laisse ça. Allons-y !

Avec l'épaule, elle avait percuté les portes-tambours, mais elle avait heureusement gardé son équilibre et était parvenue à ne pas se laisser entraîner dans la ronde. Elle avait poussé un juron et la dame au comptoir des cigarettes lui avait décoché un regard désapprobateur. Mason ne pouvait pas s'empêcher de remarquer que tous autour de lui jugeaient sa mère. Henry s'était arrêté devant la tirelire-chien qui servait à collecter de l'argent pour les aveugles et avait demandé s'il pouvait mettre une pièce dans sa tête.

– Tu crois que j'ai assez d'argent pour les chiens en plastique ?

Elle avait tiré violemment sur son bras et s'était dirigée vers l'escalier, laissant Mason leur emboîter le pas.

Tellement occupé à afficher une mine contrite et désolée, il n'avait pas vu le moment où elle avait raté une marche et dégringolé en entraînant Henry avec elle.

Il avait entendu du verre se briser. Le sac de courses s'était déchiré et les conserves roulaient bruyamment pour atterrir en même temps qu'Ivy en bas des quelques marches. Mason avait entendu l'air s'échapper des poumons de sa mère. Par miracle, Henry avait amorti sa chute en tombant sur elle. Il était secoué, mais indemne. Ivy était restée étalée sur le sol en béton pendant un moment en grognant. Elle avait repoussé Henry d'un coup de coude pour qu'il se relève et examiné sa main blessée, où la peau avait été arrachée. Sidéré, Mason avait ramassé deux boîtes de haricots et regardé autour de lui dans l'espoir qu'on viendrait les aider.

Sur le parking désert, seules trois adolescentes s'attardaient pour fumer à côté des Caddies. L'une d'elles avait éclaté de rire après avoir échangé un regard complice avec ses copines. Les deux autres avaient gloussé. Au bout d'un moment, la première s'était approchée à contrecœur.

– Ça va ?

Mason ne se rappelait pas ce que sa mère avait répondu, et si même elle avait répondu, mais ce qu'il avait bien gardé en mémoire c'était comment sa mère avait repoussé sa main quand il avait essayé de la relever.

– Avancez, les garçons, leur avait-elle lancé en se redressant péniblement sur les genoux.

Elle leur avait désigné l'arrêt de bus un peu plus loin. Les adolescentes gloussèrent de nouveau en regardant le sac de provisions abandonné au pied de l'escalier tel un animal écrasé sur une route. En attendant le bus, Mason n'avait pu en détacher son regard. Sa mère s'était tant battue, pourtant, pour cette promotion, ce « deux pour le prix d'un », qu'on lui refusait.

D'autres filles amusées, maintenant. Une autre blessure. Tom avança, les sourcils froncés.

– Hey, ça va ? demanda-t-il doucement.

Mason lut sur le visage de son ami la même expression de pitié. Ce n'est pas comme ça qu'il voulait que Tom le regarde. Jamais. Cette journée avait été parfaite jusqu'à ce qu'Henry gâche tout.

– Je rentre tout à l'heure, lança-t-il à son petit frère. Je vais d'abord nager un peu.

Il avança vers le bord du rocher, se dégageant de son frère qui agrippait son tee-shirt. Henry se planta sur son chemin, alors Mason fit un pas vers la droite et Henry l'imita. Si la situation n'avait pas été aussi critique, ça aurait même pu être drôle.

– Écarte-toi ! gronda Mason. Laisse-moi passer.

– S'il te plaît, implora Henry.

Les Allemandes murmurèrent entre elles et se remirent à rire.

– Allez, Mason, intervint Tom. On reviendra demain.

C'était au-dessus de ses forces. Mason ne pouvait pas rentrer chez lui nettoyer les dégâts de sa mère. Il ne pouvait pas la soigner. Il ne pouvait pas la mettre au lit. Il n'en pouvait plus.

Il ne le ferait pas.

– Bouge-toi de là ! cria-t-il, et sa voix se cassa.

– *Non !* hurla Henry.

Autour de Mason, tout devint silencieux et ce fut comme si toutes les couleurs du monde venaient d'être effacées. Il posa une main sur la poitrine de son frère et le poussa.

Dès que le corps d'Henry s'éloigna de ses doigts, il les replia pour tenter de saisir son tee-shirt. C'était un réflexe, *protéger Henry*, parce qu'à cet instant, Mason n'avait plus l'impression d'être dans sa propre tête.

Tout près de lui, Tom lâcha un cri d'effroi. Tellement loin, à peine audible. Mason suivit du regard les oiseaux qui volaient au-dessus de la forêt de palétuviers de l'autre côté du bassin. Il n'entendit même pas Henry toucher l'eau.

– Bordel ! lâcha Tom en attrapant le bras de Mason.

Ils restèrent tous les deux pétrifiés, les yeux rivés sur les bulles qui remontaient à la surface. Un cri déchira l'air. Chloé. Elle criait son nom et celui d'Henry.

Henry réapparut en toussant et en agitant les bras. Le souvenir de sa noyade dans la baignoire, alors qu'il n'était qu'un bébé, surgit dans la mémoire de Mason. Tout s'était passé si calmement, de petites bulles s'échappant de son nez, s'accrochant à ses cils tels des diamants. Rien à voir avec le bruit et l'agitation de cet instant. On aurait dit que l'eau essayait de l'attirer dans ses profondeurs.

Le silence froid de leur salle de bain l'enveloppa, la fascination tranquille de voir le petit visage le regarder, de le voir enclencher son instinct de survie en retenant sa respiration. Mason avait oublié de fermer le robinet, il s'était laissé distraire. À six mois, Henry tenait à peine assis. Et là il se retrouvait allongé sous l'eau.

Il a glissé.

Je n'ai rien fait.

J'allais l'aider.

C'était sa mère, c'était elle qui avait fait pleurer le bébé en repoussant Mason et en soulevant Henry si rapidement qu'il s'était étouffé. Elle le serrait trop fort et le secouait de haut en bas. Elle avait failli le laisser glisser de ses mains.

– *Mason !* cria Tom. Fais quelque chose !

Il lui donna un coup sur le torse avec le dos de sa main. Mason revint alors à lui, comme s'il sortait d'un profond sommeil.

Derrière lui, quelqu'un accourait. Il se tourna et vit Chloé avancer, Raf et Sabeen sur ses talons.

– Aide-le ! s'égosillait Chloé, s'arrêtant juste le temps de retirer ses sandales.

Elle en balança une sur Mason et la semelle en caoutchouc s'écrasa sur le côté de sa tête.

Ensuite, elle plongea tout habillée. Elle glissa un bras sous ceux d'Henry et lui entoura la poitrine, le serrant contre elle pour revenir à la nage vers la rive.

Les Allemandes échangèrent quelques mots tout bas et partirent. Raf et Sabeen avaient déjà rebroussé chemin vers l'aire de pique-nique pour venir réceptionner Chloé et Henry. Tom resta un moment à côté de Mason qui, incapable de se tourner vers son ami, se pencha pour ramasser les sandales de Chloé.

– Qu'est-ce qui s'est passé ? demanda Tom, horrifié.

Mason ne répondit pas. Il resta courbé jusqu'à ce que Tom s'éloigne en courant.

Je ne suis pas une bonne personne, songea Mason. *Je ne méritais pas cette journée.*

Il descendit du rocher, vers la zone de pique-nique, et contourna le bassin. Ses amis s'étaient réunis autour d'Henry, quelques adultes les avaient rejoints pour offrir leur aide. Dégoulinant, Henry était assis et disait qu'il allait bien.

Quelques mètres derrière eux, Mason déposa les sandales de Chloé sur le sable. Il fit demi-tour et entreprit la longue marche jusque chez lui pour remettre une nouvelle fois sa mère sur pied.

19

CHLOÉ
Maintenant

Devant sa boutique, une tasse de thé fumant à côté de lui, le grand-père de Tom feuillette le journal. Henry était assis dans le même fauteuil à bascule quand j'ai pris la photo dont je me sers pour les nouvelles affiches. Je suis impatiente de parler à Raf et Sabeen de ce que j'ai vu la veille chez les Weaver. Je n'ai pas réussi à joindre Raf, mais Sabeen m'a envoyé un texto il y a quinze minutes pour que je la retrouve ici tout de suite.

– Bonjour oncle Bernie.

Je me baisse pour le saluer. Le vent souffle dans ses cheveux clairsemés.

– Ne te lève pas, lui dis-je en m'accroupissant devant lui, une main sur l'accoudoir du fauteuil.

Comme je ne l'ai pas vu depuis plusieurs mois, je remarque combien il a vieilli. Je suis sûre que ça n'a pas échappé à Tom, non plus. C'est sans doute pour ça qu'il tient tant à l'aider pendant qu'il est là. Il craint que la charge de travail au magasin soit démesurée pour Bernie et Rose.

– Comment ça va, ma chérie ?

Il me caresse la tête avec sa grande main calleuse.

– Tu es sage ?

Pas vraiment. Je ne suis pas d'humeur pour ce genre de conversation, mais je n'ai pas envie de me montrer impolie. On discute de ma mère et de Sydney, de mes notes. Je lui demande des nouvelles de Rose et de l'audience de libération conditionnelle pour leur fils.

– Je me fais du souci pour Tom, m'avoue Bernie soudain. Je le sens un peu dépassé par les évènements.

– Pourquoi vous dites ça ?

– Il ne se livre jamais, mais je n'ai pas l'impression qu'il soit heureux de ses études, m'explique-t-il en jetant un coup d'œil vers la vitrine, par-dessus son épaule. Et tu savais que Mason et lui sont fâchés ? ajoute-t-il en se penchant vers moi.

– Vous en êtes sûr ? Il ne m'en a pas parlé.

Bernie retire ses lunettes et les essuie sur le coin de sa chemise.

– Je crois qu'ils se sont disputés. Mason est venu faire une livraison, l'autre jour, et Tom a filé au fond du magasin sans un mot. Pourquoi n'est-il pas resté lui dire bonjour ?

– Je demanderai à Tom. Je suis certaine que tout va bien.

C'est maintenant mon tour de tapoter la main du vieil homme.

– Bonne lecture.

Mon sourire s'efface au moment où j'entre dans la boutique. La liste des sujets que je dois aborder avec Tom s'allonge. Je le trouve vers le fond, derrière le bureau en bois décoré sur lequel s'empilent des papiers. De la musique s'échappe d'une petite radio pour remonter l'escalier de la cave et s'infiltrer par la porte entrouverte, tout près de lui. Mis à part les deux clients intéressés par les livres d'occasion, il n'y a personne.

Tom lève les yeux quand il prend conscience qu'il est observé.

– Tu fais quoi ?

Il retire ses lunettes et m'adresse un sourire timide en se frottant les yeux.

– Les dépenses, les recettes, les assurances, me répond-il. Je vérifie qu'on a tout ça sur le cloud.

Il remet ses lunettes.

– Tu es venue pour qu'on aille prendre un café ? Pas sûr de pouvoir me libérer aujourd'hui.

Je hausse les épaules.

– Pas de problème. Je suis juste passée dire bonjour.

Je me mords la lèvre, gênée d'avoir menti, et m'empare d'un prospectus sur une des piles.

– C'est quoi ?

Sous le titre « Contre la reconstruction de Cutler Bend », une photo montre le glissement de terrain de janvier entouré d'un cercle rouge barré. En dessous encore, je lis « le terrain incendié met les résidents en danger ».

– Oh, c'est pour Jack, dit-il sans me regarder dans les yeux. Je lui en imprime quelques-uns.

– Le Jack de l'hôtel Traveller's Rest ?

Sally et Liv disent que c'est un aspirant politicien minable et malhonnête. Parmi ses nombreux commerces, il possède le seul autre motel de la ville. Ce qui fait de lui le concurrent direct de mon père depuis dix ans déjà. Pire encore, c'est le frère du sergent Doherty.

– Depuis quand tu lui rends des services ?

Tom me décoche un regard agacé.

– Ben, c'est ce que je fais ici, non ? Tout le monde me demande des faveurs, parce que je suis le mollasson qui sait pas dire non.

– Eh, dis-je en me radoucissant. Personne ne pense que t'es un mollasson.

Il fait pivoter sa chaise vers l'imprimante pour s'emparer d'une autre pile de prospectus, et les pose sur les autres.

– C'est pour quoi ?

« Préservez la Wiseman Road. Signez la pétition pour que votre voix soit entendue. »

– Il essaie de convaincre le conseil de mettre à jour le plan de prévention d'urgence ou un truc du genre. Il veut faire fermer Cutler Bend pour de bon.

– Pourquoi ?

– Toute la région risque des glissements de terrain à cause des feux de forêt sur la colline. Il ne reste plus de végétation pour retenir la pluie.

– C'est sûr, mais le conseil va certainement consolider les flancs de la montagne pour éviter que ça ne se reproduise, non ?

Tom prend un air perplexe.

– C'est ce que demandait ton père à la dernière réunion. Mais avec quel argent ? Grand-père dit qu'ils l'ont pratiquement joué à pile ou face pour décider entre réparer le toit de la poste et la salle paroissiale. On manque de fonds et on en a besoin pour tellement de choses...

– Mais si Cutler Bend reste fermé, ça ne laisse qu'une seule route pour entrer et sortir de la ville.

– Et alors ? demande Tom en haussant les épaules.

– C'est celle qui passe juste devant le Traveller's Rest. Pratique pour le motel de Jack Doherty et une catastrophe pour le nôtre. C'est ce que tu veux ?

– Je n'y suis pour rien, moi. T'en prends pas à moi, se défend-il en se levant pour glisser quelques documents dans une chemise. Je fais qu'imprimer les prospectus, je suis ni d'un côté ni de l'autre.

– Dis ça aux mauvaises herbes qui poussent autour de notre motel.

Après avoir rangé son dossier, Tom referme le tiroir avec une telle force qu'il fait trembler le meuble.

– Je pourrai jamais gagner, hein ? Je rends service à quelqu'un et quelqu'un d'autre pète un câble.

– Du calme, dis-je, vexée. Ce n'est pas contre toi que j'en ai.

Il s'écroule sur son siège.

– Je dois jongler de tous les côtés et tout le monde s'en fiche.

– Tu parles de l'université ?

Ses épaules s'affaissent.

– C'est pas facile de vivre sur le campus en laissant mes grands-parents tout seuls ici. Quand le diagnostic de démence sénile a été confirmé pour mamie à Noël, j'étais prêt à abandonner ma bourse. Mais elle m'a supplié de partir. Personne dans notre famille n'a jamais fait d'études supérieures et elle m'a dit que rien ne la rendrait plus fière que de me voir diplômé. Je ne peux pas les décevoir. Et j'ai besoin de savoir qu'on s'occupe bien d'eux.

– Tu ne les décevras pas.

– Je me sens tellement coupable, se lamente-t-il en soupirant. Tout ce que je fais est un échec.

– Mais non…

– Si !

Il sort de sa poche un rouleau de bonbons et déchire le papier.

– Les week-ends où je suis ici, je n'arrive pas à étudier, et quand je suis sur le campus, je pense tout le temps à mes grands-parents. J'arrive en retard à tous les cours et j'ai raté mes deux premiers examens de travaux pratiques. Je n'y arrive pas.

– Ce n'est que le début. Quitter la maison, c'est super difficile. C'est normal de se sentir noyé.

Il prend un bonbon et secoue la tête.

– Je suis tellement dispersé tout le temps. Je m'inquiète pour mamie et pour le magasin…

Il ne finit pas sa phrase.

– Est-ce que Mason et toi, vous vous êtes disputés ?

– C'est ce qu'il t'a dit ? demande-t-il en me décochant un regard noir.

– C'est ce que pense ton grand-père.

Il baisse la tête.

– Je ne suis pas fâché avec Mason. On a évolué différemment. On s'éloigne, tu vois. C'est des choses qui arrivent.

– Et Henry ? Est-ce que tu me caches quelque chose ?

– Pourquoi ?

– Comment tu savais que la carte postale venait de Manly ?

– C'est toi qui me l'as dit.

– Non.

Il se tourne vers moi, excédé.

– Tu me fais passer un interrogatoire ?

– Comment est-ce que tu savais qu'elle venait de Manly, Tom ?

– Vous m'arrêtez, inspecteur ? demande-t-il sèchement avant de pousser un soupir. Quelques jours avant son départ, Henry m'a dit qu'il pensait avoir trouvé son père à Manly, OK ? Il m'a demandé de ne le dire à personne parce qu'il ne voulait pas que ça arrive aux oreilles d'Ivy.

– Donc tu l'as toujours su ? Et tu as décidé de ne rien me dire ?

– Bon sang ! s'exclame Tom en retirant ses lunettes pour les essuyer sur son tee-shirt, comme son grand-père. Ça recommence ! J'ai aidé Henry, et ça te met en rogne. On peut jamais gagner !

Ce n'est pas le Tom que je connais. Sur les nerfs, sarcastique. En temps normal il ferait tout pour éviter les conflits. Être tiraillé entre ses grands-parents et l'université ne lui réussit pas. C'est trop pour lui. Et la liberté conditionnelle de son père ne doit pas aider non plus.

– Je suis désolée. Je regrette juste qu'Henry ne m'en ait pas parlé. Il faut bien que j'insiste pour avoir des réponses, tu comprends ?

– Et la carte postale ne t'en apporte pas ?

– Honnêtement, elle n'a fait qu'engendrer de nouvelles questions.

Je m'apprête à continuer quand la porte de la cave s'ouvre grand. Sabeen apparaît, ses cheveux noirs attachés en chignon haut. Son uniforme scolaire est un peu débraillé et elle a les pommettes roses. Elle a l'air gênée.

– Salut.

– Chloé. Hello, me salue-t-elle presque solennelle. Contente de te voir.

Je grimace, décontenancée par son attitude étrange.

– On va se chercher un smoothie ?

– Je suis occupée, me répond-elle, tranchante. Viens plutôt en bas avec moi.

Tom tourne la tête, étonné.

– Tu peux faire une pause, Sab. Tu t'es portée volontaire, c'est pas le bagne.

Elle glousse, mais ça ne sonne pas naturel.

– Ça me va, t'inquiète. J'avance bien, pas de repos pour les braves !

Elle ouvre de grands yeux complices dans ma direction, derrière le dos de Tom, les lèvres légèrement pincées.

Elle doit me parler. Et elle ne veut pas le faire devant Tom.

– OK, je te suis.

Tom retourne à sa paperasse. Sabeen m'adresse un nouveau regard entendu, un doigt sur la bouche. Je m'engage dans l'escalier et la laisse refermer doucement la porte.

Avant même qu'on soit arrivées en bas, je lui attrape le bras et murmure :

– J'ai tellement de choses à te dire…

Sur son visage, je lis que c'est pareil pour elle.

Et alors, je vois l'état de la cave, envahie de cartons ouverts partout, de tas de papiers, de bibelots kitsch et de meubles en trop mauvais état pour être vendus. Une chanson des années 1980 sur la pluie en Afrique s'échappe d'un petit poste de radio.

– Ne fais pas cette tête, me prévient Sabeen. Faut toujours que ça passe par une phase de bazar absolu avant que ça s'améliore.

– Qu'est-ce que tu fabriques ici ?

Sabeen retire une pile de journaux jaunis d'un tabouret et m'invite à m'asseoir.

– Je cherche des documents officiels, essentiellement. Tom veut mettre de l'ordre dans ce qu'oncle Bernie a mal rangé. J'essaie aussi de voir ce qui peut aller à la poubelle.

Sans fenêtre pour l'aérer, l'endroit sent l'humidité. Les ampoules nues projettent des ombres sur les murs. Je deviendrais claustrophobe si je devais rester ici trop longtemps.

– Il faut que je te montre quelque chose ! déclare Sabeen en se tordant les mains.

Elle se faufile prudemment dans un dédale de piles plus ou moins stables jusqu'à un objet coincé entre un ventilateur sur pied et le mur. Il est recouvert d'une bâche vert foncé.

– Pendant que je déplaçais des trucs ici, je suis tombée sur ça.

Elle tire sur un coin de la bâche pour la faire tomber par terre.

Le VTT rouge d'Henry, appuyé sur sa béquille.

***

Assises côte à côte, on observe le vélo, la bâche étalée à nos pieds.

– Je pensais qu'il était encore au commissariat. Ou que les policiers l'auraient rendu aux Weaver. Pourquoi est-ce qu'il est ici ?

– Je sais pas.

– Tu penses qu'Ivy l'a donné ?

– Peut-être.

– Pourquoi Bernie le cache dans la cave ?

Sabeen gigote, mal à l'aise, en regardant ses mains. Je comprends alors qu'elle ne m'a pas encore tout dit. Elle a autre chose à me montrer.

– Sabeen ?

Elle jette un regard rapide par-dessus son épaule, vers l'escalier, avant de se pencher sur une caisse d'archives par terre. À l'intérieur, plusieurs dossiers suspendus débordent de paperasse.

– Je te jure, je ne suis pas du genre à fouiller dans les affaires personnelles des autres, m'assure-t-elle. C'est juste parce que j'aide Tom à regrouper les documents importants.

Agitée, elle pose une main sur son front.

– C'était dans une enveloppe blanche… je pensais que c'était encore des papiers…

– Je comprends, dis-je pour la rassurer, sans savoir de quoi il s'agit.

Elle sort une grande enveloppe de la boîte et me la tend rapidement, comme si elle était heureuse de s'en débarrasser. Elle jette un nouveau regard vers l'escalier et s'assied sur une chaise en bois à côté de mon tabouret.

Je découvre un petit tas de photos prises avec un polaroïd.

– Elles sont à Bernie ?

Tom lui a offert un polaroïd à Noël parce qu'il n'arrivait à rien avec son téléphone.

Sabeen hoche la tête. Son silence m'inquiète, elle est en général tellement bavarde et pleine d'entrain. Alors que je parcours les clichés, son inconfort est palpable : elle n'arrive pas à décider si elle doit les parcourir avec moi ou regarder ailleurs.

Les premières photos montrent une kitchenette à moitié repeinte avec pour légende dans la marge blanche « travaux en cours, décembre ». Je mets un moment à reconnaître la caravane de Bernie. Je lève les yeux vers Sabeen. Pourquoi est-ce qu'elle me montre ça ? Qu'est-ce qui la met dans cet état ? Elle me fait signe de continuer.

La photo suivante est un portrait d'Henry. Il ne porte pas de chemise.

Je jette un coup d'œil à Sabeen, qui semble de plus en plus nerveuse.

– Il y en a d'autres.

Je fais le tour de la pile. Sur sept photos, Henry, les joues roses, sourit et rit, un pinceau à la main. Son torse nu a été pris sous plusieurs angles différents. Sur un des clichés, on ne voit pratiquement pas sa tête. La photo est centrée sur le bas de son dos. Comme sur tous les polaroïds, la peau est terne et surexposée, mais on y voit assez de détails pour comprendre que ce ne sont pas les travaux de peinture qui ont intéressé le photographe, mais Henry lui-même.

– C'est…

Je ne trouve pas mes mots.

Sabeen hoche de nouveau la tête.

– Je ne sais pas quoi penser.

– Mais c'est oncle Bernie... Il est comme un grand-père pour nous...

– Je sais. Qu'est-ce qu'on va faire avec ça ?

Je repense à la manière dont Henry parlait tout le temps de Bernie. Les vieux westerns qu'ils regardaient ensemble, les longues journées d'été qu'il passait avec lui pour réparer sa caravane... Mais rien de tout ça ne me réconforte. C'est encore pire, au contraire. Henry est porté disparu et ces photos... elles sont malsaines.

– Je les montre à Doherty ?

Avant que Sabeen ne puisse répondre, on entend la porte s'ouvrir en haut des marches. Sabeen m'adresse un regard affolé et je m'empresse de remettre les photos en tas. Il ne faut pas que Tom les voie. Il est déjà à bout de nerfs, une telle découverte pourrait l'achever.

Des pas lourds retentissent dans l'escalier et j'arrive à glisser les clichés dans ma poche au moment où Tom apparaît derrière nous. Il remonte ses lunettes sur son nez. On était tellement occupées à cacher les photos qu'on a complètement oublié la bâche sur le vélo d'Henry.

Il le voit tout de suite. Je n'arrive pas à lire l'expression de son visage.

– C'est... ?

– Oui, répond Sabeen en se levant.

Elle se tourne vers moi, regarde ma poche pour vérifier que rien ne dépasse. Je lui réponds avec un hochement de tête discret et me lève à mon tour.

– Waouh ! lâche Tom. C'est… dingue. Je savais pas qu'Ivy l'avait donné…

Il semble aussi décontenancé que nous et balaye la cave du regard comme s'il s'attendait à trouver d'autres surprises cachées dans le bazar ambiant.

– Je dois y aller, dis-je à Sabeen.

Ses yeux remontent de ma poche à mon visage.

– Et tu vas faire ce qu'on a dit ?

Elle parle de montrer les photos à Doherty. On échange un regard ennuyé, parce qu'une fois qu'elles seront entre les mains de la police, on ne pourra plus faire machine arrière. Sabeen tourne la tête vers le vélo d'Henry et je comprends tout de suite à quoi elle pense, parce que je pense la même chose.

– Oui. Demain matin, première heure.

On doit trouver Henry à tout prix.

20

HENRY
Une semaine avant la tempête

1er JANVIER 2019, 9 H 37

Missy : Bonne année !

2 JANVIER 2019, 10 H 55

Henry : Hello.

Missy : Hello ! Comment ça va ?

Henry : Pas terrible.

Missy : Qu'est-ce qui t'arrive ?

Henry : Je déteste vivre dans cette maison. Mon frère est un connard.

Missy : Qu'est-ce qu'il a fait ?

Henry : Tu vas dire que je suis un bébé.

Missy : Non, je dirai pas ça. Raconte-moi. S'il te plaît.

Henry : La semaine dernière, il m'a poussé du haut d'un rocher super haut vers le bassin de retenue.

Missy : OMG !

Henry : Je sais même pas nager. Enfin, je suis très mauvais.

Missy : Il est fou !

Henry : Je sais pas ce qui lui a pris. Il a pété un câble.

Missy : Il a déjà fait des trucs pareils ? Il est dangereux ?

Henry : Il n'a jamais essayé de me faire du mal.

Missy : Quelque chose a peut-être changé ?

Henry : Super. Maintenant c'est pas juste de ma mère que je vais devoir me méfier.

7 JANVIER 2019, 12 H 26

Missy : Hello. Ça va mieux ?

9 JANVIER 2019, 17 H 31

Missy : Tu veux qu'on discute un peu ?

11 JANVIER 2019, 11 H 47

Missy : T'es là ?

18 JANVIER 2019, 11 H 08

Missy : Henry, s'il te plaît, écris-moi.

1ER FÉVRIER 2019, 2 H 05

Missy : TU ES LÀ ???

15 FÉVRIER 2019, 19 H 36

Missy : Henry... ?

21

CHLOÉ
Maintenant

Au poste de police, la femme rousse n'a pas du tout l'air emballée de me voir.

Elle m'adresse un sourire poli, les deux mains sur le comptoir de la réception.

– Encore toi, lâche-t-elle en se penchant.

– J'aimerais parler au sergent Doherty, s'il vous plaît.

– Il est occupé. Je peux lui transmettre un message.

J'inspecte derrière elle la partie du commissariat que je peux voir derrière la vitre. Après l'open-space avec les ordinateurs, je repère plusieurs petites pièces. Certains bureaux sont fermés avec les stores baissés.

– Il en a pour combien de temps ?

– Difficile à dire, répond-elle sur un ton supérieur. Je ne peux pas savoir.

Je joue nerveusement avec la fermeture éclair de ma poche, dans laquelle j'ai l'impression que les photos sont en feu.

– C’est urgent, dis-je.

– Si c’est urgent, je peux t’aider.

Je tourne la tête vers les portes fermées.

– Je préfère attendre le sergent Doherty.

Elle se redresse et croise les bras.

– Et si tu me disais de quoi il s’agit, hein ?

Elle s’y croit, c’est dingue.

– J’ai de nouveaux indices qui pourraient l’intéresser. Sur la disparition d’Henry.

Elle me dévisage un instant et se penche de nouveau sur le comptoir pour s’armer d’un carnet. Elle sort un stylo de la poche de sa chemise et appuie sur le clic en me faisant signe de continuer.

– C’est quelque chose que je dois lui montrer.

– Alors montre-moi.

– Je préfère le voir, lui.

Encore une phrase que je ne me serais jamais imaginé prononcer.

La policière pousse un soupir et me demande mon nom avant de m’inviter à m’installer sur une des chaises en vinyle contre le mur. Une dame que je pense avoir déjà vue chez le coiffeur lève la tête assez longtemps de son téléphone pour prendre un air exaspéré et retirer son sac à main du siège à côté d’elle. Je m’apprête à m’asseoir quand je vois Doherty traverser la salle avec une tasse à la main.

Occupé ? On ne dirait pas.

– Sergent Doherty ! dis-je en accourant vers le comptoir.

Il me regarde, mais continue de marcher vers une porte entrouverte. Je le suis et finis par percuter le mur. Doherty fait signe à la policière de s'occuper de moi.

Juste avant qu'il ne s'enferme dans le bureau, je crie :

– Ben !

Ça l'arrête net. Je me déteste de m'être rabaissée à l'appeler par son prénom comme il l'a toujours voulu, mais aux grands maux, les grands remèdes.

– C'est au sujet d'Henry Weaver, dis-je rapidement, assez fort pour qu'il m'entende à travers la vitre.

Je sens que la dame du coiffeur se redresse sur sa chaise. Un autre policier quitte son écran d'ordinateur pour me regarder.

– Je voudrais vous montrer quelque chose.

Je brandis la pile de photos.

Doherty fronce les sourcils, pose sa tasse sur le coin d'une table et disparaît vers la droite. Après quelques secondes, il ouvre la porte de sécurité derrière laquelle je suis déjà plantée.

– C'est quoi ? demande-t-il en désignant ma main.

Je lui tends les polaroïds. La ride entre ses yeux se creuse pendant qu'il les parcourt.

– Je suis tombée dessus dans la cave du magasin de Bernie Lawson. Vous ne trouvez pas ça suspect ?

Doherty jette un coup d'œil rapide à la dame sur la chaise en vinyle. Elle se penche pour essayer de voir ce que j'ai dans la main. Il entre un code sur le tableau de bord de la porte de sécurité et me fait entrer dans la partie principale du commissariat.

– Parle moins fort, me sermonne-t-il alors que la porte se referme derrière nous.

Il me conduit dans l'open-space vers l'ordinateur de la femme rousse.

– Pas la peine de propager des rumeurs. On n'a pas besoin de ça. Bernie est un membre respecté de notre communauté.

– Qu'est-ce qu'il y a de respectable à ça ? dis-je en tapotant sur une des photos qu'il tient. Pourquoi est-ce qu'il a des photos d'Henry ? Vous saviez qu'il avait aussi le vélo d'Henry dans sa cave ?

Doherty jette un petit coup d'œil à la porte vers laquelle il se dirigeait avant que je l'appelle. Est-ce qu'il m'écoute ? Ou est-ce qu'il est juste impatient de mettre les pieds sur son bureau et de siroter son café ?

– Ce n'est pas normal, dis-je pour attirer de nouveau son attention. Regardez ça, Henry ne porte qu'un short.

Un muscle dans la mâchoire de Doherty tressaute.

– Qu'est-ce que tu faisais dans la cave de Bernie Lawson ?

– Quoi ?

– Tu es entrée par effraction ?

– Non ! J'étais avec mon amie Sabeen. Elle travaille là-bas.

– Mais pas toi, et tu as pris des affaires personnelles sans demander la permission.

– Vous êtes sérieux ? Bernie Lawson a des photos d'Henry à peine habillé et c'est à moi que vous vous en prenez ?

– Baisse d'un ton ! me gronde-t-il en élevant la voix.

Je tourne la tête vers la salle d'attente, la dame ne semble pas m'avoir entendue.

– On a trouvé aussi le vélo d'Henry dans la cave. Caché sous une bâche. Vous le saviez ?

Il ne me regarde pas. De nouveau, il est concentré sur le bureau derrière moi. Exaspérée, je me détourne. La porte est désormais ouverte et Mason Weaver se tient devant.

– Va t'asseoir, lui demande Doherty. Je reviens dans une minute. Tiens, ta tasse de thé, si tu en as toujours envie.

Il montre la tasse en céramique sur une table à côté de nous. Mason reste sur place.

– Laisse-les-moi, lance le sergent tout bas en me montrant la sortie.

– Qu'est-ce que vous allez en faire ? Vous allez interroger Bernie ?

– Ce n'est plus ton problème, rétorque-t-il en serrant les dents.

– Bien sûr que si ! Je viens de trouver des indices !

Doherty me foudroie du regard avant de jeter un nouveau coup d'œil exaspéré en direction de Mason.

– Retourne à l'intérieur. Assieds-toi. Je n'ai pas fini de t'interroger.

Il m'attrape alors par le bras et me raccompagne à la sortie. Une fois qu'on est dehors, Doherty regroupe les clichés en une pile ordonnée qu'il glisse dans la poche de sa chemise.

– Écoute, je les ai déjà vues, ces photos. Elles sont dans notre dossier sur Henry.

– Quoi ? Alors… vous avez ouvert une enquête sur Bernie ?

– Bernie les a apportées lui-même.

– Mais…

Doherty se redresse et m'enveloppe de son ombre.

– Je ne te dirai plus rien.

– Henry est mon ami.

– Je le sais. Mais ça ne t'autorise pas à salir le nom de braves citoyens. Laisse la police faire son travail.

– Alors faites-le ! Qu'est-ce que vous attendez pour le retrouver ? Pourquoi vous ne le cherchez plus ?

– On n'a pas arrêté de le chercher, réplique Doherty. On a simplement épuisé toutes nos pistes et on n'a pas de nouvelles informations pour l'instant.

– Et c'est tout ?

– Non. On va continuer à solliciter le public pour que tout le monde ouvre l'œil.

– Mais Henry a disparu depuis trois mois ! Est-ce que ça ne fait pas de lui la priorité ?

Doherty lâche un soupir et ses épaules s'affaissent.

– Tu sais combien de gens sont portés disparus en Australie tous les ans ? Plus de trente-huit mille. Et les deux tiers ont moins de dix-huit ans.

– D'accord. Donc…

– Les treize, dix-sept ans représentent six fois le taux des autres groupes d'âge.

– Où est-ce que vous voulez en venir ?

– Ça fait beaucoup de gamins disparus et on n'a pas beaucoup de moyens à notre disposition. La plupart sont retrouvés en vie rapidement.

– Et ceux qui ne le sont pas ?

– L'enquête reste ouverte. La police tient à les retrouver tout autant que leur famille et leurs amis.

On ne dirait pas.

– Maintenant, si tu veux bien m'excuser, je vais retourner à l'intérieur et expliquer à Mason Weaver que ce qu'il vient d'entendre n'est pas ce qu'il croit.

– Pourquoi est-ce qu'il est là ?

Doherty revient vers moi. Je repense à la pelle avec laquelle Mason creusait dans les bois. Est-ce que je lui en parle ? Il me fera encore la leçon.

– Je ne vais bien évidemment pas répondre à cette question. Mais tu es déjà au courant qu'il a été vu sur la voie publique en état d'ébriété.

– Il a le sang chaud…

Doherty appuie sur les portes automatiques qui s'ouvrent pour lui.

– … comme sa mère. Si vous voulez comprendre pourquoi Henry a disparu, commencez par eux.

– Qu'est-ce qui te fait penser que ce n'est pas ce que nous avons fait ?

Il me tourne le dos et je le vois traverser la salle d'attente. Il me jette un dernier coup d'œil avant de passer la porte de sécurité.

Alors que je traverse la rue, mon téléphone vibre. C'est un message de Raf.

J'ai hacké son mot de passe. Faut que tu voies ça.

***

Quand j'arrive chez les Nolan, Sally, armée d'un sécateur, est agenouillée sur un parterre de fleurs dans le jardin. Un des chats se prélasse sur la terrasse et la contemple, les paupières mi-closes. Dès qu'il m'aperçoit, il se lève et s'éloigne lentement.

– Eh ! s'exclame Sally alertée par le bruit de mes pas derrière elle. Te voici !

Elle se lève, maladroite, une douleur dans son genou la faisant grimacer. Grande et robuste, elle a une épaisse tignasse coupée au carré et la peau claire des Anglais qui brûle facilement au soleil. Je vois aussi bien Raf que Sabeen dans ses traits, surtout le nez et la bouche, et surtout quand on joue au Monopoly et que la compétition bat son plein.

Elle se frotte les mains et me tend les bras pour me serrer contre elle. Je m'élance, heureuse de sa présence après ma confrontation avec Doherty.

– Grâce à toi, mon fils a retrouvé son sourire, me confie-t-elle, sa bouche dans mes cheveux. Il ne parle que de toi.

Elle m'embrasse le haut du crâne et m'écarte d'elle pour me contempler.

– Il a même rangé sa chambre ! Sache qu'il ne ramasse pas ses chaussettes sales pour n'importe qui.

Elle m'adresse un clin d'œil complice et me laisse partir vers la maison.

Sabeen me retrouve sur le pas de la porte. J'ai l'impression qu'elle va exploser. Après avoir jeté un rapide regard à sa mère, elle m'entraîne à l'intérieur et parle tout bas.

– Comment ça s'est passé au commissariat ?

Je lui explique que Doherty connaissait déjà les clichés parce que Bernie les lui avait apportés lui-même.

– Super ! lâche Sabeen, soulagée. Ça veut dire que Bernie n'a rien fait de mal.

– Apparemment. Mais on ne sait toujours pas pourquoi il a pris ces photos.

– Il faut que tu viennes voir ce que Raf a trouvé.

Elle m'accompagne dans la chambre de son frère et je comprends qu'il a déjà partagé sa découverte avec elle. Raf est assis devant son ordinateur, ses deux écrans affichant des images du ciel étoilé. Sur le premier, une photo a été agrandie et sur le deuxième, j'aperçois une série de clichés pratiquement identiques. Quand on arrive, il pivote sur son fauteuil pour nous faire face.

– Parfait ! Tu es là ! Attendez juste que j'enregistre ça.

Il retourne à son ordinateur et pianote sur le clavier.

– J'empile quelques-unes des photos que j'ai prises hier soir.

– Pardon ?

Je m'assieds sur le bord de son lit. J'ai enfin l'occasion de voir de près son tableau de liège. Il y a punaisé des photos de sa famille, quelques-unes d'Amir, son père, en maillot de foot, et plein de ses amis, depuis l'enfance jusqu'à maintenant.

– Pour faire court, si je fais un montage sur Photoshop, je peux créer une image bien plus détaillée de la Voie lactée.

– Impressionnant.

– Si ça, ça suffit à t'impressionner, attends la suite !

Il sourit et Sabeen lève les yeux au ciel.

– Tu n'imagines pas comment j'ai hacké son mot de passe.

Il ferme le fichier sur lequel il travaillait et ouvre Facebook directement. Pour que je voie mieux, il se lève et m'invite à m'asseoir dans son fauteuil.

– Là, c'est mon compte, explique-t-il en se penchant vers moi pour taper sur son clavier.

Il entre « Henry Weaver » sur la barre de recherche. Une longue série de photos de profils apparaît.

– Il fallait avant tout que je découvre lequel était *notre* Henry, si vraiment il était là.

Il descend son doigt sur l'écran jusqu'à l'image d'un perroquet en chapeau de pirate.

– Il fallait que je me mette dans sa tête, continue Raf. Et ça, poursuit-il en montrant une photo, c'est sa blague préférée.

– Un perroquet ?

– Et un pirate, précise Sabeen en s'asseyant sur le lit derrière moi.

Raf m'aide à comprendre.

– Tu sais, le pirate qui entre dans un bar avec son perroquet et qui le cloue au mur parce qu'il réclame un Coca.

– Ah oui, et il se tourne vers Jésus sur sa croix et lui demande si lui aussi, il voulait un Coca. C'est vrai, il l'adore celle-là.

– Donc je me suis dit que le mot de passe était peut-être lié à la photo de profil.

Il quitte son compte et va sur la page de connexion.

– Comme on s'en doutait, Henry s'est connecté sur Facebook avec son adresse Gmail. Après une série de tentatives, j'ai finalement trouvé son mot de passe : *tuvoulaisuncoca*.

Il le tape et appuie sur Entrée. La page d'Henry s'ouvre sur l'écran.

– T'es génial !

Henry n'a aucune activité sur son profil, et une seule amie, Missy Ellwood.

– Il n'y a rien du tout, lance Sabeen. Il n'a jamais rien posté et n'est dans aucun groupe.

– Mais il y a un fil de conversation entre lui et cette Missy Ellwood.

– Une fille ?

J'ai la tête qui tourne.

Raf recule et s'assied sur le lit à côté de Sabeen.

– Lis et tu verras, dit-elle.

Je remonte au début. Henry et Missy ont discuté pendant des semaines. Je ne vais pas trop loin avant de sortir mon téléphone.

– Qu'est-ce que tu fais ? demande Raf.

– Elle dit qu'elle va au lycée Airsden sur la côte nord. Ce nom me dit quelque chose, mais j'ai pas l'impression que ce soit le nom d'un lycée. Je vais regarder sur Google.

Sabeen donne un coup de coude dans le ventre de son frère.

– On aurait dû y penser. Alors, ça dit quoi ? me demande-t-elle ensuite.

– Aucun résultat.

Je lève mon portable pour leur montrer.

Raf prend un air perplexe.

– Oh, ça se complique.

Je continue à lire, étonnée de constater combien Henry parle de son père. C'est à la fois terrible et agréable d'entendre sa voix à travers ces messages, mais plus d'une fois les mots de Missy me font tiquer.

– Elle est louche, cette Missy. Son école n'existe pas ; par un hasard extraordinaire, elle a le même âge qu'Henry et elle oublie qu'elle a une sœur. Henry a eu besoin de le lui rappeler.

– Louche, confirme Sabeen.

Je parcours le profil de Missy Ellwood, mais ses paramètres de confidentialité sont verrouillés. J'ai accès à sa photo uniquement : une fille avec un chapeau et des lunettes de soleil sur une plage, au soleil. Elle est prise de si loin qu'il est difficile de distinguer ses traits. Je reviens sur la conversation pour relire quelques passages. Ils révèlent en tout cas qu'Henry voulait retrouver son père, mais qu'il n'avait pas encore réussi. Selon ce qui est écrit, Henry n'a pas été en contact avec lui. Ou alors, il n'en a pas parlé à Missy.

Ma gorge se serre quand j'arrive aux derniers messages de Missy, autour du 10 janvier, quand Henry ne répond plus. Il a fait avec elle comme avec nous.

À moins que…

Missy cherche peut-être à brouiller les pistes. Si elle essayait de piéger Henry, elle a pu trouver un autre moyen de l'attirer dans ses filets. Et si elle était allée trouver une autre victime parce qu'elle n'est pas arrivée à harponner Henry ?

– D'accord, dis-je, les mains sur le clavier.

Sabeen se lève et vient à côté de moi.

– Qu'est-ce qu'on fait ?

– Je vais me faire passer pour Henry et lui envoyer un message.

– Hmm…, lâche Raf en nous rejoignant devant le bureau. On est sûrs que c'est une bonne idée ?

– Sûre ! Sinon comment veux-tu découvrir l'identité de Missy ?

Je commence à taper.

– Attends, attends, m'arrête Sabeen. On devrait pas montrer cette conversation à quelqu'un d'abord ?

– À qui ?

– Au sergent Doherty ? suggère-t-elle en haussant les épaules.

– Pourquoi ? Il ne fera rien. Il l'ajoutera seulement au « dossier d'Henry »..., dis-je en mimant des guillemets avec les doigts pour le citer. Et c'est tout. Autant avancer de notre côté.

Sabeen inspire entre ses dents.

– Oui, mais il y a une bonne façon de faire les choses. Ça, ça ne doit même pas être légal...

Mes doigts se déplacent rapidement sur les lettres et Raf se penche pour regarder l'écran.

– Bon, qu'est-ce que tu écris ?

Il lit ma phrase.

Salut. Comment ça va ? Ça fait longtemps !

Je lève les yeux vers lui, mon index au-dessus de la touche Entrée.

– Et merde, lance-t-il, une lueur de malice dans les yeux. Fais-le.

Sabeen lâche un petit glapissement quand j'envoie le message, mais elle ne tente pas de m'arrêter. On reste un instant à fixer ma phrase sur la fenêtre de conversation. Aucune photo ne s'affiche à la droite du message pour prouver qu'il a été lu.

– Et maintenant ? demande Raf.

– On attend.

Sabeen se mordille nerveusement la lèvre inférieure, ses yeux marron se promenant entre moi et l'ordinateur.

– On demande quoi si elle répond ?

– Je sais pas. Vous en pensez quoi ?

Raf lève les mains.

– C'est toi qui as voulu écrire, Chlo. On est juste là en spectateurs, nous !

Alors que je m'apprête à reprendre la parole, la photo de Missy apparaît sous mon message.

– Ça y est. Elle a vu !

Trois points ondulent, indiquant que Missy répond, et ils sont vite remplacés par un mot : *HENRY ??*

– Elle te demande de continuer, Henry.

– Le spectacle commence, dis-je avant de me lancer.

Henry : Salut.

Missy : T'étais où tout ce temps ? T'es à Sydney, là ?

Henry : Pourquoi ?

Missy : Il faut qu'on se rencontre. En personne. Retrouvons-nous quelque part.

Henry : D'accord.

Missy : Demain, tu peux ? Ou dimanche ?

Henry : Ouais, demain, c'est bien. À quelle heure ?

Missy : 11 h. Dans Hyde Park. Il y a une grande fontaine. La fontaine Archibald. Tu peux pas la rater.

Henry : Je trouverai.

Missy : Tu viendras ? Sûr ?

Henry : Carrément.

Missy : Il faut vraiment que tu viennes. Me pose pas de lapin, s'il te plaît.

Henry : OK. Comment je te reconnaîtrai ?

Missy : Je porterai un manteau rouge. Toi aussi, mets un vêtement rouge et retrouve-moi à côté de la fontaine.

Henry : Entendu.

Missy : Henry... ne panique pas. Je suis peut-être pas comme tu imagines.

Henry : Je suis peut-être pas comme t'imagines non plus.

22

Mason
Dix jours avant la tempête

Mason consulta encore une fois son portable. Il avait reçu un nouveau message de Rina. Rien de Tom. Ce serait la première fois depuis le lendemain de Noël que toute la bande serait réunie et il appréhendait leur rencontre. Ça faisait une semaine déjà qu'Ivy s'était coupé la main et avait badigeonné la cuisine de son sang. Ce n'était qu'une entaille superficielle, après tout, même pas assez profonde pour nécessiter des points de suture, mais ça avait suffi à affoler Henry. D'une certaine façon, c'était la faute de Mason : il l'avait toujours trop protégé, lui cachant pendant des années le comportement de leur mère. S'il avait laissé Henry participer, s'il l'avait laissé nettoyer le vomi d'Ivy, ces quelques gouttes de sang n'auraient pas été un tel choc pour lui.

Henry ne lui adressait plus la parole. Normal. Il ne s'était pas excusé de l'avoir poussé dans le bassin de retenue. Quand il était arrivé chez lui pour s'occuper de sa mère, il n'était pas encore accablé par la honte de ce qu'il venait de faire. Terrassé par un insupportable mal de tête, il s'était couché et n'avait même pas entendu Henry rentrer. Les jours suivants, il avait réussi à se convaincre qu'il n'avait aucune raison d'aborder le sujet, mais la vérité, c'était qu'il ne trouvait pas les mots.

Une part de lui s'en voulait de ce qu'il avait fait à Henry, mais le reste ne ressentait strictement rien.

Son téléphone annonça un nouveau texto. Rina. Encore.

Arrivée. À tout de suite.

Il jeta un coup d'œil vers la foule qui entrait dans Eliza Park depuis Railway Parade : des gens du coin, des touristes et des visiteurs des petites villes voisines. C'était la première année que les Shallows investissaient autant dans les festivités du Nouvel An, avec des stands de nourriture, des feux d'artifice prévus à vingt et une heures trente et quelques manèges. Mason avait entendu dire que Jack Doherty avait été chargé de la plus grande partie de l'organisation par le conseil local. Il avait sûrement facturé des sommes colossales aux commerçants et pris pour lui une belle part des profits. Mason ne comprenait pas pourquoi personne ne voyait clair dans le jeu de cet escroc. Stu et les autres mécaniciens en parlaient tout le temps. Apparemment, les membres du conseil étaient aveugles ou faisaient en sorte de l'être. Et maintenant, Darren Foster lui servait de garçon de courses et les deux hommes se comportaient comme si les Shallows leur appartenaient.

Mason aperçut Rina qui avançait vers lui sur des talons bien trop hauts pour marcher dans l'herbe. Elle portait un petit top noir moulant et un pantalon en similicuir, et ses cheveux bouclés encadraient son visage ovale.

– On va bien s'amuser, lui lança-t-elle avant de l'embrasser rapidement.

Sa peau luisait d'un éclat artificiel autour du nez et des pommettes. Elle avait épaissi ses sourcils et mis de faux cils. Ça lui paraissait excessif, d'autant qu'elle était vraiment jolie sans tout ce maquillage. Enfin, qu'est-ce qu'il y connaissait, lui ? Tout le monde se tournait vers elle, admiratif, autant les garçons que les filles. Mason aurait dû se réjouir de sa chance, ressentir de la fierté ou même un élan de possessivité. Au lieu de ça, il avait l'impression de jouer un rôle en tentant de mettre assez d'émotion dans sa performance pour qu'elle paraisse crédible.

– T'es ravissante, la complimenta-t-il, la faisant sourire à pleines dents.

Ils se baladèrent dans le petit marché partagé entre étals de nourriture et artisans locaux. Rina souriait courageusement chaque fois qu'un de ses talons s'enfonçait dans l'herbe. Mason repéra Jack Doherty à quelques tentes d'eux, plus gras que son frère, avec son crâne dégarni et sa peau parcheminée. Un bloc-notes à la main, il aboyait des ordres à son nouvel acolyte. Dans son tee-shirt noir trop serré, Foster arborait un badge de sécurité à l'instar des videurs de boîtes de nuit.

– C'est Sabeen ! s'écria Rina en attirant Mason vers l'aire de restauration.

Les Nolan avaient monté une tente blanche pour vendre leurs pizzas à emporter. Alors que Sally et Liv travaillaient à côté du four, Sabeen encaissait l'argent et Raf prenait les commandes puis servait les parts qui attendaient derrière la vitrine d'un chauffe-plats posé sur une table à tréteaux.

– Coucou ! les salua Sabeen, coinçant des mèches de ses cheveux noirs derrière les oreilles. Vous venez d'arriver ?

Raf regarda par-dessus la vitrine.

– Vous voulez une part ? Prenez ce que vous voulez, c'est offert.

Comme toujours, Mason était reconnaissant aux Nolan de leur attitude envers lui. Ils pardonnaient rapidement et ne semblaient pas lui tenir rigueur de l'incident du Rocher du Diable. À la station-service, quelques jours plus tôt, quand il était tombé sur Raf, il l'avait senti mal à l'aise. Mais Mason le savait plus désolé pour lui que gêné de le croiser. Sabeen, évidemment, voulait que tout le monde s'entende bien et oublie ses différends.

Mason craignait qu'il n'en soit pas de même pour Tom. Il lui avait répondu trois jours plus tôt, et depuis, rien. Mason essayait de ne pas le prendre mal. Dans son texto, Tom lui avait expliqué qu'il avait voulu le laisser tranquille parce qu'il semblait tendu et avait sûrement besoin d'être un peu seul. Ce n'était pourtant vraiment pas le moment : Mason n'avait strictement aucune envie qu'on le laisse réfléchir à sa vie, ses choix et ses perspectives. Il ne protesta pas, afin de ne pas peser sur son meilleur ami. Comment Tom aurait-il pu rester fidèle à un pareil danger public, une épave ?

Depuis… aucune nouvelle. Mason préférait ne pas imaginer ce que Tom pensait de lui.

– Henry est avec Chloé, lui annonça Sabeen, sans comprendre que c'était Tom qu'il cherchait. Ils font la queue pour les bulles géantes à côté du terrain de jeux.

Mason hocha la tête. Il avait travaillé au garage toute la journée et n'avait vu ni son frère ni sa mère. Il imaginait bien qu'Henry serait avec Chloé, tout comme Ivy devait être assise sur un tabouret de bar dans un pub.

– On peut revenir plus tard prendre une part de pizza ? demanda Rina. Je voudrais d'abord aller dire bonjour à ma mère.

En lui prenant fermement la main, elle entraîna Mason jusqu'à une petite estrade éclairée par des projecteurs. Elle fit signe à Luisa qui dirigeait une troupe de jeunes enfants en habits colorés. Des familles s'étaient déjà installées sur des couvertures de pique-nique, impatientes de voir le spectacle. Déjà les danseurs attendaient le feu vert pour commencer. Des rires à quelques tables de là, derrière une clôture blanche, attirèrent l'attention de Mason. L'évènement avait été assez mal organisé pour que la tente des buveurs de bière et autres boissons alcoolisées se trouve juste à côté de la scène.

Mason repéra tout de suite la queue de cheval blonde de sa mère parmi un grand groupe d'adultes. Il reconnut quelques-uns de ses camarades de beuverie, et en particulier un type aux cheveux ras et aux tatouages sur les bras. À en croire le volume de sa voix, Ivy était déjà soûle.

La musique démarra, mais pas assez fort. Pendant que la mère de Rina tentait de remonter le son, les enfants commencèrent à danser et un autre éclat de rire retentit. Mason ne put s'empêcher de tourner de nouveau la tête. Désormais debout, Ivy chancelait autour de la table. Sa voix fit à Mason l'effet d'ongles sur un tableau noir. Ses compagnons étaient hilares, mais les parents sur leurs tapis ne cachaient pas leur agacement. Après quelques minutes seulement, un couple se leva et revint avec un garde de la sécurité. Darren Foster.

La suite se déroula dans une sorte de brouillard.

Alors que Foster se faufilait entre les tables et les clients, s'approchant de la mère de Mason et de ses amis, Ivy fit un pas en arrière et passa par-dessus la clôture. Elle atterrit lourdement de l'autre côté, entraînant une bonne partie de la palissade dans sa chute et ratant de peu une vieille dame et deux petits enfants. Un cri d'effroi s'éleva de la foule. Mason accourut vers sa mère, mais Foster arriva en premier.

– Debout ! hurla-t-il en prenant Ivy par le bras pour tenter, sans ménagement, de la remettre sur ses pieds.

– *Eh !* s'indigna Mason. Lâche-la tout de suite.

En se débattant, Ivy fit perdre l'équilibre au jeune garçon qui faillit s'écrouler sur elle.

– Debout ! répéta-t-il en enfonçant les doigts dans sa chair.

Mason franchit les quelques mètres qui lui restaient et bouscula les curieux pour passer.

– Barre-toi de là, Foster.

Le jeune homme leva les yeux vers Mason et tourna aussitôt la tête vers la femme qu'il agrippait.

– Bon sang, c'est ta mère, princesse ? demanda-t-il avec un sourire moqueur. Elle est tellement torchée que je l'ai même pas reconnue.

– Lâche-la, répéta Mason, s'efforçant de ne pas hausser le ton.

Combien de gens profitaient du spectacle ? Il n'en savait rien. Des gosses s'étaient figés autour de lui.

L'air toujours aussi satisfait, Foster ouvrit le poing et Ivy tomba de nouveau, sa tête cognant la pelouse.

Mason s'élança vers son ennemi de toujours pour lui percuter l'épaule, mais Foster para le coup. Des cris résonnèrent dans la foule. Avant que la bagarre ne s'envenime, Mason sentit deux puissantes mains sur ses épaules. Il lui fallut une seconde pour se rendre compte que c'était le père de Chloé qui le retenait.

Liv et Sally arrivaient à leur tour et, rapidement, elles aidèrent Ivy à se relever. Cette dernière adressa un regard vide à son fils, trop éméchée pour comprendre ce qui lui arrivait.

– Qu'elle parte d'ici, lança Foster. C'est un déchet.

– Mais bien sûr, Darren, répliqua Sally. Emporte ton petit pouvoir ailleurs, s'il te plaît.

Mason inspecta les lieux. Tous les yeux étaient rivés sur lui. Il repéra Chloé et Henry, les mains de la jeune fille posées sur les épaules de son petit frère, comme pour le réconforter. Et Tom. Non loin de l'estrade, il contemplait le spectacle, à côté d'une Rina horrifiée.

Mason baissa la tête, le visage en feu. Il se tourna vers sa mère, mais Liv s'interposa.

– T'en fais pas, on la ramène chez elle. On va la mettre au lit.

– Mais je…

– T'inquiète pas, mon cœur, assura Liv gentiment. Reste avec tes amis. Profite de la fête.

Trop tard, songea Mason.

Alors que la foule se dispersait, Mason sentit une présence tout près de lui. Le père de Chloé.

– Ça va, mon gars ?

– Ouais, répondit Mason, incapable de lever les yeux vers lui.

– Ça a un peu chauffé, hein ?

Les épaules de Mason s'affaissèrent. Il n'avait plus la force de trouver des excuses à sa mère, d'inventer une justification pour son comportement. À quoi bon ? M. Baxter avait tout vu. Il n'était pas encore vingt heures et Mason était déjà fatigué. Toute cette année l'avait épuisé, il voulait qu'elle se termine au plus vite.

– Écoute, continua M. Baxter. On a dit à ta mère tout à l'heure qu'Henry pouvait dormir chez nous ce soir.

– OK, lâcha Mason en haussant les épaules. C'est une bonne idée, j'imagine. Surtout maintenant.

– Tu veux venir, toi aussi ? proposa le père de Chloé. T'es pas obligé de rester avec nous, bien sûr. Tu peux prendre une des chambres du motel.

Mason détourna la tête.

– Je peux pas trop me le permettre en ce moment, grommela-t-il.

– Gratuitement, précisa M. Baxter en faisant un pas vers lui. Je te laisse une clé sous le pot et tu viens quand tu veux. Fais comme chez toi. La chambre quinze est en général vide de toute façon. Ça te dit ?

Mason le dévisagea, méfiant.

– Je peux y aller quand je veux ? Sans payer ?

– Dès que tu as besoin de prendre un peu l'air… Tu vois, quand ça se corse à la maison.

– Pourquoi ?

– Pourquoi pas ? Un lit douillet, une douche chaude, la télé. Un peu de tranquillité.

Mason rougissait. Il ne savait plus où poser les yeux.

– Disons que j'aurais bien aimé que quelqu'un fasse ça pour moi quand j'avais ton âge, expliqua M. Baxter en enfonçant les mains dans ses poches et en donnant un petit coup de pied sur le sol. La chambre est à toi si tu en as besoin. Je la laisse libre. Et ça restera entre nous.

Mason ne trouva rien à répondre. La perspective d'une chambre de motel calme et propre, un endroit où se cacher s'il n'avait pas la force de rentrer chez lui… C'était presque trop beau pour être vrai. Il entendait la voix de sa mère dans sa tête : *Qu'est-ce qu'il veut en échange ?* Mais peut-être que, comme Stu, le père de Chloé voulait simplement l'aider.

– Merci, monsieur Baxter, parvint à articuler Mason en levant la tête pour montrer sa reconnaissance.

Le père de Chloé lâcha un petit rire, embarrassé.

– Appelle-moi Dave, enfin ! Il n'y a que le directeur de la banque qui m'appelle M. Baxter.

Mason s'attendit à recevoir une tape dans le dos ou à devoir serrer la main de son bienfaiteur, mais rien.

– Je te laisse y réfléchir, lança seulement ce dernier avant de s'éloigner.

Mason passa l'heure qui suivit en pilote automatique : il aida Raf et Sabeen à servir les parts de pizzas jusqu'au retour de leurs mères, même si ses amis lui garantirent que ce n'était pas nécessaire.

– S'il vous plaît, les supplia-t-il. Liv et Sally sont en train de s'occuper de ma mère. Laissez-moi leur rendre service pour les remercier.

Alors que le moment des feux d'artifice approchait, Sabeen mit trois pizzas dans des boîtes et demanda à Raf de prendre des boissons et une couverture. Liv et Sally, de retour, enfilèrent leurs tabliers et chassèrent les trois adolescents de la tente.

– Partez vous amuser, maintenant ! Allez retrouver vos amis.

Mason était prêt à rentrer chez lui. Il n'avait pas touché à la flasque de whisky dans sa poche et n'avait aucun appétit. Il suivit pourtant les autres vers un coin calme, loin des familles. Il gardait le faible espoir de sauver la soirée. C'était le jour de l'An après tout.

Sabeen passa quelques appels et Rina vint les rejoindre. Elle tenta de le prendre à part pour s'assurer qu'il allait bien, mais Mason voulait surtout retrouver Tom. Où était-il ? Est-ce qu'il l'évitait ?

Chloé arriva ensuite, un sachet de chips dans les mains.

– Où est Henry ? interrogea Mason.

– Avec mon père et les grands-parents de Tom, si ça t'intéresse.

– Je viens de demander, non ?

– Les gars ? intervint Sabeen. Et si on s'asseyait pour savourer nos pizzas ?

Chloé contourna Mason sans croiser son regard.

– Ça aurait été mieux de prendre de ses nouvelles il y a une heure, commenta-t-elle.

– J'étais un peu occupé, il y a une heure.

– Ouais, riposta-t-elle sèchement en posant les chips sur la couverture. J'ai vu. On a tous vu.

Mason serra la mâchoire.

– Tu as quelque chose à dire, Chloé ?

Elle lâcha un petit bruit étouffé.

– Vas-y ! Crache le morceau.

Bien sûr, Tom choisit ce moment précis pour apparaître.

Chloé croisa les bras.

– D'accord. Combien de fois tu vas le faire ?

– Faire quoi ?

– Péter un câble. Exploser.

Mason jeta un regard vers la palissade aplatie.

– Écoute, ma mère…

– Je ne parle pas de ça ! s'énerva Chloé. Je parle du Rocher du Diable !

Enfin. Mason savait que le sujet remonterait.

– Eh ! lança Raf. Arrêtez un peu…

– Est-ce que tu regrettes, au moins ? continua Chloé comme si Raf n'avait rien dit. Parce que j'ai pas l'impression que ça t'ait empêché de dormir.

Comme il détestait ça ! Son attitude supérieure était insupportable.

– Et si tu me disais ce que je devrais ressentir ?

– Pas de problème, répliqua Chloé, le prenant au mot. Tu devrais être désolé de ce que tu as fait à Henry. Tu devrais te sentir affreusement mal.

Mason secoua la tête. Il se sentait tout le temps affreusement mal, alors comment faire la différence entre avant et après l'incident ? Chloé pouvait se rassurer : pas un seul jour de son existence, il ne s'était senti bien.

– Fous-lui la paix, Chloé.

Tout le monde se tourna, estomaqué d'entendre Rina intervenir.

Chloé resta un moment sans voix.

– Pardon ? rétorqua-t-elle enfin.

– Ça nous arrive à tous de faire des erreurs, déclara Rina. Arrête de le harceler avec ce qui s'est passé.

Malgré l'obscurité, il était évident que Chloé était cramoisie.

– Tu n'y étais pas, Rina. Tu n'as rien vu.

– Mason m'a raconté. Il a eu une absence et il s'en veut énormément.

Chloé se tourna vers Mason.

– Je ne t'ai pas entendu t'excuser.

– Sérieusement ! Passe à autre chose, Chloé !

Elle dégageait une force et une beauté qui bouleversèrent Mason. Il se sentait à la fois flatté et dévasté par sa loyauté. Il ne la méritait pas.

– Chloé s'inquiète pour Henry, expliqua Raf pour détendre l'atmosphère.

Ça partait d'une bonne intention, mais Mason reçut sa remarque comme un coup de poing dans le ventre. Chacun avait choisi son camp et Raf lui tournait clairement le dos.

Mason regarda alors Tom qui se tenait toujours à l'écart.

– Arrête de nous gâcher la soirée, lança Rina.

– Je ne vous gâche rien. Ce n'est pas moi qui m'en suis prise à Darren Foster et qui ai failli démarrer une bagarre.

– Il n'avait pas à mettre les mains sur ma mère.

– Quoi ? Alors t'as encore pété un câble ? demanda Chloé. Qu'est-ce qui ne te fait pas démarrer au quart de tour ?

– Les amis ! s'écria Sabeen. *S'il vous plaît.*

Le ciel s'illumina alors et une demi-seconde plus tard, une explosion retentit. Elle vibra dans le torse de Mason et soudain le silence s'installa. Mais pas pour longtemps. La nuit s'anima alors de couleurs éblouissantes. Mason regarda les visages de ses amis, tournés vers les feux d'artifice, de longues ombres dansant sur leurs traits.

Il tourna les talons et s'éloigna. Tom courut le rejoindre et tenta de le rattraper. Il lui frôla le bras de ses doigts, mais sans parvenir à l'arrêter. À la sortie du parc, Mason sortit sa flasque de sa poche et l'ouvrit pour en boire le contenu en entier.

– Bonne année, grommela-t-il pour personne en particulier.

23

Chloé
Maintenant

Ça me fait bizarre d'être déjà de retour à Sydney, après une semaine seulement. Et c'est encore plus bizarre d'y être avec Raf. C'est comme si j'avais emmené une partie des Shallows avec moi. Je pense toujours à mes deux vies et à mes deux maisons comme des entités séparées et opposées. À Sydney, ma mère a des horaires de travail de folie et elle sort souvent avec ses collègues, alors que ma vie sociale se limite à trois filles du lycée qui ont eu pitié de moi parce que j'étais nouvelle et m'ont laissée les coller. On ne fait pratiquement rien en dehors des cours et je passe la plupart de mes week-ends seule dans ma chambre. Ma vie dans la métropole a un goût d'insaisissable, j'ai l'impression que je n'existe ici que pour me déplacer d'une activité à une autre.

Ce qui est aussi bizarre, c'est que ma mère travaille à quelques pas du parc et, même si on est samedi, j'ai peur de la croiser à tous les coins de rue. Techniquement, je n'enfreins aucune de ses règles : j'ai le droit d'être ici, mais si je lui avoue que papa n'a aucune idée que j'y suis, ça risque d'être compliqué pour lui. Il pense que Raf m'emmène visiter le musée du cricket à Bowral.

– Pourquoi tu ne lui as pas dit qu'on allait à Sydney ? m'a demandé Raf dans le train quand je lui ai raconté mon bobard.

– Ça m'est venu comme ça, sur le moment. J'avais besoin d'un lieu sur le chemin au cas où quelqu'un nous verrait monter dans le train.

– Donc ton père pense que j'aime le cricket, maintenant ? a-t-il demandé un peu inquiet. Amir adore et même maman et mimi regardent les matchs, mais j'ai vraiment pas hérité de cette passion. C'est mortellement ennuyeux, je trouve.

– Je sais, t'inquiète pas pour ça.

– Et si ton père me demande les règles ou je sais pas quoi sur le jeu ? Ou qui a remporté le championnat de 2012 ?

– Ça n'arrivera pas. Et qu'est-ce que tu en as à faire de ce que mon père pense de toi ?

Il a tourné la tête vers la vitre et c'est son reflet qui m'a répondu en grommelant.

– C'est important pour moi, c'est tout.

Alors qu'il monte les marches de la station St James, il bâille à s'en décrocher la mâchoire. Les dalles vertes et crème et la puanteur du métro australien m'évoquent toujours des toilettes qui auraient besoin d'un grand ménage.

– Missy a dit onze heures. Pourquoi on avait besoin de partir si tôt ?

– Toujours prêt, Raf. T'es scout, non ? C'est bien votre devise ?

– Ouais, mais il y a une différence entre être prêt et être deux heures en avance.

– On n'a qu'une heure d'avance. Ce qui nous donne l'avantage. On pourra repérer les lieux et trouver un bon poste d'observation pour la surveiller.

Raf bâille de nouveau et se frotte les yeux quand on sort dans la lumière du jour.

– Si j'avais su qu'on jouerait les flics, j'aurais pris des beignets.

Je souris, attendrie et exaspérée à la fois de le voir scruter les magasins sur Elizabeth Street.

– Tu veux un beignet maintenant ?

– Ouais, répond-il tristement, ne trouvant que des boutiques de vêtements dans la rue.

On reçoit un nouveau texto de Sabeen.

Écrivez-moi quand vous arriverez à Hyde Park.

Elle veut qu'on la tienne au courant à la minute près, pendant qu'elle travaille dans la cave d'oncle Bernie. Elle était sur le point d'annuler pour venir avec nous, mais la culpabilité l'a rattrapée.

– Rose m'a appelée pour me demander si je préférais la confiture de fraise ou de framboise, m'a-t-elle raconté. Elle a préparé des scones qu'elle voulait apporter au magasin à midi, parce qu'elle sait que je les adore.

Comment est-ce que je pourrais leur faire faux bond, maintenant ?

J'ai rassuré Sabeen en lui disant qu'elle avait un cœur en or et je lui ai promis de rester en contact permanent avec elle.

Avec Raf, on tourne à gauche pour suivre la grande avenue pavée qui mène à la fontaine Archibald. Elle est immense. Le bassin hexagonal doit bien faire vingt mètres de long et des dizaines de promeneurs sont assis sur le bord, bavardent à côté, ou se baladent autour. Sans compter ceux qui longent les allées voisines. Je tente d'avoir une vue d'ensemble, tous mes sens en état d'alerte maximale chaque fois que quelqu'un s'arrête pour lacer ses chaussures ou prendre une photo. J'oublie l'espace d'un instant qu'on est en avance et qu'on cherche une personne vêtue d'un manteau rouge vif.

– Il faut qu'on se mette un peu en retrait, lance Raf en me conduisant vers une pelouse.

Huit carrés de verdure entourent la fontaine, pour la plupart égayés de parterres de pensées. Raf nous dirige vers un banc vide.

– C'est trop loin, dis-je en tirant sur sa veste. Ici, c'est bien.

Je m'assieds sur le bord de l'allée. Des touristes me cachent un instant la fontaine, mais dès qu'ils s'éloignent je peux la surveiller depuis notre point d'observation.

– Écoute, lance Raf. Essaie de ne pas mettre trop d'espoir dans cette rencontre.

Je me tourne vers lui, les sourcils levés.

– Je veux juste que tu gardes en tête que ça pourrait être une fausse piste, explique-t-il en scrutant la foule.

– Alors pourquoi tu t'es embêté à venir ? dis-je, trahissant mon agacement.

Raf sort une paire de lunettes de soleil de sa poche.

– Je ne voulais pas te laisser y aller seule.

– Aha ! Donc tu penses que quelqu'un viendra.

– Peut-être.

– Peut-être, c'est mieux que pas du tout, non ?

Raf soutient mon regard un moment avant de chausser les lunettes.

– Peut-être, c'est ce que mes mères disent quand on leur demande quelque chose et qu'elles n'arrivent pas à dire non.

On se tait alors pour observer et écouter. Le soleil nous réchauffe le haut du crâne et Raf s'appuie sur les coudes pour regarder le ciel. Je me demande si, en d'autres circonstances, j'aurais eu le courage de lui prendre la main.

– Tu sais, j'ai besoin de t'expliquer quelques trucs.

– À quel sujet ? demande Raf.

Du coin de l'œil, je vois qu'il penche la tête vers moi.

– La nuit dans la cabane des bois. Pourquoi j'ai disparu après.

Raf se rassied, les jambes croisées.

– T'as pas vraiment disparu, corrige-t-il en arrachant un brin d'herbe. C'est juste qu'on en a jamais reparlé.

– Je t'ai écrit sur tout, sauf sur mes sentiments pour toi…

Il se tourne brusquement vers moi et remonte ses lunettes sur le sommet de son crâne.

– Tu as des sentiments pour moi ?

– Prends pas la grosse tête, hein ? dis-je rapidement en rougissant.

– C'est la meilleure nouvelle de la journée.

Je souris à mon tour. Mon cœur s'emballe.

– Je comprends pas alors, lance-t-il. Pourquoi tu m'as jeté comme une vieille chaussette ?

– Attention, c'est pas comme si j'en voulais pas, de la vieille chaussette. J'en veux toujours.

– OK, on arrête de me comparer à une vieille chaussette maintenant.

Mon sourire s'efface et je secoue la tête.

– J'étais perdue. Bouleversée par la disparition d'Henry. Tu n'as parlé de notre soirée à personne, alors…

Raf prend un air amusé.

– Eh, tu n'en as pas parlé non plus. Après, j'étais trop gêné pour le dire.

Il a raison.

– Ça s'est enchaîné, admets-je.

– Ouais, confirme-t-il, roulant le brin d'herbe entre son pouce et son index avant de le lâcher sur l'allée.

Il redescend ses lunettes sur son nez.

On observe la foule, les gens qui prennent des selfies, les enfants qui courent. Mes yeux se posent sur un homme aux cheveux poivre et sel, vêtu d'un polo et d'un jean. Il fait le tour de la fontaine lentement, regardant autour de lui comme s'il attendait quelqu'un.

Je donne un petit coup de coude à Raf.

– Là-bas, avec le polo bleu foncé. Il est louche.

– Le gars avec la barbe de hipster ? Tu penses ?

– Pourquoi ? Tu crois vraiment que Missy Ellwood est une gamine de treize ans ?

– Possible.

– Tu as jamais entendu parler de ce genre de méthodes d'hameçonnage ?

– Bien sûr que si, mais les gens avec qui tu parles sur Internet ne se font pas tous passer pour ce qu'ils ne sont pas.

Je plisse les yeux.

– Raf, on s'est fait passer pour un ado de treize ans pour attirer Missy à Hyde Park aujourd'hui.

– Pas faux.

– Viens, on s'approche.

Je me relève doucement, à moitié accroupie.

– J'admire ton pas de rhinocéros, mais tu te rends compte que tu attires plus l'attention de cette façon que si tu marchais normalement ?

Je me redresse, consciente de paraître débile.

– *Missy* cherche un garçon de treize ans, habillé en rouge, alors on n'a qu'à se fondre dans la foule. On se cache au grand jour.

Il glisse sa main dans la mienne, me prenant par surprise. Avant que je ne comprenne ce qu'il fait, il m'entraîne vers l'autre côté de la fontaine. Il balance mon bras d'avant en arrière et me parle d'une émission de télé.

On se cache au grand jour. Bien sûr !

Je souris et hoche la tête pendant que Raf me parle, mais mes yeux sont rivés sur le barbu au polo bleu. Il tapote sur son téléphone et je me prépare à recevoir un nouveau message sur le compte d'Henry. Rien. On s'arrête à côté de lui et Raf fait semblant de prendre une photo de moi devant la fontaine.

Je sors ensuite mon portable pour écrire à Missy.

Je suis là. Et toi ?

J'appuie sur Entrée et jette un rapide coup d'œil au barbu. Son téléphone ne se manifeste pas, mais de l'autre côté de la fontaine j'entends un *toc-toc-toc*. J'échange un regard avec Raf. À vingt mètres de nous, partiellement caché par les sculptures en bronze, on aperçoit un manteau rouge.

J'avais tout faux. C'est bien une fille, avec une queue de cheval bouclée et noire. Missy n'est qu'une gamine de treize ans, impatiente de rencontrer un ami jusque-là virtuel.

– Viens, dis-je en attrapant Raf par la main.

On fonce vers elle, le pas lourd.

Missy se tourne à moitié en nous entendant approcher. Ses pouces s'immobilisent sur le clavier de son portable.

– Attends…

Quand je la vois de profil, je reste bouche bée.

– Rina ? lance Raf en relevant ses lunettes de soleil. Qu'est-ce que tu fais ici ?

Elle ouvre de grands yeux. Mon téléphone sonne. Elle vient d'envoyer un message à Henry.

– D'accord ! s'écrie-t-elle en levant les mains. Je peux tout expliquer.

***

J'ai envie de me gifler. Dès que je vois Rina, plusieurs pièces du puzzle s'assemblent.

Les questions de Missy sur Mason, la sœur ballerine, sa remarque sur la cuisine de Sally… Je nous revois toutes les deux sur le sol de la salle paroissiale pendant que sa mère se prépare pour nos cours de modern jazz. On jouait avec nos figurines de Mon Petit Poney, inventant tout un monde imaginaire. On leur confectionnait des obstacles avec des boîtes en carton et des bouteilles en plastique. Mon poney était rose avec des fleurs brillantes sur la croupe et celui de Rina, bleu avec une crinière arc-en-ciel. C'est Luisa qui m'en a reparlé au début de la semaine. Elle n'était pas loin pour le nom, elle avait dit Bowtie, mais, en fait, c'était Bochel. L'anagramme de Chloé B. C'est seulement maintenant que j'ai Rina devant moi que ça me revient. Son poney portait l'anagramme de son nom.

– Airsden, dis-je tout bas en secouant la tête.

Comme le lycée de Missy Ellwood. Elle gigote sur sa chaise, incapable de soutenir mon regard.

On a suivi la proposition de Raf et on s'est installés sur la terrasse d'un café entre la fontaine et le métro.

Une partie d'échecs tout près a attiré un groupe de spectateurs, le calme et la lenteur qui se dégagent des joueurs sont en opposition totale avec ma fébrilité. La serveuse qui nous a accueillis revient avec une bouteille d'eau. À peine a-t-elle rempli un verre que Rina s'en empare pour le boire d'un trait.

Raf prend la carte avec un haussement d'épaules.

– On commande d'abord, non ? suggère-t-il. Comme ça, ce sera fait.

Rina retire son manteau rouge et fait mine de se concentrer sur les plats. Je lui retire la carte des mains.

– Qu'est-ce que tu fabriques, Rina ?

Elle croise les bras et s'enfonce sur son siège, la mine boudeuse.

– Et vous, vous jouez à quoi ? Raf fait le gentil flic et toi le méchant ?

– Réponds à ma question.

– Facile de deviner le rôle qu'a choisi Chloé, commente Raf en riant.

Ça ne ressemble vraiment pas au déjeuner de retrouvailles que Luisa espérait pour sa fille et moi.

La serveuse est de retour.

– Encore un petit instant, dit Raf poliment.

– Trois Coca, dis-je. S'il vous plaît.

Je ne veux pas qu'elle nous interrompe de nouveau en prenant notre commande. Je me retourne vers Rina et elle se ratatine encore plus.

– Pourquoi tu écrivais à Henry ? Sous un faux nom ?

Rina pousse un soupir.

– Parce que je voulais qu'il parle.

– De quoi ?

Elle se penche sur la table, et gratte une goutte de vernis sur la surface.

– De Mason. J'essayais d'avoir des informations.

– Quel genre d'informations ?

Elle n'arrive pas à lever les yeux vers nous.

– J'essayais de savoir s'il voyait une autre fille.

– Pourquoi tu ne lui as pas demandé directement ?

Rina pousse un soupir bruyant comme si je venais de dire la plus grosse des absurdités.

– T'es sérieuse ? Espérer que Mason se livre, tu peux aussi bien attendre qu'une pierre saigne.

Je trouve cette image particulièrement malvenue. Elle me rappelle trop l'après-midi sur le Rocher du Diable. Henry était tellement choqué.

– Pourquoi tu penses qu'il te trompe ? demande Raf. C'est une petite ville, on l'aurait vite su.

Je lui décoche un regard mauvais. Au bout de quelques secondes, il comprend ma réaction. Ma mère a très bien réussi à garder secrète sa liaison avec Doherty.

– Il était de plus en plus distant. Il ne voulait jamais discuter et il n'avait pas l'air de s'intéresser à... ce que j'avais à lui offrir, vous voyez ?

Raf a l'air aussi mal à l'aise que moi.

– Je croyais que vous aviez prévu un grand voyage à l'étranger, hasarda Raf.

– Exact. Pour la fin de l'année, après la fin des cours. On allait bientôt réserver, mais Mason a décidé qu'il ne voulait plus.

Raf plisse les yeux vers moi. Il ne veut sans doute pas que je parle à Rina de l'histoire du passeport.

– Et comment tu savais qu'Henry était sur Facebook ? demande-t-il.

– Je l'ai aidé à créer son compte, avoue Rina en se crispant.

– Sérieusement ? Tu lui as ouvert un compte exprès pour le berner ?

– Non ! On en a juste parlé, un jour, à la bibliothèque. Il m'a demandé à partir de quel âge on pouvait s'inscrire et je l'ai guidé.

Elle s'interrompt pour nous regarder tour à tour, Raf et moi.

– J'ai remarqué qu'il n'avait invité personne.

– D'après ce qu'il t'a dit… enfin à Missy, il n'était sur Facebook que pour retrouver son père, lance Raf comme s'il savait que c'est ce que j'ai besoin d'entendre. Il gardait ça pour lui.

– Oui. Il a dit que si Chloé l'apprenait, elle prendrait les choses en main et lui dirait quoi faire.

– Pardon ? dis-je, offusquée. C'est lui qui disait ça ou toi ?

– Parce que c'est pas vrai ? demande-t-elle avec une grimace accusatrice. Tu dis à tout le monde ce qu'on doit faire, comment on doit se comporter. Comme quand t'as engueulé Mason le jour de l'An. Il est anéanti depuis, encore plus fermé que d'habitude.

Ça y est. Je savais qu'elle m'en voulait encore pour ça.

Je me redresse.

– Donc c'est ma faute si Mason ne te parle pas ? Il le faisait pas plus avant le jour de l'An, non ?

– Pas faux, intervient Raf, sur un ton presque désolé. Même avec nous, il était de plus en plus distant. J'ai l'impression qu'il boit plus qu'on ne le pense, et il ne nous raconte pas tout ce qui se passe chez lui.

– Peut-être..., concède Rina en rejetant ses cheveux derrière son épaule et en se grattant délicatement le côté du nez avec son petit doigt.

– Attends, dis-je soudain. Il y a autre chose, n'est-ce pas ?

– Non.

Elle regarde la table derrière moi, retire une mèche de sa joue et se gratte de nouveau le nez.

– T'as jamais été bonne à l'Imposteur.

Raf se met à l'observer de plus près.

– T'as raison ! Elle se touche toujours les cheveux et le visage quand elle ment.

– Ce stupide jeu de gamins ? s'indigne Rina en croisant les bras et en les décroisant aussitôt. Ça veut rien dire.

– Hmm..., lâche Raf avant de prendre une gorgée de Coca. Tu nous excuses, hein, si on a du mal à croire une fille qui a écrit pendant des mois à Henry sous une fausse identité.

Rina lève les yeux au ciel. Elle ne va plus tenir longtemps.

– Il y a autre chose, avoue-t-elle en regardant autour d'elle et en baissant la voix. J'ai vu la voiture de Mason sur la route. Cette nuit-là.

– Quelle nuit ?

– La nuit où Henry a disparu. Je n'arrivais pas à dormir à cause de la tempête. Je me suis assise à ma fenêtre pour prendre des photos. J'adore les éclairs.

– Je peux te donner des conseils, propose Raf.

Mais il doit voir à l'expression de mon visage que ce n'est vraiment pas le moment.

– Bref, continue, lance-t-il.

– Autour de minuit, peut-être un peu après, j'ai ouvert la fenêtre pour laisser entrer le vent. J'ai entendu une voiture…

– Elle venait de quelle direction ?

Je n'ai plus mis les pieds dans la chambre de Rina depuis des années, mais je peux encore me représenter comment elle surplombe Railway Parade.

– Euh… du côté de la bibliothèque.

– Du sud, reformule-t-on d'une seule voix, Raf et moi.

– Exact. La voiture est passée en dessous de chez moi et a continué encore après la pizzeria, comme si Mason rentrait chez lui. Je me suis dit que c'était bizarre, parce qu'il était tard et que c'était dangereux de conduire dans cette tempête.

– Tu es sûre que c'était la voiture de Mason ?

– Il pleuvait encore un peu, c'est vrai que je ne voyais pas très bien. Mais oui, j'en suis pratiquement sûre.

Étrange. Mason a dit qu'il était resté à la maison toute la soirée et Ivy l'a confirmé.

Ça explique le regard qu'ils avaient échangé sur la véranda le lendemain matin. Je comprends maintenant pourquoi les oreilles de Mason étaient en feu.

– Je n'ai pas réussi à dormir tout de suite après ça, parce que je le soupçonnais d'avoir été avec une autre fille, poursuit Rina. Je lui ai écrit plusieurs textos, mais finalement je n'en ai envoyé aucun. J'étais vraiment furieuse, vous voyez ? Quand j'ai fini par trouver le sommeil, j'ai été réveillée par de nouveaux bruits de pneus. C'était la même voiture, mais qui venait de l'autre côté cette fois.

– Il était quelle heure ? dis-je en tapant ces informations dans le bloc-notes de mon portable.

– Une heure plus tard à peu près. Une heure et demie, même.

– Donc vers une heure et demie ? Une heure quarante-cinq ?

– Quelque chose comme ça. J'ai suivi la voiture du regard et elle a fini par tourner au niveau de la gare. Je me suis dit qu'elle faisait demi-tour, mais elle n'est pas réapparue avant longtemps. Au moins dix ou quinze minutes.

– Pourquoi ? Il n'y a plus de train à cette heure.

Je cherche les horaires des trains sur Google.

– Il y a un train qui part pour Campbelltown à trois heures trente, mais seulement les jours de semaine.

J'ai la tête qui tourne. Pourquoi Mason était-il sur la route entre minuit et deux heures du matin ? Pourquoi avoir dit qu'il n'était pas sorti de la soirée et pourquoi sa mère l'a-t-elle couvert ? Est-ce qu'il cherchait Henry ?

– À qui est-ce que tu en as parlé, à part nous ?

– À personne, me répond Rina en se ratatinant de nouveau sur sa chaise.

– Même pas au sergent Doherty ?

– J'ai demandé à Mason si c'était bien lui et il a nié. Comme sa mère a confirmé sa version, je me suis demandé si c'était vraiment lui au volant, ou bien sa mère. Peut-être que c'était juste le même modèle de voiture. Comment est-ce que je pourrais le dire au sergent Doherty ?

– Et en plus, j'imagine que tu ne voulais pas mettre ton mec dans l'embarras.

Rina semble interroger Raf : *Et j'avais raison, n'est-ce pas ?*

– Tu penses que tu pourrais en apprendre plus de Mason ?

– Tu sais pas ? me demande-t-elle en détournant la tête, dépitée. Il m'a larguée il y a quelques jours. On ne se parle plus.

– Je suis désolée, dis-je, sincère.

Malgré nos tensions et cette histoire de fausse identité, c'est quand même une amie d'enfance.

– Non, je ne le savais pas. Ça va ?

– Il va bien falloir.

– Tu ne vas pas essayer de le faire changer d'avis ? interroge Raf. Ce n'est pas la première fois que vous rompez.

– C'est vraiment terminé. Quelque chose a changé. Chez lui, mais aussi chez moi.

On ne reste pas déjeuner. À ma grande surprise, Rina accepte de rentrer avec nous aux Shallows. On discute un peu dans le train jusqu'à ce que Raf mette des boules Quies pour somnoler, la tête appuyée sur la vitre.

– Je peux te demander un service ? lance Rina, alors qu'on roule le long d'un mur recouvert de graffitis. Je sais que tu ne me dois rien.

– D'accord.

– S'il te plaît, laisse-moi expliquer tout ça à Sabeen, d'accord ?

Elle baisse les yeux sur le manteau rouge posé sur ses genoux et retire un fil de l'ourlet.

– C'est une bonne amie, je préférerais lui dire moi-même. Elle sera furieuse contre moi, mais au moins elle l'entendra de ma bouche.

– Fais-le tout de suite, dis-je en brandissant mon téléphone.

Rina hoche la tête, résignée. Il vaut mieux se débarrasser de cette corvée, elle le sait. Elle sort son portable pour appeler, mais s'interrompt.

– Et attends pour en parler au sergent Doherty. J'aimerais d'abord le dire à ma mère, OK ? Je sais que je n'ai aucun droit de te le demander, mais ça lui fera de la peine, alors autant que ce ne soit pas la police qui lui raconte. Elle serait tellement gênée.

– Bien sûr. Je ne veux surtout pas embarrasser ta mère.

Je fais semblant de ne pas écouter Rina quand elle parle à Sabeen. Mais elle me lance régulièrement des coups d'œil comme si elle m'incluait dans sa conversation, pour avoir mon approbation ou mon soutien moral. Alors qu'elle revient sur tous les détails, j'ouvre le compte Facebook d'Henry pour relire leur tchat. À Campbelltown, on doit changer de train. Les derniers messages ne me permettent toujours pas de comprendre les intentions d'Henry, ni où il est parti.

Quand j'arrive chez moi, je me sens vidée. Luisa me salue depuis le jardin du motel. Elle est agenouillée devant le parterre de fleurs qui entoure la fontaine. De l'eau coule désormais d'une vasque à l'autre.

– Tu as bien travaillé ! dis-je pour la complimenter. C'est super beau !

Elle plante des pensées en alternant les jaunes et les mauves.

– Une fois que j'aurai terminé, on prendra de nouvelles photos pour le site, explique-t-elle en mettant sa main gantée en visière.

– Je peux t'aider. Tu veux que je m'occupe de la réception pendant que tu es ici ?

Luisa tapote sa poche de derrière pour me montrer qu'elle a pris le téléphone.

– Je veille, me rassure-t-elle. C'est très calme. Nos seuls clients sont partis ce matin visiter les grottes.

Je ne vois nulle part la voiture de papa.

– David est retourné à la quincaillerie. Il s'était trompé de paillis.

Je suis gênée de discuter ainsi avec Luisa, sachant ce que sa fille a fait. Mais j'ai promis à Rina qu'elle ne l'apprendrait pas par moi, alors je vais tenir ma promesse. Je lui propose une tasse de thé et pars dans le bureau. Je suis tellement perdue dans mes pensées que je ne remarque pas tout de suite que quelque chose bloque la porte, mais quand je la pousse, elle résiste.

À travers la vitre, j'aperçois le canapé délavé. Il est retourné et les coussins sont éparpillés dans la pièce.

– Qu'est-ce qui… ?

J'insiste avec mon épaule et parviens à faire reculer le meuble encombrant suffisamment pour passer. Des papiers jonchent le sol, la petite table basse et les magazines sont renversés. Les stylos de Luisa sont répandus sur son clavier, mais je n'ai pas l'impression qu'on ait touché à l'ordinateur. L'entrée vers notre résidence est grande ouverte. À l'autre bout du couloir, la porte de dehors est également ouverte.

Prise de nausée, je comprends qu'on a été cambriolés pendant que Luisa était dans le jardin.

Je tire le tiroir du haut où on range l'argent. Il est toujours verrouillé. Je pars alors vérifier ce qu'on nous a volé. Je m'arme de courage pour affronter la vue des dégradations et du bazar, mais tout est à sa place.

Apparemment, il ne manque rien.

Mais quand je reviens dans le bureau, je remarque un papier punaisé à la porte de notre résidence. Il s'agite légèrement dans le courant d'air.

Un message. Juste trois mots.

LÂCHE L'AFFAIRE.

24

Mason
Un jour avant la tempête

S'IL TE PLAÎT APPELLE-MOI.

JE PEUX VENIR ?

T'ES OÙ ?

RÉPONDS-MOI.

JE ME FAIS DU SOUCI.

TU ME MANQUES.

TU VEUX ME QUITTER ?

Depuis une semaine, le téléphone de Mason vibrait de tant de messages de Rina qu'il avait été tenté de l'éteindre. Il décida de le mettre plutôt sur silencieux, au cas où Tom lui écrirait. Il travaillait dur chez Stu, rentrait chez lui et se mettait directement au lit. Garage, lit, garage, lit. Parfois une bricole à manger. Une douche. Garage, lit.

Quelque chose avait changé. Mason se sentait plus seul que jamais.

Il ne rappela à personne son dix-huitième anniversaire, préférant boire sa première bière légale au fond du Criterion. Il avait enchaîné en se payant sa propre bouteille de whisky et était parti en profiter dans la cabane des bois avec un sac de couchage, sachant qu'on ne viendrait pas l'y déranger.

La nuit passée dans la nature renforça certaines de ses certitudes. Il devait quitter les Shallows et démarrer une nouvelle vie ailleurs. Son petit boulot chez Stu était censé lui offrir cette possibilité, mais pour le moment, il n'avait pas eu le courage de réfléchir concrètement à un plan. Il avait réussi à payer la Subaru en sept semaines de travail, et depuis il avait économisé plus de huit cents dollars. Il n'avait jamais eu autant d'argent. Maintenant qu'il apprenait le métier de mécanicien à plein temps, il espérait doubler cette somme au cours du mois suivant.

Le téléphone de Mason s'illumina de nouveau, mais il l'ignora, trop occupé à retirer doucement l'enveloppe bleue scotchée sous le tiroir du bas de son bureau. Il n'avait pas pu ouvrir de compte en banque, parce qu'il aurait dû donner son adresse postale et il craignait que sa mère, en relevant le courrier, le découvre. Une boîte postale en ville lui aurait coûté cent dollars par an. Au rythme où il travaillait et économisait, c'était un investissement excessif.

Il n'avait pas encore réussi à mettre la main sur son acte de naissance et sur le document attestant son changement de nom. Et si sa mère les avait perdus ? Pourtant, ils devaient bien être quelque part dans la maison, ils n'avaient jamais déménagé. Il en aurait besoin dès qu'il serait prêt à partir. Il sortit son portefeuille et glissa dans l'enveloppe deux billets de cent dollars. Avec combien d'argent serait-il à l'aise pour partir ? Cinq mille dollars ? Était-ce suffisant ? Il allait bien falloir, un jour, qu'il se contente de ce qu'il avait, un point c'est tout.

Alors qu'il replaçait l'enveloppe sous le tiroir, il entendit la porte de sa chambre grincer.

– Tu vas partir ?

Mason se retourna d'un bond. N'osant pas entrer, Henry le regardait depuis le couloir. Il portait sa casquette verte de base-ball. *Lucky-7*. Mason l'adorait particulièrement. Économiser vingt dollars n'avait alors pas été simple, ils traversaient à ce moment-là des mois très difficiles. Mason ne travaillait pas encore chez Stu, et il avait dû garder deux dollars chaque fois qu'il faisait les courses pour finalement échanger la maigre recette à la poste contre un joli billet orange.

– Tu vas partir ? répéta Henry.

Il avait sûrement vu l'argent. Mason devrait se rappeler de changer de cachette.

Henry poussa la porte et entra.

– Je te pardonne de m'avoir poussé dans l'eau, d'accord ? Même si tu ne t'es pas excusé.

– Je suis désolé, lança Mason, sincèrement.

Après tout ce qui s'était passé, les excuses lui vinrent facilement.

– Alors, s'il te plaît, ne pars pas. Ne me laisse pas seul ici avec elle.

– Henry…

– Non ! Tu peux pas faire ça. Je ne sais pas faire tout ce que tu fais. Je n'en ai aucune envie.

Mason s'appuya sur son bureau pour se lever.

– J'ai dix-huit ans, il est temps…

– Mason !

La voix d'Henry se cassa. Il avait les larmes aux yeux.

– Emmène-moi. Je te promets de faire tout ce que tu veux.

Mason sentit quelque chose se briser en lui. Il déglutit, les yeux rivés sur la moquette.

– Tu dois rester ici pour finir l'école.

Il ne put continuer. Des crissements de freins dehors l'interrompirent. Dans l'allée, il reconnut la voiture noire d'un des compagnons de beuverie d'Ivy. Plusieurs d'entre eux faisaient le détour pour la raccompagner. *Profiteurs*, songea Mason. Il se demandait combien de tournées elle leur offrait pour montrer sa gratitude, de l'argent dont sa famille aurait eu bien besoin pour réparer le chauffe-eau et acheter du papier toilette.

– Tu ne peux pas partir ! cria Henry en s'essuyant les yeux du dos de sa main. Je t'en empêcherai !

– Tu ne pourras pas, répliqua Mason en soupirant.

L'expression d'Henry changea soudain. Mason ne parvint pas à la lire, mais ses pleurs étaient remplacés par une détermination de fer.

La porte d'entrée s'ouvrit avec fracas et les pas d'Ivy résonnèrent lourdement sur le plancher. Elle passa à côté de la chambre de Mason, heureusement sans remarquer la présence de ses fils, et partit s'enfermer dans sa propre chambre.

Henry ne disait rien. C'était déconcertant. Il fila sans un mot et Mason sentit son sang se glacer. Comment faire comprendre à son petit frère que rester ici le détruisait de l'intérieur, que s'il continuait à vivre sous ce toit, les choses prendraient inévitablement une mauvaise tournure ? Il avait l'impression d'une tempête qui approchait, charriant avec elle le désespoir à la place des éclairs et des coups de tonnerre.

Il fallait qu'il parte. Encore un peu et il exploserait.

25

Chloé
Maintenant

Avec Luisa, j'attends dans le bureau du motel, le dimanche matin, le message de menace devant nous. Elle s'est habillée en couleurs sombres, robe noire, cardigan gris, comme pour un enterrement. Je me demande si Rina lui a déjà parlé du tour qu'elle a joué à Henry sur Facebook, parce qu'elle semble vraiment mal en point et ça me met encore plus mal à l'aise. Les sourires chaleureux de Luisa et ses chemisiers fleuris commençaient à devenir pour moi un réel réconfort.

Tom est passé dans la matinée déposer deux lampes assorties que quelqu'un avait données au magasin de son grand-père. Il s'est dit qu'on en aurait besoin pour remplacer le mobilier abîmé par la tempête.

– Tu te sens coupable, hein ? me suis-je moquée. Parce que tu as aidé Jack Doherty.

Ça l'a fait rire. Mais l'humeur est devenue tout de suite plus sérieuse quand je lui ai raconté le cambriolage.

– Donc quelqu'un s'est introduit dans le motel pendant que Luisa était dans le jardin ? C'est complètement dingue !

– Franchement, n'importe qui aurait pu passer à côté d'elle pendant qu'elle avait la tête dans les fleurs. Elle a laissé le bureau ouvert et sans surveillance.

– À sa décharge, on est dans les Shallows, je te rappelle. Et je suis sûr que ton père le fait tout le temps. Comment tu voulais qu'elle s'attende à un truc pareil ?

– C'est bien ça le problème, Tom. Il y a des malades partout. Les gens ici sont beaucoup trop confiants.

Je ne dirais pas ça à Luisa, bien sûr. Elle a déjà l'air effondrée.

– Il ne va pas tarder, dis-je en parlant de mon père, au téléphone dans l'autre pièce.

J'imagine qu'il parle avec ma mère, vu comment son visage s'est décomposé quand il a pris l'appareil. Papa s'arrange pour que leurs conversations restent légères et brèves. Il n'en peut plus de l'entendre dire du mal du motel, de la ville et de ses habitants. Parfois j'ai l'impression que ces critiques acerbes lui servent surtout à se convaincre qu'elle a eu raison de partir, parce que la vie ici lui manque trop.

– Non, répond papa en haussant le ton. Je ne te laisserai pas faire ça, Mel. On était d'accord qu'elle resterait avec moi trois semaines.

J'échange un regard avec Luisa. C'est bien ma mère, en effet. Est-ce qu'elle veut me faire revenir à Sydney ? Je suis censée rester aux Shallows jusqu'au week-end de Pâques, ce qui fait encore une semaine.

Je jette un coup d'œil par la porte qui donne sur notre résidence. Papa fait les cent pas dans le couloir. Il baisse la tête, le combiné à quelques centimètres de son oreille.

– Je vais m'en occuper, interrompt-il d'une voix enragée. Et la prochaine fois que ton petit espion te contactera, dis-lui de venir me parler directement. Je serai plus que ravi de le recadrer.

J'ouvre grand les yeux vers Luisa qui détourne rapidement la tête quand elle entend papa revenir. Elle fait mine de chercher quelque chose dans un tiroir pour qu'il ne croie pas qu'on l'écoutait. Je me lève d'un bond en le voyant.

– Qu'est-ce qui se passe ?

Papa me serre l'épaule en passant à côté de moi.

– T'en fais pas.

– C'est qui son petit espion ? Doherty ?

Il me contourne et pose le téléphone sans fil sur son socle.

– Mieux vaut ne pas en parler.

– Papa, dis-je, blessée par cette nouvelle trahison. Maman est toujours en contact avec lui ?

– On dirait, répond-il, ébranlé par la douleur dans ma voix, et son visage se radoucit. Il lui a écrit.

– Pourquoi ?

– Il lui a dit que tu retournes la ville à la recherche d'Henry Weaver et que je te laisse faire sans m'occuper de toi. Il dit que tu crées des problèmes ou que tu t'en attires.

– Qu'est-ce que ça veut dire, exactement ?

Il s'approche de moi et pose une main ferme sur mon bras.

– Écoute, ma belle. Je sais que tu veux retrouver Henry, mais ta mère est déjà furieuse du temps que tu as passé sur cette affaire. Les affiches que tu as placardées à Sydney, la page Facebook. Elle dit que ça t'empêche de te concentrer sur tes études et que tu n'as aucune vie sociale.

– J'ai des bonnes notes ! Et bien sûr que j'ai des amis ! Seulement ils vivent tous ici, c'est elle qui m'a séparée d'eux !

Papa me lâche en soupirant.

– C'est juste que si tu continues à faire des vagues, ta mère s'en servira pour écourter ton séjour.

– C'est pas juste.

– Je suis d'accord.

– Et donc ? Je dois arrêter de chercher Henry ?

– Ce n'est pas ce que j'ai dit.

– Mais tu as dit…

– De ne pas faire de vagues. Les vagues, ça se voit de loin quand ça se brise sur les falaises. Contente-toi de petites ondes, déclare-t-il avec un clin d'œil complice. Elles font quand même bouger l'eau.

– David, c'est très poétique, intervient Luisa.

Papa se racle la gorge, soudain embarrassé. Il s'empare du message.

– Et donc, pour ça…

Luisa baisse la tête.

– Je suis désolée d'avoir laissé le bureau sans surveillance hier pendant que je jardinais. J'ai manqué à mon devoir. Je comprendrais si tu voulais me renvoyer.

Papa prend un air sidéré.

– Pas du tout, Luisa, dis-je aussitôt. Papa a besoin de toi.

– Et le message est clair…, enchaîne papa en reposant le papier sur le bureau. Ce n'est pas l'œuvre de cambrioleurs.

J'ai mes propres soupçons à ce sujet. Le visage de Mason au commissariat, quand j'ai montré les photos à Doherty, ne quitte pas mon esprit. Et il a sûrement compris que je l'ai vu faire son passeport. Il m'a peut-être même vue le suivre dans les bois derrière sa maison et en tout cas, Ivy lui a sûrement raconté que j'étais venue dans la chambre d'Henry.

LÂCHE L'AFFAIRE.

Je suis proche du but et il n'apprécie pas. Et comme avec la pierre qui a brisé le carreau, il a laissé un nouveau message.

– Je pense savoir ce qui se passe et qui a fait ça, affirme papa.

– Mason, dis-je.

Luisa fronce les sourcils.

– Ce môme ! J'ai dit à Rina de se méfier de lui. D'abord les bagarres, la fenêtre cassée… Et maintenant elle s'endort en pleurant tous les soirs…

Elle croise les bras, exaspérée.

– Je ne crois pas, réplique papa. C'est plutôt en rapport avec la dernière réunion du conseil quand je me suis opposé à la proposition de Jack Doherty concernant Cutler Bend. Il me menace pour que j'arrête de demander la réouverture de la route.

– Mais de quel droit ? dis-je, révoltée. La ville ne lui appartient pas !

Je m'apprête à conseiller à papa d'en parler à la police, quand je me souviens que le sergent Doherty est le frère de Jack Doherty. Aucune enquête ne sera ouverte, ils classeront directement l'affaire.

– Ne te fais pas de souci pour ça, me rassure papa. Je m'en occupe.

Malgré tout, je ne suis pas convaincue. Si c'était vraiment Mason que Rina a vu au volant de sa voiture, la nuit de la tempête, il cache bien plus que ce que j'imaginais. Si je suis vraiment proche du but, il n'y aurait rien d'étonnant à ce qu'il soit réduit à m'envoyer des menaces.

Bouleversée, je prends soudain conscience qu'il pourrait aussi très bien s'enfuir.

***

– Combien de temps ça prend, pour recevoir un nouveau passeport ? dis-je sans même prendre le temps de saluer Raf.

– Eh, bonjour, répond-il en m'ouvrant la porte.

Il porte un tee-shirt gris usé et un pantalon de jogging. Pieds nus, il a les cheveux en bataille, aplatis du côté sur lequel il a dormi.

– Toujours sur le pont ?

Il me conduit jusqu'à sa chambre, même si la maison est vide. Ça m'aurait sûrement rendue nerveuse si je n'étais pas aussi préoccupée. Sabeen m'a écrit qu'elle serait coincée à la pizzeria tout l'après-midi avec ses mamans pour préparer une grosse fête d'anniversaire de quarante ans. Elle me demande de venir l'y retrouver le soir une fois qu'elles auront terminé. La veille, on a discuté de Rina au téléphone et, fidèle à elle-même, elle lui a pardonné et elle veut que tout « redevienne comme avant ». Mais j'ai perçu une pointe d'impuissance dans sa voix, comme si elle savait que c'était de plus en plus difficile à réaliser. Entendre parler de la virée de Mason la nuit de la tempête lui a fait un tel effet que je ne lui raconte pas tout de suite l'histoire du message de menace au motel. Je le ferai ce soir, face à face.

– Je suis sérieuse, Raf. Tu as été à l'étranger. Tu sais combien de temps ça met pour recevoir son passeport ?

– Aucune idée. Mes parents ont fait le mien il y a des années. Attends.

Il prend son téléphone et je vais m'asseoir sur son lit. J'aurais pu chercher l'information toute seule sur Internet, mais je n'arrive pas à me concentrer. Je suis nerveuse et dispersée, comme si j'avais mangé trop de sucre.

– Apparemment, trois semaines en moyenne, m'annonce-t-il en s'appuyant sur son bureau.

Ça fait presque une semaine que j'ai croisé Mason dans le bureau de poste, donc il en reste encore au moins deux avant qu'il ne puisse partir. Je me détends un peu. Il nous faudra ce temps pour percer le mystère.

– C'est pas tout. Il existe un service prioritaire. Tu peux le recevoir plus vite si tu payes un supplément.

– C'est-à-dire ?

– Deux jours ouvrés.

– Deux jours ?!

Mon cœur s'emballe.

Raf pose son téléphone et s'assied dans son fauteuil. Sur ses écrans s'affichent ses photos de firmament. Les étoiles se reflètent sur la surface du bassin de retenue. Ça ne me calme pas du tout. L'eau couleur d'encre me met mal à l'aise.

– Pourquoi tu paniques ? Tu penses que Mason va filer dès qu'il recevra son passeport ?

– Possible. Regarde ça.

Je lui tends mon portable pour qu'il voie le message de menace, que j'ai pris en photo.

– Quelqu'un a tout retourné dans le motel et a laissé ça.

– Et tu penses que c'est Mason ? demande Raf, incrédule. Pourquoi il aurait fait ça ?

– Il sait que je suis proche du but. Il faut qu'on découvre ce qu'il faisait quand Rina l'a vu le soir de la tempête.

– Si c'était vraiment lui, précise Raf en se rongeant les ongles.

Son genou s'agite nerveusement. Apparemment je l'ai contaminé.

– On n'en sait rien, insiste-t-il.

Je m'attendais à cette réaction. Malgré tous les trucs louches qu'a faits Mason, Raf reste loyal. Tant qu'on n'a pas de preuve, il lui laissera le bénéfice du doute. Mason est son ami et Raf lui trouvera toutes les excuses du monde pour expliquer son attitude jusqu'à ce que Mason ne puisse plus se défendre. Ça ne lui suffit pas que Mason ait poussé Henry dans le réservoir et qu'il ait cassé une vitre du motel. Quand je suis à bout de patience, j'ai tendance à penser que Raf est d'une naïveté coupable. Mais il est juste foncièrement gentil.

– Où est-ce que tu penses que Mason aurait pu aller ce soir-là ? Un endroit où il aime bien traîner ?

Le genou de Raf se remet à tressauter.

– J'y ai réfléchi, figure-toi, me répond-il. On sait qu'il n'était pas chez Rina, alors, si c'était bien lui, je vois trois autres possibilités.

Je me redresse, tout ouïe.

– D'abord le motel. La chambre quinze. Peut-être pas toute la nuit, mais quelques heures. Si la voiture roulait entre minuit et deux heures, tu n'étais pas là pour le voir arriver et repartir.

– Exact. Mais il n'avait pas besoin de traverser Railway Parade pour aller de chez lui au motel. Sauf s'il venait de complètement ailleurs.

Raf se penche, les coudes appuyés sur ses genoux.

– C'est vrai. Et c'est pour ça que j'ai pensé à une autre possibilité. Le cimetière.

– Pardon ? Mason aime aller au cimetière ?

– Je crois, oui. Deux, trois fois, quand je ne le trouvais nulle part, je me suis dit qu'il devait sans doute y être.

– Mais qu'est-ce qu'il y a à chercher dans un cimetière ? C'est juste quelques pierres tombales et beaucoup de mauvaises herbes. Tu penses vraiment qu'il pourrait avoir envie d'y aller un soir de tempête ? C'est complètement découvert.

Raf hoche la tête.

– Je sais. Et c'est pour ça que je penche plutôt vers la troisième option.

– Qui est ?

– Tu te souviens comme on était paranos quand on a quitté la cabane ce soir-là ? On pensait qu'on avait vu quelque chose entre les arbres.

– Attends ! Tu penses que c'était Mason ?

Raf se radosse en mordillant sa lèvre inférieure.

– Ça te dit, une balade ?

***

Le temps est de nouveau couvert et bizarrement lourd et chaud pour la saison. C'est comme si on marchait dans un étau de végétation sans le moindre souffle de vent pour nous rafraîchir. Des cigales chantent dans les arbres autour de nous et leurs stridulations nous accompagnent en ondes régulières. Des gouttes de sueur coulent sur la nuque de Raf et se glissent dans son tee-shirt. Et je sens mon petit sac s'engluer sur mon dos.

Je ne suis pas convaincue par l'idée de Raf sur la présence de Mason dans les bois cette nuit-là. Surtout parce que Raf et moi étions dans la cabane dans l'intervalle de temps dont nous a parlé Rina. Pourtant si la voiture se dirigeait bien vers le sud autour d'une heure quarante-cinq du matin, alors ça colle. Raf et moi avons quitté la cabane vers deux heures. Il est possible qu'il ait roulé vers l'extrémité sud du bassin de retenue pour arriver à la cabane à ce moment-là. Ça n'explique pas où il était le reste du temps.

Quand on arrive au croisement, où la pancarte en bois indique le réservoir des Shallows d'un côté, j'hésite un instant. Une idée se forme dans mon esprit. Mason, Henry, le bassin de retenue… mauvaise combinaison.

– Tu viens ? m'appelle Raf, vingt mètres devant moi.

Je le rattrape, essuyant du dos de la main la sueur sur ma lèvre supérieure.

Après quinze minutes de marche sur une pente de plus en plus raide, on arrive à la cabane, essoufflés et en nage. Nichée dans les arbres, soutenue par quelques souches, elle ne doit pas faire plus de cinq, six mètres carrés. Personne ne sait qui l'a construite. Bernie Lawson raconte qu'elle existait bien avant que ses amis et lui jouent dans la forêt, enfants. Chaque génération a apporté sa contribution au cours des années, avec des meubles, des bibelots ou de petites réparations. Quelqu'un a même réussi à apporter un baril de pétrole pour faire office de brasero. Peut-être le même qui a ajouté deux chaises de jardin usées. On a mis un vieux tapis et une radio à piles. Une fois, Sabeen et moi, on l'a même nettoyée du sol au plafond avec le matériel du motel.

– Qu'est-ce qu'on cherche ? demande Raf.

Il fait le tour de la petite clairière, examinant la cabane sous différents angles. Entourées de fougères, certaines vertes, d'autres marron et mourantes, les planches de la cabane sont courbées par l'humidité et recouvertes de lichen.

– Je sais pas, dis-je. La preuve que Mason était là, non ?

Raf pousse la porte branlante et une longue toile d'araignée nous accueille. Il regarde derrière lui avant d'entrer.

– On dirait que rien n'a bougé depuis notre dernier passage.

Je le suis à l'intérieur. La cabane sent le moisi, et la crasse sur les fenêtres nous empêche d'y voir clair. Les bougies qu'on a allumées le soir de la tempête sont toujours dressées sur un cageot en bois poussé contre un mur. Je suis parcourue d'un frisson de nervosité en voyant le tapis sur lequel Raf et moi étions assis en tailleur, à manger de la pizza en riant, à la lumière des bougies. On tremblait à chaque coup de tonnerre et priait pour que les arbres protègent la petite cabane de la violence de l'orage. Et je priais pour que mon haleine ne sente pas trop l'ail si je trouvais le courage de l'embrasser.

Raf fait le tour des lieux, soulevant chaque objet avant de le reposer. Il me montre quelques bouteilles de whisky vides déjà là la dernière fois. Je hausse les épaules. Rien n'indique que quelqu'un ait mis les pieds ici au cours des mois passés. Il baisse alors la tête vers le tapis et m'adresse un regard rapide, une lueur d'amusement dans les yeux. Je grimace pour cacher mon sourire.

– Ça ne donne rien, conclut-il en posant les mains sur ses hanches. J'espérais que quelque chose d'évident nous apparaîtrait. Genre un truc qui jaillirait en criant : « Je suis un indice ! »

Je pousse un soupir et retourne dehors pour réfléchir. Que faisait Mason cette nuit-là ? Où allait-il ?

– Et s'il s'était passé quelque chose au bassin de retenue ?

Raf sort à son tour.

– La nuit de la tempête ?

– Mason y a poussé Henry une fois, et s'il avait recommencé ?

– Il n'aurait jamais fait ça, réplique Raf, offusqué par ma suggestion.

– Peut-être qu'Henry l'a suivi, qu'ils se sont disputés ? Et qu'il a perdu la tête ?

Raf croise les bras et se dirige vers le brasero. Il revient sur ses pas.

– Donc il l'aurait poussé et l'aurait laissé se noyer ? Tu vas loin, Chlo.

– Tu penses que ça m'amuse ? dis-je sur la défensive. Sans penser à ce que ça veut dire sur Mason, ça signifierait qu'Henry…

Je ne peux pas terminer ma phrase. Le visage de Raf se radoucit et il s'approche de moi.

– Attends, t'emballe pas. On a retrouvé le vélo d'Henry à la gare, n'oublie pas. Il est plus probable qu'il soit monté dans un train et que Mason l'ait aidé.

Je ne veux pas lui avouer ce que je pense, mais maintenant que l'idée m'a traversé l'esprit, je ne peux plus l'en arracher.

– Et si c'était Mason qui avait mis le vélo dans la gare pour faire croire qu'Henry a pris le train ?

Raf ouvre la bouche. Il me dévisage, incapable de dire un mot. Je n'aurais pas dû.

– Rina nous a dit qu'elle l'avait vu entrer dans la gare, articule-t-il enfin, tout bas.

Et aussitôt, il secoue la tête, indigné.

– Non, impossible ! Mason n'aurait jamais fait ça ! C'est impossible, scande-t-il.

– Il ne se contrôle pas, Raf. Il a pu péter un câble encore une fois, et faire quelque chose qu'il regrette. Et ensuite, il a essayé de couvrir son acte.

– Mais c'est Mason !

Je n'ai jamais vu Raf aussi abattu.

– On se connaît depuis toujours, lance-t-il.

– À quel point est-ce qu'on connaît vraiment les gens ?

Il penche la tête pour me regarder.

– S'il te plaît, arrête les citations de tes podcasts d'enquêtes criminelles. On parle de quelqu'un avec qui on a grandi.

– Mais tous les meurtriers ont des amis d'enfance, dis-je. Ils ont tous été des voisins, des camarades de classe, des copains. Il arrive que les gens fassent des choses terribles, Raf. Ils commettent des erreurs, s'engagent sur les mauvaises voies.

Il regarde autour de lui en donnant des coups de pied sur le sol.

– Et si Mason était dehors, dans la tempête, pour couvrir une terrible erreur ? C'est toi qui as remarqué la cuisine étrangement propre chez les Weaver.

Bouleversé, Raf se passe une main dans les cheveux.

– OK, lâche-t-il. Disons qu'il est arrivé quelque chose à Henry à la maison. Ou même au réservoir. Comment tu expliques son message pour toi ? On sait déjà qu'il est revenu au motel pendant qu'on était ici.

– Je sais pas. La chronologie des évènements, c'est la clé.

– Et aussi les preuves, ajoute Raf. On n'en a aucune pour l'instant. La seule trace qu'on ait d'Henry, c'est son vélo à la gare.

– Peut-être que Mason était dans sa voiture, justement pour en cacher d'autres. Pour rattraper une situation qu'il ne maîtrisait plus.

– Mais où ? demande Raf en levant les mains vers les arbres alentour. Si tu devais cacher quelque chose, où est-ce que tu le mettrais ?

– Je le jetterais dans le bassin, par exemple. Ou je l'enterrerais.

Je sens les battements de mon cœur s'accélérer en revoyant Mason creuser dans les bois derrière sa maison.

– Si tu voulais vraiment te débarrasser de toutes les preuves, tu les brûlerais.

Raf lève les yeux. On a tous les deux la même pensée et, dans le même mouvement, on se tourne vers le baril de pétrole.

Raf a déjà son téléphone dans la main pour éclairer le fond. On se penche tous les deux au-dessus de l'ouverture. Entre les blocs de bois carbonisé et les branches calcinées, s'accumule une impressionnante quantité de cendres.

– Qu'est-ce que c'est ? dis-je en désignant une tache verte au milieu de tout le noir.

Raf oriente la lumière dans cette direction.

– Le feu détruit toutes les traces…

Je tends le bras et Raf ouvre de grands yeux, quand je ressors du baril les restes d'une casquette de base-ball verte avec les mots « Lucky-7 » brodés sur le devant.

– Ou presque.

26

Mason
Une heure avant la tempête

Disparu. L'argent avait disparu.

Mason tâtait le dessous du tiroir et ne trouvait sous ses doigts que du bois. Il le tira à lui et le retourna sans se soucier de son contenu qui tomba à ses pieds.

Non.

Non !

Il inspecta le sol tout autour du bureau au cas où l'enveloppe bleue se serait détachée. Il vérifia dans les autres tiroirs. À quatre pattes, il ratissa le moindre millimètre carré de sa chambre.

Deux mille dollars. Tout l'argent qu'il possédait. L'argent qui devait lui permettre de se sauver.

Disparu.

Le cœur de Mason menaçait d'exploser. Pourquoi n'avait-il pas ouvert de compte en banque ? Même si Ivy l'avait découvert, elle n'aurait eu aucun moyen d'y accéder.

Il aurait mieux valu qu'elle lui prenne la tête avec ça plutôt que de tout perdre. Tout aurait été mieux que ce sentiment d'impuissance qui l'envahissait.

Où était son argent ?

Comment pouvait-il le récupérer ?

Est-ce qu'elle l'avait joué ?

Comment revenir en arrière ?

Quelle solution ?

Comment, comment, comment ?

Assise dans la cuisine, elle contemplait sa foutue collection d'assiettes, comme si c'était n'importe quel jeudi soir. Comme si elle n'avait pas détruit son avenir et ses espoirs.

– Où est mon argent ? demanda-t-il en se penchant sur la table.

Ivy le toisa de la tête aux pieds, avec une lenteur exaspérante.

– Quel argent ?

Elle s'empara d'une tasse de café remplie d'un liquide qui ressemblait à de l'eau. La bouteille de vodka vide abandonnée sur le plan de travail racontait une autre version.

– Tu sais de quel argent je parle. Mon argent, gronda-t-il en s'enfonçant le pouce dans le torse. Ce que j'ai économisé en travaillant.

Elle poussa une sorte de petit rire méprisant et tira sur sa cigarette.

– Tu caches de l'argent ? Alors que tu sais qu'on en manque cruellement ?

La vodka polissait le tranchant de ses mots, mais son rictus trahissait leur cruauté. Elle était intrinsèquement méchante. Et quand, en plus, elle était soûle, Mason faisait en général tout pour l'éviter.

Cette fois, c'était impossible.

Il ne partirait pas sans son argent.

– Tu n'as aucun droit ! lança-t-il.

– Si tu apportes de l'argent dans cette maison, j'ai tous les droits.

Elle frappa la tasse sur la table avec une telle force que la vodka gicla de tous les côtés.

– Après tout ce que j'ai fait pour toi. Tu me le dois.

– Je ne te dois rien. *Rien.* C'est terminé. Ce n'est même pas la question.

– Bien sûr que si ! cracha-t-elle en se levant si rapidement que sa chaise se renversa et cogna le mur. Je t'ai protégé. Je suis ta *mère*.

Mason serra les poings, ses ongles se plantant douloureusement dans sa chair. Il retint un hurlement de rage au point de se faire mal à la gorge.

– Une mère ne vole pas ses propres enfants ! lâcha-t-il. Une mère ne joue pas l'argent des courses et ne laisse pas ses enfants se débrouiller seuls. Une mère ne revient pas à la maison tellement torchée que ses gosses doivent la nettoyer et laver son vomi. Tu n'es pas une mère, t'es juste un boulet !

Contrairement à ce qu'il aurait pu imaginer, lui balancer ses quatre vérités ne le soulagea pas. Il fut submergé d'un profond mépris envers lui-même. Après tout ce qui s'était passé, tout ce qu'elle avait fait, il n'arrivait même pas à lui échapper une fois pour toutes. Il était trop faible et incapable pour réussir quoi que ce soit.

Elle jeta sa cigarette par terre et attrapa la bouteille vide.

– Ne fais pas ça ! hurla-t-il. Si tu la lances sur moi, je ne me retiendrai plus…

Trop tard. Il ne fut pas assez rapide pour l'éviter. Le fond de la bouteille le frappa en pleine mâchoire. Mason sentit l'impact du verre sur son visage. Le bruit résonna dans son crâne. La bouteille rebondit sur son épaule avant d'atterrir sur le carrelage. Elle ne se brisa pas et roula jusque dans le couloir.

Il ressentit alors la douleur aiguë. Ses yeux s'emplirent de larmes. Mais peut-être étaient-elles déjà là avant…

– Comment oses-tu ? cria sa mère. Dix-huit ans et tu te prends pour le maître du monde ?

Le bourdonnement dans son oreille gauche couvrait le son de sa voix. Des taches blanches brouillaient sa vue. Ce n'était pas le coup, mais la rage. Elle montait en lui du plus profond de son être.

Il fit demi-tour et traversa la cuisine pour prendre le balai coincé entre le frigidaire et le mur. Il tremblait violemment de tout son corps. Il ne contrôlait plus rien, son esprit flottant quelque part au-dessus de lui. Il avança vers sa mère qui recula en calant la table entre eux.

– Tu me touches avec ça et c'est terminé pour toi ! Je te ferai arrêter. Je leur dirai de t'enfermer et de jeter la clé !

Mason agita le balai vers la table. La tasse à café vola comme une balle de base-ball. Elle se brisa dans l'air, projetant des éclats de porcelaine dans toutes les directions et une éclaboussure de vodka sur le mur.

– Je leur dirai ce que tu as fait ! Ils vont se dire que t'es un sociopathe. Tu as essayé de noyer ton petit frère et maintenant tu veux me tuer, moi aussi !

Mason souleva le balai au-dessus de son épaule comme une batte de base-ball.

– Tu es comme ton père ! hurla-t-elle en se recroquevillant.

– Je n'ai rien à voir avec lui ! Et rien à voir avec toi !

Il la vit reculer quand il amorça la rotation du balai. Il cogna de plein fouet le centre de son meuble d'exposition, pulvérisant une des portes dans une pluie de verre. Il recommença sur la deuxième porte et arracha dans le même mouvement un des côtés. Les assiettes tombèrent de leurs supports, s'écrasant au sol avec un bruit jubilatoire.

Il frappa encore. Et encore. Il s'acharna jusqu'à ce que ses bras lui fassent mal et trouva la force de continuer tout de même. Se débarrassant du balai, il attrapa ensuite les assiettes les unes après les autres et les fracassa par terre. Ensuite, il les piétina pour les transformer en miettes, se délectant de les entendre craquer sous ses bottes de travail.

Quand il eut terminé, Mason regarda autour de lui, mi-euphorique, mi-horrifié. Essoufflé, il reprenait petit à petit le contrôle de son corps. Quelque chose en lui avait changé. Il se sentait à la fois libéré et piégé.

Derrière lui, il entendit la chambre d'Henry se refermer et un objet lourd poussé sur le sol. Un coup sur la porte. Il avait dû la bloquer avec son lit.

Pour que Mason n'entre pas.

Il comprit alors qu'Henry avait révélé à leur mère où il cachait son argent.

Henry voulait empêcher Mason de partir. Avec quelques mots, il avait détruit sa seule option et Mason ne le lui pardonnerait jamais.

Dehors, la tempête approchait. Les fenêtres et les murs tremblèrent quand Mason partit vers la chambre d'Henry.

27

Chloé
Maintenant

– Coucou ! nous salue Sabeen alors qu'on passe à travers le rideau de la pizzeria et que la nuit tombe déjà.

Elle n'est pas aussi enthousiaste qu'à son habitude, mais affiche tout de même un joli sourire. L'affaire des polaroïds de Bernie lui trotte encore dans la tête et, comme moi, elle ne sait toujours pas quoi en penser. On s'est mises d'accord pour ne pas en parler à Tom avant de comprendre ce que signifient ces photos. Et avec Raf, on s'est promis de ne pas révéler ce qu'on a découvert à la cabane.

– Dînons déjà, et après on décidera quoi faire, a-t-il suggéré.

J'ai accepté, mais maintenant j'ai l'impression que je vais exploser.

Déjà là, Tom et Rina discutent avec Sally qui pétrit de la pâte à pizza. J'imagine que Rina ne lui a rien dit sur le tour qu'elle a joué à Henry, parce qu'il ne m'a pas contactée pour en discuter. Seulement, la crispation que je sens chez lui pourrait signifier le contraire.

Liv vient embrasser Raf et place le signe « Ouvert » sur la porte.

– Quand Mason arrivera, on fermera. C'était une journée éprouvante, on voudrait se coucher tôt.

Raf m'adresse un regard complice en entendant le nom de Mason. Alors Sabeen a vraiment invité tout le monde ce soir, pour remplacer le dîner de retrouvailles de la semaine précédente qui n'a finalement pas eu lieu. Soit Rina ne lui a rien dit sur la nuit de la tempête, soit Sabeen attend d'en parler directement à Mason pour se faire sa propre opinion. Elle est aussi loyale que son frère. Ce n'est pas parce que Rina et Mason ont rompu qu'elle va exclure l'un ou l'autre de nos réunions.

La casquette brûlée d'Henry pèse des tonnes dans ma poche. Raf et moi avons décidé de ne la montrer à personne avant d'aller au commissariat. J'ai peur que Doherty se contente de l'ajouter au dossier d'Henry sans rien en faire, mais à part l'agiter devant tout le monde pour tenter d'attirer le coupable, je ne sais pas quoi en faire.

J'aide Sabeen à porter des assiettes et des serviettes à une table à côté de la fenêtre, et me glisse sur la banquette en face de Raf. Je pose mon sac à dos entre nos pieds. Rina nous rejoint et s'assied à côté de Raf. Elle a choisi le plus gentil des deux, me dis-je. J'aurais fait pareil.

– Qu'est-ce que tu t'es fait à la main ? demande-t-elle.

J'ai de la cendre noire sur la peau et sous les ongles.

– Oh, euh…

– On est allés se balader dans les bois, répond Raf sans développer.

Apparemment, ça suffit à Rina, parce qu'elle a déjà tourné la tête vers la fenêtre. La voiture de Mason vient de se garer devant le restaurant.

– Je vais me laver les mains rapidement, dis-je à Raf tout bas.

Il hoche la tête et nos jambes se touchent quand je me lève. Avant de partir aux toilettes, je prends mon sac à dos pour nettoyer d'éventuelles traces de cendres.

Je sors de la pizzeria et traverse la cour. En passant les mains sous le filet d'eau, je suis submergée par une vague de tristesse. Le choc de la découverte de la casquette d'Henry laisse place à un profond désespoir. Brûler les affaires de quelqu'un témoigne d'une réelle cruauté. Qui ferait une chose pareille si ce n'est pour blesser ou cacher une terrible vérité ?

Après avoir refermé le robinet, je prends un instant pour me ressaisir, appuyée sur le lavabo. Alors que je tends la main vers l'essuie-tout, des voix me parviennent depuis la cour. J'approche de la porte pour entendre.

– Pourquoi tu passes à côté de moi sans me calculer ?

Mason ? J'en ai bien l'impression.

– Je dois aller aux toilettes.

C'est Tom. Pas de doute.

– Ouais, c'est ça, réplique Mason sèchement. Alors tu veux la jouer comme ça ? J'ai accepté de venir ce soir, juste parce que c'est le seul moyen de te voir.

– Qu'est-ce que tu veux que je dise ? Tu m'as vraiment mis en porte-à-faux.

– Et donc, je suis mort pour toi ? À cause de ce que j'ai fait ?

Je pose une main sur ma bouche. Qu'est-ce que Mason a fait ?

– Crois-moi, j'aimerais vraiment revenir en arrière, lance Mason, ému. Maintenant tout est fichu.

Un silence les enveloppe, interrompu seulement par le bruit de leurs pieds sur le sol.

– Ce qui est fait est fait. Tu peux pas l'effacer.

– Génial, lâche Mason, exaspéré. Parfait. Quatorze ans d'amitié à la poubelle.

– C'est toi qui as changé la donne ! déclare Tom dans un murmure cruel. C'est toi qui as tout fichu en l'air. Bon sang, pourquoi tout doit toujours graviter autour de toi ?

– Quoi ? T'es sérieux ? Absolument rien ne gravite autour de moi.

Je ne comprends rien à ce qu'ils se disent. La tête posée sur le mur des toilettes, j'attends un long moment.

– C'est mieux si on ne se voit plus pendant quelque temps, dit enfin Tom sur un ton calme qui lui ressemble plus. Ça va s'arranger.

On dirait qu'il cherche à se convaincre lui-même avant tout.

– OK. Ça m'aide à prendre ma décision.

– À quel sujet ? demande Tom, l'inquiétude filtrant soudain dans sa voix.

Des bruits de pas s'éloignent.

– À quel sujet ? répète Tom.

Il laisse échapper un juron. La porte des toilettes des hommes s'ouvre en grinçant et se referme. J'entends Tom pousser un cri à travers la paroi.

Qu'est-ce qui peut bien se passer ?

Je me dépêche de revenir dans le restaurant, m'arrêtant à la porte pour prendre une profonde inspiration. Sally a ajouté une table à la nôtre pour qu'on soit plus à l'aise. Ça va être le dîner le plus gênant de ma vie, si je ne compte pas celui où j'ai demandé à ma mère pourquoi elle était allée chez le sergent Doherty plutôt qu'à sa réunion au club de lecture.

Mason est assis en face de Raf du côté de la fenêtre. Ses cheveux sont ébouriffés et sa nuque couverte de taches rouges. Il a l'air épuisé, comme s'il n'avait pas dormi depuis plusieurs jours. Rina a les bras croisés et les yeux rivés sur le plafond. J'attends Sabeen pour lui laisser la place à côté de Mason et je m'assieds à la table ajoutée. Tom revient des toilettes et s'installe devant moi, avec sur les lèvres un grand sourire qui n'atteint pas ses yeux.

– Maintenant qu'on est tous là, dis-je en levant mon verre, j'aimerais souhaiter un bon anniversaire en retard à Henry, où qu'il soit.

– À Henry, lancent Sabeen et Rina d'une même voix.

Mason a tourné la tête vers la fenêtre. Gêné par le silence qui suit, Raf nous distribue du pain à l'ail.

– T'as eu des nouvelles, Mason ? dis-je, parce que je trouve ça bizarre que personne ne le lui demande. Le sergent Doherty t'en a donné ?

Raf me décoche un regard meurtrier. *S'il te plaît, ne commence pas.*

Trop tard.

Mason se redresse et s'éclaircit la voix. Rina pose les yeux sur lui pour la première fois de la soirée, sa bouche dessinant un sourire à l'envers.

– Non, répond-il sans me regarder. Mais dès que j'en ai, tu seras la première que je préviendrai.

Il n'emploie pas un ton particulièrement sarcastique, mais ce n'est pas nécessaire. La tension dans l'air est palpable. Je ne sais pas comment enchaîner. En silence, Raf me supplie de me taire. Avant que je puisse dire quoi que ce soit, Tom intervient.

– Pas besoin d'être si désagréable.

Mason se tourne vers lui, la mâchoire crispée.

– Heureusement que t'es là pour la défendre, hein, Tommy ?

– Qu'est-ce que ça veut dire ? demande Tom en relevant ses lunettes.

Sabeen et moi échangeons un regard nerveux et je jette un coup d'œil à Sally et Liv dans la cuisine. Elles mettent au four les pizzas.

– Tu n'as peut-être pas remarqué que tu marches sur les plates-bandes de quelqu'un d'autre ? continue Mason. C'est pour Raf qu'elle craque.

Raf ouvre de grands yeux, avant de les plisser vers moi avec un air interrogateur. Je suis cramoisie. Mason n'a pas tort, et Raf et moi le savons tous les deux, mais l'entendre de sa bouche comme si on n'était pas là est très déstabilisant.

– T'es soûl, lance Tom. Tu t'es déjà enfilé quelques bouteilles en arrivant ?

Mason ne le prend pas bien. Il déglutit et baisse les yeux vers la table, les lèvres pincées.

– Au fait, grand frère, appelle Sabeen pour changer de sujet. Tu vas photographier la lune gibante ce soir ?

Raf se force à rire et essaie de suivre le courant.

– La lune gibbeuse, corrige-t-il. Et non, pas ce soir. La journée a été longue, ajoute-t-il en me regardant. Peut-être demain.

– T'as fait quoi aujourd'hui ? demande Sabeen.

– Une balade dans les bois.

On a répondu en même temps, lui et moi. Tous les regards se tournent vers nous. On dirait un bobard et pourtant c'est vrai.

Mason adresse un petit rictus à Tom.

– Tu vois, qu'est-ce que je te disais ? T'as aucune chance, Tommy.

– Et si tu prenais un autre verre, mec ?

– Oh là là, les gars ! s'écrie Sabeen.

– On a besoin de nos pizzas par ici ! crie Raf en direction des cuisines. On a tous un peu les crocs !

Rina assiste à tous ces échanges sans ouvrir la bouche. Elle semble suspendue aux mots de Mason, n'offrant que des petits regards fugaces à Tom ici et là. Au moment où j'ai l'impression que l'ambiance va enfin pouvoir se détendre, elle prend la parole.

– Où est-ce que t'es allé, ce soir-là, Mason ? Quand tu m'as dit que tu étais chez toi ?

Le silence s'installe entre nous. Sally et Liv discutent dans la cuisine, la radio diffuse une chanson d'Ed Sheeran.

– Quoi ? demande Mason. Quel soir ?

– La nuit où Henry a disparu.

Je sens que Raf m'observe, mais je garde mon attention sur Mason. *S'il vous plaît, faites que personne ne vienne nous interrompre.*

Mason croise le regard de Rina, le visage impassible. On a l'impression qu'il réfléchit à sa réponse.

Ne mens pas. Si tu la regardes dans les yeux, ne lui mens pas. Malgré la lumière tamisée de la pizzeria, je vois ses pommettes et les lobes de ses oreilles s'empourprer.

– J'étais chez moi, affirme-t-il. Combien de fois est-ce que tu vas me poser la même question ?

Furieuse, Rina tente de ne pas hausser le ton.

– Jusqu'à ce que tu finisses par me dire la vérité.

– Tu veux la vérité ? On est restés ensemble bien plus longtemps qu'il n'aurait fallu, Rina. Je n'ai jamais été avec quelqu'un d'autre. Je n'avais simplement pas envie d'être avec toi.

– *Mason*, lâche Sabeen.

Rina baisse la tête.

– Eh, les amis…, intervient Raf.

– Elle m'accuse de la tromper, se défend Mason. Si elle veut la vérité, elle est servie.

– *Vraiment ?* s'exclame Tom.

– Toi aussi tu me traites de menteur ? l'interroge Mason.

Je me penche sur mon siège.

– Donc tu n'étais pas au volant de ta voiture le soir de la tempête ?

– Mais non ! *Bordel !*

Il s'empare de sa fourchette et tapote dessus comme si c'était un micro.

– C'est allumé ?

– Mason ? appelle Liv depuis la cuisine. Ça va, mon cœur ?

J'ai mon sac à dos sur les genoux, les doigts sur la fermeture éclair. Raf regarde tour à tour mon visage et mon sac. Il secoue la tête rapidement. *Non, non, non.*

– Tu devrais partir, suggère Tom en grimaçant.

– Ah oui, Tommy ! Ça te ferait plaisir ?

– Tout va bien ? demande Liv, penchée sur le comptoir.

– Oui, oui, mimi, t'inquiète, la rassure Raf, une main sur l'avant-bras de Mason, mais ses yeux toujours rivés sur moi.

J'ai ouvert la poche principale et glissé une main à l'intérieur. Rina grommelle quelques mots tout bas et cache son visage dans ses mains. Sally sort des pizzas du four et Sabeen tourne la tête, attirée par le bruit des grilles.

Raf m'implore de ne rien faire. Il ne veut pas que ça s'envenime davantage. Mais c'est peut-être le seul moyen de faire cracher la vérité à Mason.

Je jette la casquette verte au milieu de la table.

– Ça te dit rien, ça ?

Il met quelques secondes à comprendre. Le tissu est carbonisé et troué, par endroits complètement brûlé. En revanche, le sept brodé devant est intact.

D'une main, Raf saisit la casquette. Furieux contre moi, il se dépêche de la mettre sur ses jambes, sous la table.

– C'est pas le moment.

– C'était quoi ? demande Rina.

– Rien, répond Raf. On en parlera plus tard. Quand tout le monde sera calmé.

Cette dernière phrase m'est adressée directement.

– C'est la casquette d'Henry, lance Mason, sa voix se cassant sur le dernier mot. Donne-la-moi, Raf, demande-t-il en tendant une main.

Raf ferme les paupières.

– Écoute, je pense qu'on devrait juste…

– Donne-la-moi ! hurle Mason en se levant à moitié pour donner une tape dans l'épaule de Raf qui s'enfonce sur sa banquette.

– Eh ! crie Sabeen en attrapant le bras de Mason.

Il se dégage aussitôt.

– Donne-la-moi !

Il s'écroule alors sur son siège, coincé contre la fenêtre. Liv et Sally ont accouru dans la salle.

– Calmez-vous ! s'exclame Rina en se ratatinant de l'autre côté de la table.

Tom est debout et fait un pas en arrière. Je me lève également pour laisser Liv et Sally approcher.

– Laisse-moi sortir, Sab, lâche Mason, les dents serrées, la respiration courte.

Sabeen obéit rapidement.

– Mason, mon cœur, qu'est-ce qui se passe ? demande Liv, inquiète. Qu'est-ce qu'on peut faire pour t'aider ?

– Je suis désolé. Il faut juste que je parte.

Mason tombe nez à nez avec moi quand il quitte la banquette.

– Tu me détestes à ce point ? demande-t-il en me dominant de toute sa hauteur.

Je ne comprends pas ce qu'il veut dire.

Tom s'interpose.

– Oh, quoi, Tom ? *Quoi ?* éructe Mason en se tournant vers lui. T'étais dans le coup, toi aussi ? Vous avez réfléchi à ce guet-apens ensemble ? J'ai toujours cru que t'étais de mon côté. Quelle blague !

– Ça suffit, s'impatiente Tom. Je m'en vais. Désolé, Sally. Désolé, Liv.

Il pousse la porte et traverse le rideau en coup de vent.

Mason, lui, sort par l'arrière du restaurant.

– J'y vais, moi aussi, annonce Rina en mettant son sac sur l'épaule. C'était une très mauvaise idée.

Le visage de Sabeen se décompose. Elle semble à la fois blessée et impuissante.

– Je pensais juste qu'on pourrait tous…

– Arrête de forcer les choses, réplique Rina tristement. Tu vois pas qu'on n'est plus des gosses ? Tout a changé.

Elle secoue la tête et sort par la même porte que Tom.

Je reste pétrifiée avec les Nolan.

– Bon, je sais pas ce qu'on a mis dans leurs verres ce soir, mais il m'en faut un, maintenant, tente de plaisanter Sally.

– J'espère que tu as faim, Rafi, lance Liv, et les deux femmes repartent dans la cuisine. Il va nous rester plein de pizzas.

Je me rassieds sur la banquette en face de Raf.

Il lève les mains et secoue la tête vers moi.

– Pourquoi ?

– Je suis désolée. Vraiment *désolée*. J'ai pas supporté comment il a parlé à Rina. Il lui a menti en la regardant droit dans les yeux.

– Tu peux pas t'en empêcher, hein ? commente Raf.

– Elle aime réparer les situations, réplique Sabeen en s'asseyant à côté de moi, complètement abattue.

– Où est la casquette ?

– Jamais de la vie. Je la garde.

– T'es sérieux ?

– Carrément. On peut pas te faire confiance. Je la mets en sécurité.

– Si ça vous dérange pas, j'aimerais bien que vous m'expliquiez ce qui se passe, intervient Sabeen.

Pendant le dîner, quand Sally et Liv rentrent chez elles, on lui raconte tout. J'aide mes amis à laver la vaisselle et à ranger la cuisine sans voir l'heure tourner et je me rends compte à la fin du ménage seulement que j'ai dépassé mon couvre-feu. J'appelle papa pour lui dire que Raf et Sabeen me raccompagnent en voiture.

La rue principale de la ville est déserte comme toujours le dimanche soir. Raf éteint les lumières et verrouille la porte derrière nous avec un bruit qui résonne dans le silence. Des volutes de fumée s'élèvent dans le ciel, mais il fait trop chaud pour que quelqu'un ait décidé d'allumer un feu de cheminée. Au moment où on s'apprête à entrer dans le pick-up argenté, un mouvement et des cris attirent notre attention. Un véhicule est garé en diagonale devant le supermarché, la portière du conducteur ouverte. Mes yeux sont attirés par une lueur orange dans la vitrine de la boutique de Bernie Lawson.

– Qu'est-ce que… ? commence Sabeen, mais elle est interrompue par des bruits de verre qui se brise.

Des flammes s'échappent d'une fenêtre, remontant vers l'auvent.

Le magasin est en feu.

28

Mason
La tempête

Avec l'épaule, il cogna la porte. Encore et encore. Le lit d'Henry recula petit à petit jusqu'à ce que Mason pût enfin se faufiler dans la chambre. D'un coup d'œil, il remarqua le store levé en travers, la fenêtre ouverte. Dehors les herbes hautes s'agitaient dans les bourrasques qui annonçaient la tempête.

Henry était parti.

Mason frappa le côté du matelas qui glissa vers le sol. Il arpenta la pièce furieusement, sa colère se transformant rapidement en désespoir. *Que faire maintenant ? Que faire ?* Il n'avait plus aucun moyen de rattraper ce qui venait de se passer. Il était battu. Il travaillait si dur pour s'en sortir, et sa famille le ramenait sans arrêt en arrière. Ils ne l'aimaient pas plus que ça, ils ne voulaient pas de lui, mais ils ne voulaient pas non plus le laisser partir. Il se sentait comme un pantin, manipulé, suspendu à des fils, mort à l'intérieur.

Assez !

Il en avait assez. Il ne pouvait plus rester ici. Il devait partir. Et même s'il vivait fauché dans sa voiture, au moins il vivrait. L'idée de laisser Henry seul avec leur mère l'avait freiné, mais cette petite ordure n'avait pas hésité à le trahir. Ce serait à son tour de se débrouiller avec elle, comme Mason l'avait fait toutes ces années pour eux deux.

Quand il traversa le couloir, sa mère piétinait les bris de verre sur le sol de la cuisine dans ses bottes Ugg. Qu'elle aille au diable, ce n'était plus son problème. *Qu'elle nettoie le bordel pour une fois.* Il se sentait totalement étranger à cette scène, comme s'il n'était qu'un spectateur éloigné. Il n'avait conscience que de ses bras et de ses jambes, de l'effort qu'il devait déployer pour les bouger, du mouvement de ses pas, l'un après l'autre, vers la sortie.

Elle hurla des insultes au moment où il referma la porte, les rafales lui giflant le visage et emportant avec elles les mots meurtriers. Il ne pensait qu'à partir, rouler le plus loin possible. Le calme et l'obscurité. Et l'alcool glissant dans sa gorge pour réchauffer le vide insoutenable de son être.

Il trouva sa bouteille de whisky sur la banquette arrière de la Subaru et en but une belle rasade avant de s'installer au volant. Il l'avait achetée la veille, quand il était tombé sur Rina au rayon frais du supermarché. Elle lui avait reproché de ne pas répondre à ses messages. Il était juste entré prendre une bouteille de lait et il l'avait vue marcher vers lui avec son Caddie et son air furibond. Elle l'avait accusé d'avoir quelqu'un d'autre en tête, mais d'être trop lâche pour rompre. Il n'avait rien rétorqué, parce qu'elle avait raison. Des clients s'étaient tournés vers eux et Mason s'était retrouvé plongé en enfance avec la honte au ventre, les mines réprobatrices et supérieures rivées sur sa mère, sur lui et sur Henry.

Des éclairs illuminèrent le ciel derrière les montagnes et le tonnerre gronda quelques secondes plus tard. *Imminent*, songea-t-il, même s'il ne pleuvait pas encore. Juste du vent. Mason roulait sans but, buvant au goulot, profitant de la route déserte, accélérant, ralentissant, tournant en rond. Il voulait aller au motel, dans la chambre que M. Baxter lui réservait en cas de besoin. Il n'y avait dormi que deux, trois fois, et avait toujours filé en douce, le matin, quand personne n'était encore debout. Il laissait la chambre dans l'état où il l'avait trouvée, pour ne pas s'attirer d'ennuis, pour que la proposition reste ouverte. Même s'il n'y allait pas souvent, c'était un soulagement de savoir qu'il pouvait s'y réfugier. C'était son filet de sécurité s'il dégringolait.

Mais Henry y était sûrement. Avec Chloé. Mason n'y serait pas le bienvenu si son petit frère lui avait raconté qu'il venait de le terroriser.

Il passa à côté du motel sans s'y arrêter, le whisky abaissant sa concentration. Il continua jusqu'au cimetière et resta dans la voiture sans couper le moteur ni les phares qui éclairaient les pierres tombales. Il s'empara de son portable pour écrire à Tom. Une autre gorgée de whisky. Qu'allait-il lui dire, maintenant ?

J'AI BESOIN DE TOI, tapa-t-il avant de tout effacer aussi rapidement.

J'AI BESOIN QUE TU VIENNES. Il effaça de nouveau.

J'AI BESOIN D'AIDE.

Il regarda ces mots un long moment, jusqu'à ce que son écran s'éteigne. C'était vrai. Il se noyait. Mais il n'avait jamais appelé à l'aide de sa vie, parce qu'il savait que personne ne pouvait rien pour lui.

Mason coupa enfin le moteur, sortit de la voiture et tenta de glisser ses clés dans sa poche. Elles tombèrent au sol et il mit un temps infini à les retrouver. Maintenant qu'il était debout, il ressentait pleinement l'effet de l'alcool dans ses veines, dans ses membres engourdis, dans sa démarche chancelante, alors qu'il avançait dans le cimetière. Dès qu'il quitta l'allée, il trébucha sur le coin d'une stèle. Il tomba face la première dans l'herbe. Plus facile de ne pas se relever.

Se tournant sur le dos, Mason contempla les nuages affolés dans le firmament. L'éclair qui surgit l'aveugla. Des feuilles mortes couraient sur les pierres, poussées par les rafales qui redoublaient. Il sentit la pluie dans l'air quelques minutes avant de recevoir les premières gouttes.

Il reprit son portable pour regarder le message en attente.

J'AI BESOIN D'AIDE.

Il le remplaça par un autre.
TU PEUX ME RENDRE UN SERVICE ?
Il appuya sur Entrée.
Tom répondit aussitôt, ce qui ne surprit pas Mason.

29

29

CHLOÉ
Maintenant

Lundi matin, les restes de la boutique d'antiquités tremblent tel un squelette carbonisé. Quelques poutres ont résisté, mais la plus grande partie du toit s'est effondrée, formant un gros amoncellement de décombres. La police a bouclé le périmètre autour du site, le temps d'évaluer les dégâts et d'estimer si les bâtiments alentour ne risquent rien.

– On avait vraiment besoin de ça, dit un client à la caisse du supermarché. Encore des magasins fermés. Cette ville a entamé une longue agonie.

Certains évoquent un acte criminel, mais la plupart des riverains pensent plutôt que le feu a été déclenché par une des vieilles lampes sur pied. Les enquêteurs le découvriront. Pour l'instant la seule information qu'ils aient divulguée, c'est que le foyer se trouvait dans la cave.

La cave. C'est là qu'était rangé le vélo d'Henry.

Je paie deux canettes de jus et me dépêche de retrouver Tom, assis sur un banc devant le coiffeur, juste en face du magasin de ses grands-parents. Il contemple les ruines, l'air hébété. Il a à peine dormi. Ses lunettes sont de travers et il porte un sweat-shirt délavé et un pantalon de jogging. Il devrait rentrer chez lui et rattraper quelques heures de sommeil, parce qu'ici, il n'y a plus rien à faire.

Je lui tends le jus. Le nez froncé, il refuse. À la place, il prend un bonbon.

– J'ai la nausée, à vrai dire. Ça doit être le choc.

– Je sais pas, dis-je en haussant les épaules.

– J'arrête pas de penser aux vieux albums photo, aux livres, aux antiquités. Ces collections que grand-père a travaillé toute sa vie à constituer. Tout est parti. Disparu pour toujours.

– C'est terrible. Mais ce ne sont que des objets, c'est matériel. Au moins, personne n'a été blessé.

Tom hoche la tête en regardant ses mains.

– Ça va aller, affirme-t-il. Grand-père a souscrit une assurance. Heureusement on a réussi à enregistrer une bonne partie de ses papiers dans le cloud.

– Retraite forcée, maintenant, dis-je. Rose et lui vont peut-être enfin pouvoir profiter de leur caravane.

J'essaie de réconforter Tom, mais je ne sais toujours pas quoi penser de Bernie. Je me sens coupable d'avoir tout de suite imaginé le pire quand j'ai vu les polaroïds. Et d'un autre côté, je me demande quelles autres preuves cachées dans la cave ont pu être détruites. Bien sûr, je ne souhaiterais à personne un incendie. C'est un véritable drame pour les Lawson, et Tom est dévasté.

– La boutique n'aurait pas tenu encore longtemps, concède-t-il. Peut-être qu'un jour, on se dira que c'est ce qui pouvait arriver de mieux. Mais pas maintenant.

J'entoure ses épaules de mon bras et l'attire contre moi. Assis en silence, on observe les dernières volutes de fumée s'élever de la bâtisse calcinée. J'ai l'impression d'être sur un champ de bataille.

– Si c'était un incendie criminel, ils attraperont le coupable.

– Je sais, acquiesce Tom d'une voix rauque, comme s'il se retenait de pleurer.

– Tu vas y arriver, Tom, dis-je en l'enlaçant. Tu vas rebondir. Comme toujours.

Il hoche la tête, sa joue contre la mienne. Il ne dit plus rien et j'hésite à reculer.

– Ce n'est pas vrai, n'est-ce pas ? demande-t-il dans mes cheveux.

– Quoi ?

– Ce que Mason a dit, hier soir.

– Mason a dit plein de choses, hier soir.

J'essaie de me dégager, mais Tom me retient.

– Quoi exactement ?

– Je ne suis qu'un bon copain pour toi ?

Je me crispe. Il me libère. Je peux enfin le regarder dans les yeux.

– T'es mon ami, oui.

Il s'adosse contre le banc, les yeux de nouveau fixés sur la route.

– C'est tellement dingue de penser qu'on pourrait être ensemble ?

– Pas du tout. C'est juste que j'y ai jamais…

– Oublie.

Il ne me regarde pas.

– Tom…

Il ôte ses lunettes et nettoie les verres avec son sweat-shirt.

– T'inquiète. Vraiment. Tu as répondu à ma question, sans qu'on ait eu besoin d'une longue conversation embarrassante.

– Notre amitié m'est précieuse, dis-je, consciente que ce n'est sans doute pas ce qu'il veut entendre.

– C'est à cause de Raf ? m'interroge Tom en me jetant un rapide coup d'œil.

– Oui.

Il pince les lèvres comme s'il venait de goûter un aliment particulièrement acide, mais efface rapidement la grimace de son visage.

– Pas de problème, déclare-t-il froidement.

– T'es sûr ?

– À mille pour cent.

Il ne bouge pas la tête.

Désolée, je me lève. Je n'ai pas envie de le quitter comme ça, mais il n'a plus trop l'air de vouloir ma présence.

– On se voit plus tard, OK ? Tom ?

– Salut, lance-t-il tout bas sans me regarder.

***

Après avoir fait des courses pour Luisa, je retourne voir si Tom est toujours devant le salon de coiffure, mais le banc est vide. Je rentre alors au motel, le cœur gros. Quand je pensais que Raf ne s'intéressait pas à moi, j'étais dévastée. Je connais bien ce sentiment. Tom va avoir besoin d'un ami, et ironiquement, ça ne peut pas être moi. J'écris un texto à Raf.

T'es chez toi ?

Je continue ma route vers la maison des Nolan. Raf me répond oui, au moment précis où j'arrive dans son allée. Sally et Liv sont toutes les deux dehors, profitant de leur seule journée de congé pour arracher les mauvaises herbes. Je leur donne les dernières nouvelles de l'incendie.

– Sabeen est là ?

Les deux femmes échangent un large sourire entendu.

– Elle est partie chez Rina, me répond Sally. Mais Raf est ici. Ça fera l'affaire ?

– Eh, arrête de me faire passer pour le prix de consolation, plaisante Raf en sortant sur la véranda. C'est moi l'aîné, quand même.

Je le suis dans la maison et j'attends qu'on soit loin de ses mamans pour commencer à parler.

– OK, nouvelle théorie.

– C'est parti…, lâche-t-il en levant les yeux au ciel et en m'entraînant dans la cuisine. Laisse-moi d'abord me recharger en caféine.

Il allume la bouilloire.

– Le feu détruit toutes les traces, n'est-ce pas ?

– Ou presque, ajoute Raf, pour me citer.

– Je pense que Mason a mis le feu à la boutique de Bernie.

– Ben voyons, réplique Raf en secouant la tête, à la fois dérouté et amusé. Et pourquoi ?

– Pour détruire le vélo d'Henry. Mason savait qu'il était à la cave, il m'a entendue le dire à Doherty au commissariat. Si c'est bien Mason qui a mis le vélo à la gare, il a pu flipper qu'on trouve ses empreintes ou son ADN dessus.

Raf verse une cuillérée de café soluble dans une tasse.

– T'en veux un ?

– C'est important, Raf. Où est la casquette d'Henry ?

– Dans le coffre.

Je tourne la tête vers sa chambre. Il a rangé son sac à dos sous son bureau.

– N'y pense même pas, lance-t-il sur un ton parfaitement sérieux.

– Qu'est-ce que tu vas en faire ?

– Je l'apporte au sergent Doherty, à la première heure, demain matin. L'officier Deakin m'a dit qu'il rentre de

Goulburn dans la nuit. À toi de voir si tu veux m'accompagner pour lui expliquer tout ce que tu sais.

– Pourquoi ? Pour que Doherty mette tout dans le dossier et qu'il nous renvoie chez nous ?

Raf penche la tête.

– Fais-lui un peu confiance. Il est pas si nul. Tu sais, lui aussi, il veut retrouver Henry. C'est un peu son boulot.

Je laisse échapper un soupir impatient, les paupières mi-closes.

– Je sais. Mais je doute qu'il nous prendra au sérieux s'il considère que ces preuves ne sont pas convaincantes. Pour Doherty, je ne suis qu'une casse-pieds obsédée par les Weaver.

Raf grimace comme s'il partageait cette opinion.

Je croise les bras.

– Doherty ne fera rien, à moins qu'on trouve un moyen de lier tous ces indices. J'ai regardé assez de documentaires policiers pour savoir que pris à part, ce ne sont que des preuves circonstancielles.

– Moi, je suis plus science-fiction, apparemment, commente Raf en prenant un air interrogateur. Ça veut dire quoi « circonstancielles » ?

– Indirectes, genre. Elles pointent vers un coupable potentiel, mais sans être décisives. Le problème, c'est que rien de ce qu'on a n'est assez incriminant. Il faudrait qu'on trouve d'autres indices, ou qu'elles nous mènent à des preuves directes.

– Comme quoi ?

– Un témoin. Ou l'aveu du coupable.

– Mais on sait même pas comment cette casquette prouve quoi que ce soit ! Qui elle accuse ? Et de quoi exactement ?

Raf s'assied sur le plan de travail.

– Henry a pu la mettre lui-même dans la cabane des bois, continue-t-il. Ou un gamin de la ville a pu la trouver quelque part. Peut-être à la gare à côté du vélo d'Henry.

– Et pourquoi l'aurait-il brûlée ?

– Aucune idée ! Je suis pas dans la tête des gens !

– Ne l'apporte pas encore à Doherty, dis-je sur un ton suppliant.

– Il nous prendra au sérieux, m'assure Raf.

– Qu'est-ce que t'en sais ? Regarde comment il m'a traitée quand je suis venue avec les polaroïds.

– C'est différent, rétorque Raf. Doherty les connaissait déjà et il voulait que tu arrêtes de lancer des fausses accusations contre Bernie.

– Bon sang, Raf ! T'es de quel côté ?

– Pourquoi faut-il qu'il y ait des côtés ? réplique-t-il les yeux plissés. Je sais que tu n'apprécies pas Doherty, mais détends-toi un peu. On essaie tous de retrouver Henry.

– Pas tous, non. Pas celui qui a laissé le message dans le motel.

– Si ce message était vraiment destiné à toi et pas à ton père.

– Sérieusement, Raf, quelqu'un sait où est Henry, mais ne veut pas qu'on le découvre.

– Oui, et toi, tu as déjà décidé de qui il s'agissait.

– Si on se fie aux preuves circonstancielles, ça commence à peser.

– Écoute, si Mason est vraiment coupable de quelque chose, Doherty finira par le choper.

– Oui, mais on manque de temps, dis-je. Et si aucun des indices n'est assez solide pour lui ? Et si Mason s'enfuit ?

Il croise les bras.

– Tu réfléchis trop.

– Doherty va m'envoyer paître, Raf.

– Peut-être pas...

– Il va de nouveau contacter ma mère ! Et elle me fera revenir à Sydney. C'est peut-être ma dernière chance de trouver la confirmation irréfutable.

– Ce n'est pas à toi de le faire.

– Pourquoi ? Qu'est-ce qui m'en empêcherait ?

– Tu n'es pas détective.

– Doherty non plus. Et pourtant, on doit compter sur lui pour résoudre cette affaire.

– Quelle affaire ?

– Tu as enquêté avec moi pendant toute cette semaine !

Ma voix résonne bien trop fort dans la maison calme. J'essaie de baisser le ton et de parler plus doucement.

– On est tombés sur trop d'éléments. Il ne peut pas s'agir d'une simple fugue. Mais Doherty préfère exposer les statistiques et accuser le manque de moyens plutôt que de lever ses fesses pour suivre les pistes !

Je croise de nouveau les bras, exaspérée.

– Il ne bouge pas de peur de heurter les sensibilités. Vraiment très fort de sa part. Dommage qu'il n'ait pas toujours réfléchi comme ça.

Raf laisse échapper un long soupir et baisse la tête pour réfléchir. Je sais que je l'ai perdu, maintenant. Je n'aurais jamais dû en faire une histoire personnelle. Il pense que mes émotions ternissent mon jugement.

– Moi aussi, je veux retrouver Henry, finit-il par déclarer. Je le veux plus que tout. Et c'est pour ça que je veux aller voir Doherty demain matin, pour qu'il s'active.

Il lève vers moi des yeux suppliants.

– On peut y aller demain ? Ensemble ?

J'acquiesce d'un hochement de tête machinal. Dès que Doherty dira à Mason qu'il a été vu au volant de sa voiture sur Railway Parade la nuit de la tempête, il s'enfuira. Tout sera fichu, tous les éléments qu'on a collectés n'auront servi à rien. On ne retrouvera plus Henry.

Quand je me tourne pour sortir de la cuisine, j'entends Raf qui descend du plan de travail derrière moi.

– Eh, arrête, Chlo…

Je rentre au motel en pilote automatique, une boule dans le ventre. J'aurais tellement voulu rendre tous ces indices plus concrets, leur donner un sens évident. Si je pouvais trouver ne serait-ce qu'un autre détail clé qui lie clairement Mason à la disparition d'Henry, Doherty me prendrait au sérieux et se mettrait aussitôt en action.

Quand j'arrive devant l'allée du motel, Luisa est debout sur la pelouse. Elle se penche pour ramasser une pensée mauve à ses pieds.

– Luisa ? dis-je en m'approchant.

L'herbe est jonchée de petites fleurs arrachées. Tout ce qu'elle a planté autour de la fenêtre a été éparpillé dans notre jardin. Elle en a déjà empilé une partie. La fontaine crache une eau noire et fétide.

– Un client a appelé la réception pour me dire que la fontaine a un problème. Et après j'ai trouvé ça…

Elle montre le gazon autour d'elle.

– Tu penses que ça pourrait être encore Jack Doherty ?

– Où est papa ?

– À la poste.

– Luisa, tu as pensé à fermer à clé la porte du bureau quand tu es sortie ?

Elle se cache la bouche avec une main.

– Non. Tu ne crois pas…

Je me précipite vers l'accueil.

– Chloé !

Ses sandales crissent sur le gravier derrière moi.

– Attends ton père !

Je pousse la porte en verre et balaye des yeux l'intérieur. Je m'attends à trouver le même type de chaos que la dernière fois, mais tout est en ordre. Le tiroir de la caisse n'a pas été forcé. Luisa me rejoint. La porte vers notre résidence est fermée, mais pas à clé. Aucun message n'y est punaisé.

Une simple blague ?

Impossible que ce soit juste une coïncidence.

Je pars inspecter notre appartement, la cuisine, le salon. Aucune armoire n'est ouverte, rien n'a été volé. Je jette un coup d'œil dans la chambre de papa en passant dans le couloir. Avant d'atteindre ma chambre, je repère une ombre étrange à travers la porte. En ralentissant, je fais signe à Luisa de rester dans le bureau. Le téléphone à la main, elle a l'air terrorisée. Mon matelas a été retourné et il est appuyé contre le mur. Tous les tiroirs de ma commode sont béants et mon armoire est également ouverte. Même ma valise a été renversée au sol.

– Non, dis-je en m'approchant de ma table de chevet dont les tiroirs ont été crochetés. Non !

Je tire celui du bas jusqu'au bout, je glisse une main sous mes chaussettes et mes sous-vêtements, où j'avais caché la carte postale d'Henry et son message. Ils n'y sont plus. Je retire complètement le tiroir et cherche par terre. Rien.

Un juron s'échappe de ma gorge.

– Chloé ? m'appelle Luisa, inquiète.

– Tout va bien, Luisa. Appelle papa, préviens-le pour le jardin. Il faudrait prendre des photos avant que tu continues à nettoyer.

Celui qui a dévasté le jardin a sûrement voulu créer une diversion pour fouiller ma chambre.

La seule preuve que j'avais a disparu. Je n'ai plus d'autre choix. Il faut que j'agisse rapidement si je ne veux pas que Mason me file entre les doigts.

Je suis d'abord tentée d'appeler Raf, mais je sais qu'il ne voudra pas me suivre. Pas après la conversation qu'on vient d'avoir. Je téléphone à sa sœur.

Sabeen répond après deux sonneries.

– Salut, j'ai besoin de ton aide. Mais je comprendrais si tu me disais non.

– OK…

– Qu'est-ce que tu fais ce soir ?

Elle lâche un rire nerveux.

– Tu vas me le dire, non ? répond-elle.

Je baisse la voix, un regard vers le couloir.

– On va découvrir ce que Mason Weaver a enterré derrière sa maison.

30

MASON
La tempête

– C'est chez les Turner ici, alors ? lança Tom assez fort pour couvrir le grondement de l'orage.

Dans le mausolée en pierre, il retira son sweat-shirt trempé et le laissa tomber par terre. Dehors, la pluie redoublait, frappant violemment le toit du petit monument. Les vitres des fenêtres à barreaux sur les deux portes en bois étaient heureusement encore intactes. Tom avait dû marcher une bonne dizaine de minutes sous la pluie, quand Mason l'attira à l'intérieur. L'averse avait démarré à peine cinq minutes après son départ de chez ses grands-parents.

– Jonathan, Polly et Oswald, répondit Mason en dirigeant la lumière de son téléphone vers le mur contre lequel les stèles horizontales étaient empilées les unes sur les autres.

Mis à part les plaques de marbre gravées aux noms des défunts, le lieu était vide.

– Comment t'as fait pour entrer ?

– La serrure est pétée, expliqua Mason en se cognant contre le mur.

Ils avaient à peine assez de place pour deux dans cet espace confiné de la largeur et de la hauteur d'une porte standard, et à peu près aussi profond. Flanchant légèrement, Mason s'adossa au marbre froid. Il se laissa glisser au sol.

Le vent agitait les portes et un éclair blanc s'infiltra à travers les fenêtres. La bâtisse était solide. Robuste. Elle était là depuis plus de cent ans. Tom jeta un regard dans le cimetière, sûrement pour évaluer la distance jusqu'à la voiture de Mason. Il laissa échapper un soupir comme s'il se rendait compte seulement maintenant que la tempête faisait déjà rage.

– Assieds-toi, proposa Mason en tapotant le sol en béton à côté de lui.

Il laissa son portable allumé pour avoir de la lumière et s'empara de sa bouteille de whisky.

– On en a pour un moment, ici.

Tom posa ses mains sur ses hanches et examina son ami qui tenta de prendre un air plus sobre qu'il ne l'était. En vain.

– Tu vas m'expliquer enfin ? demanda Tom. Ou je te sers juste de baby-sitter ?

Mason approcha le goulot de sa bouche. Il lui avait demandé un service sans lui préciser de quoi il s'agissait. Il espérait qu'en voyant son état, Tom l'inviterait à passer quelques jours chez ses grands-parents. Peut-être un peu plus longtemps. Mais Mason devrait raconter ce qui s'était passé. En détail.

– Allez, assieds-toi.

Tom s'exécuta, si près de Mason que leurs coudes se touchaient. Il refusa de partager avec lui sa bouteille. Les yeux rivés sur le nom de Polly Turner, Mason revint sur les évènements de la soirée.

– Pourquoi ta mère dit que tu as une dette envers elle ? demanda Tom. Elle pense que tu lui dois quoi ?

Mason avoua l'épisode de la baignoire quand Henry avait six mois, son inattention d'un instant, suffisante pour que le bébé glisse sous l'eau.

– C'est ridicule ! s'offusqua Tom. Tu avais quatre ans ! Qu'est-ce qu'elle faisait pendant que tu surveillais ton petit frère ? Henry était sous sa responsabilité à elle !

– J'ai peur d'être comme elle, Tommy.

– C'est pas le cas.

– Et ce qu'on dit sur les enfants qui héritent des tares de leurs parents ?

– Alors, moi aussi je suis fichu, ironisa Tom.

– Non, pas toi, le rassura Mason en souriant avant de se tourner pour examiner le profil de Tom. Je t'admire, mec.

Tom grimaça en secouant la tête.

– Arrête, dis pas n'importe quoi.

– Non, vraiment. Je le pense. Malgré tout ce qui t'est arrivé, tu as réussi à garder la tête haute et à avancer en travaillant dur. Et maintenant tu as décroché ton billet de sortie. Moi, je partirai jamais d'ici.

Tom se tourna à son tour, son jean frottant le sol poussiéreux sous lui.

– Qu'est-ce que tu racontes ? Tu peux faire tout ce que tu veux. Tu pourrais même partir demain.

– Pour aller où ?

– Pour voyager. Chercher du boulot.

– J'ai pas d'argent. Et j'ai pas eu mon examen de fin d'études. Qui voudrait m'embaucher ?

– Plein de monde. Tu pourrais bosser dans la vente. Ou trouver un autre mécanicien qui aurait besoin d'un apprenti. Stu t'écrira une lettre de recommandation.

– Et je vivrais où ?

Tom lâcha un petit bruit, entre amusement et exaspération.

– Mais j'en sais rien ! J'ai pas tellement réfléchi à ton avenir. Ça a pas été ma préoccupation principale, je suis déjà assez nerveux pour le mien.

– Nerveux ? s'étonna Mason. T'as aucune raison d'être nerveux. T'es hyper doué, t'as eu une bourse. Tout le monde est toujours si fier de toi.

Tom laissa échapper un rire amer.

– Désolé si ce que je fais te dérange.

– Et comment ! plaisanta Mason.

Ils ricanèrent tous les deux et Mason prit une grande gorgée de whisky.

– Je suis juste jaloux. Tu sais exactement ce que tu veux et comment l'obtenir. T'as toujours gardé les yeux rivés sur l'objectif à atteindre. T'es posé et tranquille.

– Tu as trouvé l'épitaphe pour ma pierre tombale, déclara Tom en faisant un signe de la tête vers le cimetière. « Ci-gît Tom Lawson, un jeune homme posé et tranquille. »

Mason haussa les épaules.

– Eh, le prends pas mal, mec. C'est ce qu'on aime tous chez toi.

Ce n'est que lorsque Tom le regarda sans réagir que Mason sentit le poids de ces mots entre eux. Dans l'espace réduit du mausolée humide, ils semblaient chargés d'un sens aussi évident qu'accablant.

Un coup de tonnerre puissant les fit sursauter et rire. Dehors, le vent soufflait avec la force d'un train lancé à pleine vitesse et une large flaque se formait sous la porte. Tom se leva pour regarder par les vitres.

– La tempête est déchaînée. Il doit déjà y avoir des inondations un peu partout. Pas sûr que ces sapins tiennent le coup.

Mason tenta de se lever à son tour, mais le whisky faisait déjà effet. Il avait l'impression d'avoir les membres en coton et ses lèvres le picotaient. Un sentiment d'invincibilité montait en lui. Sans bouger, il regarda la flaque grossir, l'eau approcher. Ils étaient protégés des éléments entre ces murs en pierre et en marbre. S'il avait eu un sac de couchage, il aurait été heureux de passer la nuit ici, au milieu des morts.

– Viens, lâcha Tom après un moment, ramassant son sweat-shirt pour le secouer. Ça se calme un peu. On devrait rentrer chez moi.

Quel soulagement ! Mason n'aurait pas à rentrer chez lui, chez cette femme ingérable. Au moins, pas aujourd'hui.

Mason tendit la main.

– Tu m'aides ?

Tom lui attrapa le bras avec les deux mains pour le redresser. Ne contrôlant pas ses mouvements, Mason atterrit droit sur la poitrine de son ami. Ils s'écrasèrent tous les deux contre le mur. Tom se cogna la tête contre le marbre. En rebondissant, elle vint percuter le front de Mason.

– Aïe ! cria-t-il, la monture de ses lunettes s'enfonçant dans la peau autour de ses yeux.

Il se frotta le visage.

– Laisse-moi voir, proposa Mason en plissant les yeux. Elles sont pas cassées. Mais j'ai laissé une marque.

Il prit soudain conscience de leur proximité, son sweat-shirt tout contre celui de Tom. Le visage de son meilleur ami n'était qu'à quelques centimètres de lui, et Mason sentait son cœur s'emballer. Sa peau se réveilla comme sous l'effet d'une douche chaude.

Tout semblait si simple.

Il glissa une main sur la nuque de Tom et se pencha pour poser les lèvres sur celles de son ami. Ce qu'il essayait de comprendre depuis des années lui parut évident et léger.

Je ne suis pas vide.

Je ne suis pas froid.

À cet instant, il sut exactement qui il était.

Mais la bouche de Tom restait gelée sous la sienne. Son dos était rigide, droit comme un « i », ses bras pendaient le long de son corps. Tom se détourna vers l'épaule de Mason.

– Non, mec. C'est pas ce que…

La tête baissée, il ne termina pas sa phrase.

Ce n'est pas ce que je veux, comprit Mason. *Tu n'es pas ce que je veux.*

Tom recula d'un pas prudent. Un gouffre pour Mason.

Il poussa un lourd soupir.

– Et merde, lâcha-t-il doucement.

– Je n'avais pas compris. Je suis désolé si je t'ai envoyé les mauvais signaux.

Mason leva une main vers Tom : *S'il te plaît, ne dis plus rien*. Il fut foudroyé par un dégoût absolu. Une haine de lui-même si violente qu'il éprouva le besoin de s'asseoir.

– C'est juste le whisky, assura Mason sans poser les yeux sur Tom. Je faisais juste le con.

Tom ne put réprimer un soupir embarrassé. Tout ce que le whisky avait fait, c'était désinhiber Mason suffisamment pour que la vérité éclate. Tom en était conscient.

Mason était accablé de honte. Il ne s'était jamais habitué à ce sentiment dévastateur, malgré son infinie expérience dans le domaine.

– Je dois y aller, déclara-t-il en cherchant ses clés de voiture.

En fouillant dans sa poche, il renversa la bouteille de whisky.

Elle tourna en rond sur le sol, rebondissant sur le marbre avant de s'arrêter lentement, le goulot pointant vers Tom.

– Tu ne peux pas conduire dans cet état.

– Ça ira, répliqua Mason d'une voix faible qui lui parut étrangère.

– Viens chez moi.

– Je ne peux pas, dit-il, et il bouscula Tom pour passer. Pas maintenant.

Quelques minutes plus tôt, il avait apprécié l'intimité du mausolée qui lui paraissait désormais suffocant. L'air frais sur sa peau le raviva.

La pluie torrentielle rendait le sol glissant. Tom le suivit jusqu'à la voiture.

– Donne-moi les clés, demanda-t-il en prenant le bras de son ami. Tu es soûl.

– Qu'est-ce que ça peut te faire ? Laisse-moi rentrer chez moi.

– Donne-les-moi, insista Tom en secouant Mason.

Les clés tombèrent dans la boue au pied d'une pierre tombale.

Les deux garçons se baissèrent en même temps pour les ramasser.

31

CHLOÉ
Maintenant

On arrive chez les Weaver à une heure et demie, après avoir fait la route à pied. L'air est frais, le ciel dégagé. Une petite brise joue avec les mèches noires de Sabeen alors qu'elle me regarde par-dessus son épaule.

– Une nuit idéale pour des activités illégales, lance-t-elle, nerveuse.

Je lui souris en déglutissant. Je lui suis reconnaissante d'avoir accepté de m'accompagner. Je n'y croyais pas. Mais après tout ce qui s'est passé, même Sabeen commence à douter de l'innocence de Mason.

– Le bois derrière la maison n'est pas une propriété privée, dis-je. On n'enfreint aucune loi.

Malgré l'obscurité, je vois qu'elle n'a pas l'air plus convaincue que ça.

– Petit détail, quand même, on va devoir traverser leur terrain.

Mais elle ne fait aucun mouvement pour revenir sur ses pas. Sabeen est venue de son plein gré. Ma chambre saccagée, la casquette brûlée d'Henry et l'incendie de la boutique de Bernie ont fini par semer le doute dans son esprit.

– C'est vraiment trop louche tout ça, m'a-t-elle dit cet après-midi. Je viens avec toi, seulement si tu me jures qu'on apportera ce qu'on trouvera au sergent Doherty.

Si on découvre une nouvelle piste, je frapperai moi-même à la porte de Doherty avant même qu'il ait le temps de prendre son petit déjeuner.

– On va faire vite, dis-je pour rassurer Sabeen. Pas besoin de s'attarder.

– Ton téléphone est sur silencieux ? me demande-t-elle après un rapide hochement de tête.

Je le sors de ma poche pour vérifier.

– Je ne capte pas grand-chose, ici. Et toi ?

– Juste assez, répond-elle en regardant son écran.

En approchant de l'allée des Weaver, on tourne vers les arbres. On hésite un instant. La lune brille plus fort que la dernière fois que j'étais là. Ce sera plus facile d'y voir clair, mais beaucoup plus difficile de se cacher.

– OK, on s'en tient au plan, dis-je tout bas. On part direct derrière la maison. Il n'y a pas de capteur de mouvement au niveau de l'abri de voiture, et aucune fenêtre de la maison ne donne de ce côté. Si au moment où on est derrière la maison, une lumière s'allume, on part en courant et on se retrouve plus haut sur la route.

Sabeen hoche de nouveau la tête, ses yeux aussi grands et ronds que ceux d'une chouette.

On avance lentement dans l'allée, guidées par la clarté de la lune pour éviter de piétiner des brindilles. Je garde un œil sur la maison des Weaver. Les stores sont baissés et les fenêtres sombres. On n'entend que le chant des grillons et le murmure du vent dans les arbres.

Le pick-up bleu de Mason est garé en marche arrière dans l'abri. Ses phares rectangulaires nous suivent tels deux yeux méfiants. Je suis tellement impressionnée par ce lion géant en métal qui nous surveille que je ne remarque pas que Sabeen s'est immobilisée devant moi. Je lui rentre dedans et on sursaute toutes les deux. Une main sur la bouche, elle parvient à étouffer le cri qui monte dans sa gorge.

– *Quoi ?* dis-je dans un murmure affolé.

Qu'est-ce qu'elle a vu ? Est-ce que Mason nous regarde depuis la fenêtre de sa chambre ? Est-ce qu'Ivy fume une cigarette, assise sur sa véranda ? Je tourne la tête, cherchant des yeux de la fumée.

– Rien, répond-elle tout bas. Je pensais avoir entendu quelque chose.

On inspecte l'allée en direction de la route. Sabeen a déjà dit ça trois fois depuis qu'on est parties de chez elle. Elle a les nerfs à vif alors qu'on n'a même pas encore commencé à creuser.

On part se cacher derrière les grands arbres le long de la palissade et je me rends compte qu'on aurait pu passer par l'ancienne propriété des Milburn en enjambant sa clôture pour atteindre la même destination, mais avec moins de risques. Quand on arrive à l'abri de jardin, une vague de soulagement m'envahit.

– Maintenant ça se corse, dis-je. Attends.

Je longe l'abri et après un examen rapide des lieux, je prends une grande inspiration et pousse la porte.

Squiiiiiick.

Sabeen murmure un mot dans le silence qui suit. Aucune lumière ne s'allume dans la maison, alors je me glisse dans l'abri. À l'intérieur, ça sent l'essence à tondeuse et les crottes de souris. Quelque chose grimpe sur un mur. Je ne veux pas utiliser la lampe de mon portable, et heureusement le clair de lune qui filtre par la porte me suffit à repérer la pelle sur un crochet.

Je ressors avec et laisse la porte légèrement entrouverte pour éviter qu'elle grince quand on reviendra.

– Viens, dis-je à Sabeen en la conduisant sur un petit sentier entre les buissons.

On avance dans la pénombre et quand on est suffisamment engagées dans le bois, on allume nos portables pour avoir de la lumière. Plus on progresse, plus les températures semblent basses. Je me demande si ce n'est pas simplement une impression.

Après une cinquantaine de mètres, Sabeen ralentit.

– Attends, lance-t-elle en orientant le faisceau lumineux vers moi.

Je tends la main pour éviter d'être aveuglée.

– Sab, s'il te plaît, je vois plus rien…

– Chuuuttt, ordonne-t-elle en baissant son téléphone. Tu entends ? On dirait un moteur qu'on démarre.

Elle penche la tête dans la direction de la maison.

– Je n'entends rien.

Je pose la pelle par terre et regarde devant nous. Je pense qu'on n'est plus très loin de l'arbre tombé, mais je n'en suis pas sûre.

– Par là, insiste Sabeen en désignant le sentier derrière nous. Elle remonte la route.

Je tends l'oreille à mon tour.

– Personne ne vit par ici.

– Tu penses que ça pourrait être Mason ?

– Aucune idée. Dépêchons-nous, j'aimerais en finir le plus vite possible.

Sabeen me suit sans parler jusqu'au gros arbre abattu. Je pose mon portable sur le tronc, la lumière vers les feuillages. Comme je vais avoir les deux mains prises par la pelle, je demande à Sabeen d'orienter la lumière vers le sol. Rapidement, on trouve un espace dégagé, sans brindilles ni feuilles mortes. Et la terre semble avoir été récemment retournée.

– Ça doit être ici !

Je commence à creuser. J'ai les mains qui tremblent et apparemment, celles de Sabeen aussi, parce que le faisceau n'est pas stable. On n'a aucune idée de ce qu'on va trouver, mais si Mason a senti le besoin de l'enterrer, ça doit être quelque chose d'important.

– C'est quoi ? demande Sabeen en désignant le trou.

Une surface claire et brillante apparaît. Je m'agenouille et finis de retirer la terre avec les mains pour pouvoir libérer l'objet. Je le soulève vers la lumière. C'est un grand sachet transparent refermable, à l'intérieur duquel il y a un autre sachet refermable. Dedans, je trouve un passeport, quelques documents et une grosse liasse de billets.

Je jette un regard à Sabeen. Elle prend un air soulagé, mais se retourne subitement dans la direction d'où on est venues. Je me relève et prends mon portable, le sachet toujours dans la main. Ce n'est pas l'imagination de Sabeen cette fois : des pas lourds s'approchent de nous. Je range mon portable dans ma poche et, les yeux rivés sur le sentier, je tâtonne pour ramasser la pelle. Je trouve la poignée et je la soulève à l'instant précis où une silhouette sort de l'obscurité.

– Qu'est-ce que vous faites ? s'écrie Mason, une main en visière pour se protéger de la lumière que Sabeen oriente vers lui. Qu'est-ce qui se passe ?

Il avance vers nous, dans son tee-shirt froissé et son pantalon de jogging. Il porte de vieilles tennis, mais pas de chaussettes. Il a les cheveux en bataille et semble particulièrement dérangé par la lumière. Cependant il n'a pas l'air ivre, mais plutôt endormi.

Sabeen recule et me rejoint à côté du tronc.

– Qu'est-ce que vous faites ? demande-t-il.

Ses yeux se posent sur le sachet en plastique.

– Qu'est-ce que vous faites avec mes affaires ?

– Comment est-ce que tu as su qu'on était ici ? l'interroge Sabeen d'une voix chevrotante.

– Vous pensez que je peux pas voir les lumières depuis l'allée ? Qui a pris ma voiture ?

– Quoi ?

Sidérée, j'échange un regard avec Sabeen. Elle avait raison pour le bruit de moteur.

– Pas nous !

Mason baisse la tête et laisse échapper une série d'insultes parmi lesquelles il prononce le nom d'Ivy.

– Tu penses que c'est ta mère ? demande Sabeen.

– Et qui d'autre ? grogne Mason.

Il regarde de nouveau le sac plastique dans ma main.

– Et maintenant, vous, vous volez mes affaires. Pourquoi vous pouvez pas tous me foutre la paix ?

Sa voix résonne dans les bois, déclenchant en moi une vague de terreur. J'ai peur pour moi et pour Sabeen. Mais j'ai aussi peur pour Henry. Où est-il ? Qu'est-ce que Mason lui a fait ?

– Pourquoi est-ce que tu as un passeport ? dis-je en empoignant la pelle de toutes mes forces. Pourquoi est-ce que tu veux t'enfuir ?

– Bon sang, Chloé ! Tu veux pas me laisser un peu tranquille ? hurle-t-il. Ça ne te regarde pas, tu comprends pas ? Rien de tout ça n'a jamais été ton problème !

Sabeen lève une main pour le calmer.

– Mason…

– Et toi, lâche-t-il en se tournant vers elle. Je croyais que t'étais de mon côté. Ta famille a toujours été si gentille avec moi. Maintenant je n'ai plus personne. Sérieusement, je n'ai plus personne.

Je sens la panique dans ses mots. Il perd le contrôle.

– On va y aller, maintenant, dis-je. On te laisse tranquille.

– Ah oui ? lance-t-il sur un ton moqueur. Vous allez vous barrer comme ça, avec mon argent ?

J'avais presque oublié que je le tenais toujours. Je baisse les yeux vers le sachet transparent. Voilà notre issue de sortie. Mais on va devoir courir.

Je murmure des consignes dans l'oreille de Sabeen, qui acquiesce. Intrigué par notre échange, Mason avance vers nous au moment où je jette le sachet plus haut dans le sentier. Il atterrit dans les broussailles. N'en croyant pas ses yeux, il ne réagit pas tout de suite et soudain, il s'élance pour le retrouver.

– Maintenant ! dis-je à Sabeen en la poussant.

Elle se précipite dans l'étroit sentier avec son téléphone dans la main pour éclairer nos pas. Sa longue queue de cheval s'agite derrière elle et lui fouette les joues. Autour de moi, les arbres filent dans une sorte de brouillard. Je n'entends que ma propre respiration et le bruit de la pelle sur les feuillages. Derrière nous, les pas nous rattrapent. Comment Mason a-t-il fait pour retrouver le sachet si rapidement ? Est-ce qu'il a seulement essayé de le chercher ? Pourquoi préfère-t-il nous rattraper d'abord ?

J'essaie de courir à côté de Sabeen, mais le sentier est trop étroit.

– Il est tout près, lance-t-elle, à bout de souffle.

L'abri de jardin nous apparaît entre les arbres devant nous. On y est presque. Mason est plus rapide, il est si proche que j'ai l'impression de sentir son souffle dans mon oreille.

Sabeen arrive dans la propriété des Weaver une seconde avant moi. Elle accourt vers la maison. J'essaie de faire diversion, consciente qu'on devrait se séparer en haut de l'allée. Je pourrais attirer Mason vers le Parc national pour que Sabeen ait le temps de revenir avec des renforts.

– Sabeen, quand on…

Ma voix se casse. Mason m'a attrapée par la capuche de mon sweat-shirt, son poing serrant le tissu dans mon dos. Il me fait perdre l'équilibre et on tombe tous les deux. Je lâche la pelle qui est projetée hors de ma portée.

J'essaie de me relever, mais il me retient par terre. Je donne un coup de pied en arrière qui atterrit sur son genou.

– *Arrête ça !* hurle-t-il.

– Chloé, crie Sabeen en revenant sur ses pas. Mason, lâche-la !

– Non, répond-il en évitant une autre frappe.

Après m'avoir enfoncé le visage dans la poussière, il s'assied sur mon dos. Il me tient.

Sabeen nous tourne autour, impuissante.

– Tu l'écrases, Mason ! Arrête !

J'essaie de me dégager, mais il est fort, stimulé par l'adrénaline qui coule dans ses veines.

– Mason ! crie Sabeen. Elle ne peut pas respirer comme ça ! Lâche-la !

Je sens mon souffle chaud sur la terre. Je tente de nouveau de le frapper.

– Calme-toi ! m'ordonne Mason, appuyant sur moi pour se relever.

Au-dessus de moi j'entends un sifflement suivi d'un fracas sourd. Mason s'est écroulé. Désormais immobile, il pèse sur mon corps de tout son poids.

– Quoi… ?

Je me dégage enfin et il roule au sol. Sabeen se tient à côté de moi, la pelle dans la main.

– Oh non, lâche-t-elle d'une petite voix. Oh non, oh non !

Je me redresse. Mason est assommé.

– Qu'est-ce que j'ai fait ? s'affole Sabeen en me regardant.

Sa lèvre inférieure tremble.

– Je viens de frapper Mason. J'ai frappé *Mason*.

– Tu vas bien, dis-je en lui retirant l'outil des mains.

Elle tremble.

– Tout va bien. Il aura une grosse migraine, mais il va bien.

Alors que Sabeen m'adresse un regard dubitatif, la jambe de Mason tressaute. Il grogne.

Sabeen pose les deux mains sur son visage.

– Il va me détester.

– Il reprend connaissance.

– Viens, alors, dit Sabeen en tirant sur ma manche. Allons-nous-en.

– Je ne peux pas partir. Il ne nous a pas dit où était Henry.

– Je m'en fiche ! On doit…

– Mais moi j'y tiens !

Sabeen prend un air outré.

– Je ne le frappe plus, Chloé. Lâche-le.

– Tu veux que je le laisse s'enfuir, c'est ça ? Sûrement pas avant qu'il réponde à mes questions.

– Je ne veux pas rester, déclare Sabeen, au bord des larmes.

Elle sort son portable et compose un numéro.

– Ça capte pas, se désespère-t-elle.

Mason pousse un nouveau grognement, et ses doigts grattent le sol faiblement. Exaspérée, je regarde autour de moi jusqu'à ce que mes yeux se posent sur l'abri de jardin.

– OK. Pars à la maison et vois si le signal est meilleur. Sinon, continue jusqu'à la route, vers la ville.

– Et j'appelle qui ?

– Le sergent Doherty. Tes parents. Mon père. OK ?

Elle hésite.

– Tu vas faire quoi, toi ?

– Je vais m'assurer qu'il reste ici.

– Comment ? demande-t-elle, pas rassurée. Il est plus fort que toi.

Je la prends par les épaules et la tourne vers la maison.

– Je m'en occupe. Fonce et téléphone.

– Viens avec moi, me supplie-t-elle.

– Ne t'inquiète pas. Mais s'il te plaît, dis au sergent Doherty de venir ici le plus rapidement possible.

Elle me prend les mains avant de partir dans l'allée des Weaver. Dès qu'elle s'est suffisamment éloignée dans le noir pour ne plus me voir, je cours vers l'abri de jardin et ouvre grand la porte. Heureusement le grincement n'attire pas Sabeen, et quand je reviens vers Mason, je glisse les mains sous ses épaules. Je ne pouvais pas demander à Sabeen de m'aider. Elle était trop bouleversée déjà.

Mason grogne quand je le soulève du sol. Il ne réagit pas. Sa tête tombe en arrière, se balançant d'un côté et de l'autre. Je le traîne vers l'abri de jardin, mètre par mètre, transpirant à grosses gouttes.

Mason lâche quelques mots incompréhensibles. Il parvient à lever la tête quand je le tire sur le sol de l'abri. Je le laisse sur le dos, dans l'ombre.

– Aïe, lâche-t-il au moment où je l'enferme.

Je m'aide de la lumière de mon téléphone pour retrouver la pelle que je coince entre le sol et la poignée de la porte. Ça fera l'affaire… pour l'instant.

Je l'entends bouger à l'intérieur.

– Mais qu'est-ce que tu m'as fait ? hurle-t-il.

J'appuie la main contre la tôle froide.

– Mason, je veux que tu sois parfaitement honnête avec moi, maintenant.

– Je ne te dois rien, Chloé.

Un filet de lumière apparaît sous la porte.

– Pourquoi as-tu dit que tu étais chez toi la nuit où Henry a disparu ? Rina a vu ta voiture deux fois sur Railway Parade.

Il gratte la terre.

– Je suis allé au cimetière.

– Pourquoi ?

– Ça a dégénéré à la maison, répond-il dans un soupir.

– Comment ? Qu'est-ce qui a dégénéré ?

– J'ai détruit la collection de merde de ma mère. Disons qu'elle était pas ravie.

Raf avait raison pour le meuble d'Ivy et ses assiettes bleues. Est-ce pour ça que la cuisine était si propre le lendemain ?

– Qu'est-ce qui est arrivé à Henry ? Qu'est-ce que tu lui as fait ?

– Je lui ai rien fait du tout ! Mais c'est vrai que je voulais lui dire ce que je pensais de lui, à cette petite ordure. Quand je suis entré dans sa chambre, il était parti en passant par la fenêtre.

Je me baisse.

– Il était quelle heure ?

– Mais j'en sais rien ! Onze heures, par là. Il a dû attendre des heures pour prendre un train.

– Tu penses vraiment qu'il a pris un train ?

– Pas toi ? demande Mason après une courte pause.

– Je ne sais pas.

– Son vélo était à la gare.

– C'est toi qui l'y as mis ?

– Quoi ?

– Pour faire croire qu'Henry s'était enfui ?

Une exclamation de surprise résonne de l'autre côté de la porte.

– Waouh. *Waouh !* C'est ce que tu penses de moi ? Tu penses que j'ai fait quelque chose à Henry ? C'est pour ça que tu m'enfermes ici ? J'arrive pas à y croire.

– Ta mère lui a fait quelque chose ?

– Ah oui ! Plein de choses. Elle nous rabaissait, nous cassait nos affaires, nous insultait. Mais elle n'a pas tué Henry, Chloé.

Sans réfléchir, je retire la pelle et ouvre la porte. J'ai besoin de voir son visage. Mason est assis, un bras sur son genou plié, une torche à côté de lui.

– Pourquoi est-ce que t'as menti sur cette nuit-là ? Pourquoi est-ce que ta mère t'a couvert ?

Il lève les yeux, résigné.

– Ivy était si torchée le lendemain de la tempête qu'elle ne s'est pas rendu compte de la disparition d'Henry avant onze heures. Elle n'a même pas remarqué qu'il n'a pas dormi à la maison. Elle savait qu'elle devait donner l'alerte, mais alors on verrait l'état de la maison.

Il change de position et son cou craque.

– Elle m'a fait nettoyer les éclats de verre et ensuite, elle a inventé notre version. On s'est couchés à dix heures. Elle voulait que je confirme. Elle a dit qu'elle en avait marre des jugements de tous les habitants de cette ville. C'était pas leurs affaires.

Il secoue la tête.

– Elle pensait sincèrement qu'Henry reviendrait et que cette histoire serait vite terminée.

– Pourquoi ne pas avoir dit la vérité à Doherty après ?

Mason baisse la tête.

– Il y avait des détails… que je voulais pas qu'on apprenne. C'était plus facile de s'en tenir à l'histoire d'Ivy parce que ça changeait rien au fait qu'Henry était parti.

Je me rappelle comment Raf et moi avons préféré cacher à Doherty la vérité pour les mêmes raisons.

– T'es sûr que ta mère était à la maison ? Elle n'a pas menti là-dessus ?

– Je crois que je suis rentré vers une heure, ou un peu après. Je ne suis pas sorti plus de deux heures. Elle s'était endormie sur le canapé, devant la télé. Elle n'a pas menti là-dessus.

– Et tu n'as pas vu Henry pendant que tu étais dehors ? Même pas quand tu es allé à la gare ?

– Je ne suis jamais allé à la gare, répond Mason en levant enfin les yeux vers moi.

– C'est pas ce que dit Rina.

Je prends mon téléphone pour chercher dans mes notes les informations qu'elle m'a données au café de Hyde Park.

– Autour d'une heure trente, une heure quarante-cinq, elle a vu ta voiture remonter Railway Parade vers la gare.

Elle y est restée un moment et après elle est redescendue vers le sud.

– J'étais au lit. Je ne suis pas ressorti. Rina a dû voir une autre voiture.

– Elle était vraiment sûre que c'était la tienne.

– Oui, c'est ce qu'elle m'a dit aussi, j'ai nié parce que je voulais coller avec l'histoire de ma mère. Mais je pensais qu'elle parlait de plus tôt dans la soirée, avant la tempête, quand je suis allé au cimetière.

Je range mon portable dans ma poche.

– C'était ta mère, alors. Si elle a l'habitude de te piquer ta voiture, dis-je en montrant l'abri vide. Peut-être que c'était elle ce soir-là.

– Non, elle comatait vraiment. Crois-moi, je la connais bien quand elle est soûle.

– Alors Rina s'est trompée ?

Elle avait l'air si sûre d'elle, surtout qu'elle n'avait pas l'intention de laisser Mason s'en tirer avec des bobards.

– Et la seule autre personne…

Il s'interrompt, le regard soudain figé, comme si un souvenir remontait à la surface.

– Mason ?

– Oh non ! s'exclame-t-il, horrifié.

32

HENRY
La tempête

Henry fut soulagé de voir la buanderie ouverte. À l'intérieur, il regardait par l'embrasure de la porte les gouttières déborder, tandis que le vent s'engouffrait sous la voile d'ombrage pour la déchiqueter. Et soudain, la pluie se mit à tomber en biais, poussée par des rafales déchaînées. On aurait dit que quelqu'un dans le ciel s'amusait à balancer d'immenses bombes à eau. La tempête était aussi violente que la dame à la télé l'avait annoncé.

Chloé ne reviendrait pas de sitôt. Elle avait dit qu'elle voulait se coucher de bonne heure, mais elle n'était même pas chez elle. Henry avait frappé à la fenêtre de sa chambre, à la porte de derrière, et même à celle du bureau. Si elle passait la nuit chez Sabeen, elle aurait pu le lui dire. Elle n'avait pas à lui mentir.

En attendant que l'orage se calme, Henry prit le temps de réfléchir. Il allait raconter à Chloé ses démarches pour retrouver son père, peut-être même lui demander son aide. Il lui en parlerait dans la matinée avant qu'elle retourne à Sydney. Et il voulait rencontrer Missy en personne. Elle était devenue une bonne amie et elle l'écoutait chaque fois qu'il se plaignait de Mason. C'était sympa d'avoir quelqu'un d'autre à qui se confier quand Chloé n'était pas dans le coin.

D'ailleurs, il se demandait si Mason s'était déjà calmé. Il ne l'avait jamais vu dans cet état. Il lui aurait tout expliqué s'il ne l'avait pas vu si furieux. Il n'avait pris son argent que pour le retarder, le temps de retrouver son père et de s'organiser pour partir. Loin de leur mère. Il ne pouvait pas rester seul avec elle.

Henry vérifia une nouvelle fois que l'enveloppe bleue se trouvait toujours dans son sac. De toute façon, ce n'était pas une bonne idée de la cacher sous le tiroir. Henry en était convaincu, surtout après avoir vu Ivy fouiller les armoires, la semaine précédente, pour faire toutes les poches. Il remit son sac sur le dos et coinça sa casquette solidement sur sa tête pour affronter les éléments. Le tonnerre grondait encore, mais la grêle et les éclairs étaient passés et la pluie tombait moins dru. Cela pourrait encore durer des heures et il ne pouvait pas rester là toute la nuit. Il avait déjà mal au dos à force de rester assis par terre.

Il remonta l'allée sur son vélo et traversa la pelouse trempée vers le sentier de l'autre côté du motel. Évitant les gouttières qui dégoulinaient, il ouvrit la fenêtre de Chloé à deux mains et sortit de sa poche le message qu'il avait écrit dans la buanderie sur une des affiches. Il le plia plusieurs fois et écarta le rideau pour le lancer sur le lit. Mauvais tir. La chambre était plongée dans l'obscurité, il ne pouvait qu'espérer que le papier avait atteint sa cible. Il se convainquit qu'elle le trouverait. Avec ses dons de détective, elle repérait toujours tous les détails.

Quand Henry arriva sur la route qui menait à Railway Parade, il remarqua un grand arbre tombé. Des branches cassées et des feuilles recouvraient la chaussée et l'eau coulait pareille à des rapides. La boue envahissait les rues et bouchait les caniveaux. *C'est cuit par là*, songea-t-il, changeant d'itinéraire. Il se dirigea alors vers Bridge Road, slalomant entre les branches et les détritus éparpillés par les bourrasques.

Sortir de la ville fut encore plus difficile avec tous les obstacles qui jonchaient le bitume. Déjà en temps normal, Cutler Bend était une vraie patinoire, avec ses lacets autour de la montagne, ses montées et ses descentes, et quelques virages aveugles hyper dangereux. Mais avec le vent sur son visage et la boue, il roulait à deux à l'heure. Pour la millième fois, il regretta que sa famille vive si loin.

Alors qu'il approchait de la portion de forêt dévastée par le feu, l'année précédente, un éclair illumina les troncs squelettiques, où quelques feuilles repoussaient par endroits. *Presque arrivé*, s'encouragea-t-il. Il avait hâte de se mettre à l'abri. Il négocia un nouveau virage et au moment d'entamer une descente, il repéra un mouvement dans le phare de son vélo. Quand il pressa le frein, sa roue arrière glissa, mais il parvint à garder son équilibre. Des torrents d'eau et de boue tourbillonnantes déferlaient sur la route, charriant feuilles et branches d'arbres. Il s'arrêta, un pied sur la pédale, l'autre à terre. Est-ce qu'il pourrait traverser ? *Trop inondé*. Il était épuisé et commençait à se dire qu'il aurait dû rester au motel.

Soudain, la route s'éclaira. Une voiture approchait en face de lui, le bruit de son moteur étouffé par les grondements de la tempête. Est-ce qu'elle verrait le déluge à temps ? Henry avait failli foncer droit dedans. Il n'avait freiné que de justesse, alors une voiture lancée à toute vitesse n'avait pas beaucoup de chances d'y arriver. Il descendit de son vélo qu'il appuya contre le flanc de la montagne avant de s'approcher du bord de l'eau. Il retira sa casquette verte pour l'agiter tel un drapeau.

La voiture ne sut négocier le virage, tournant trop large et rapidement. Henry eut à peine le temps de lever les bras qu'il la vit foncer sur le mauvais côté de la route, où il se tenait. Les roues se bloquèrent in extremis, mais le véhicule continuait sa descente sur le sol glissant. Il entendit l'impact sans vraiment rien sentir et se retrouva propulsé dans les airs vers l'immense flaque qu'il tentait d'éviter. Son sac à dos s'écrasa sur le rail de sécurité en métal et son corps atterrit tel un sac de sable sur le coude de la route.

Le choc de l'eau sur son visage le fit avaler la tasse. Le déluge le propulsa contre le rail, comme une poupée de chiffon. Il distinguait des phares. Une silhouette.

Quelqu'un était descendu de la voiture. Henry voulait hurler, mais il avait de l'eau dans la bouche, les yeux, les oreilles. Une petite lumière s'alluma pour le chercher et brusquement, elle l'aveugla. Ça devait être Mason. Son grand frère était sorti pour le retrouver.

Je suis là ! songea Henry. *Dépêche-toi, Mason. Sauve-moi vite !*

33

Chloé
Maintenant

J'entre dans l'abri. Mason a toujours les yeux dans le vide. Il fixe quelque chose que je ne peux pas voir, comme si une scène se jouait dans sa tête. Et il me regarde enfin. À bout de souffle, il prend la parole d'une voix étrange et chevrotante.

– Et s'il avait repris la voiture après m'avoir déposé ?

– Qui ?

– Il a dit qu'on avait percuté un arbre tombé sur la route, continue-t-il sans me calculer. Il est même sorti pour regarder.

Je m'agenouille devant lui.

– Qui, Mason ? De qui tu parles ?

– Tom, répond-il simplement. C'est Tom qui conduisait.

Je me redresse et recule d'un pas. Il divague. Sabeen l'a frappé trop fort avec la pelle.

– Non.

– Si. Tom était avec moi dans le cimetière. Il m'a ramené chez moi.

– Non. Il nous a dit qu'il était resté chez lui toute la nuit.

– Parce que je l'ai supplié de le dire. Quand il m'a déposé, je lui ai demandé de faire comme si rien ne s'était jamais passé.

– Qu'est-ce qui ne s'est jamais passé ?

Mason détourne le regard.

– C'est privé. Je ne veux pas en parler. Surtout pas à toi.

– Mason.

Il tente de se lever, mais grimace, une main sur la tête.

– Ça n'a pas de rapport avec Henry. Sur le chemin du retour, c'est Tom qui conduisait.

– Tom n'a pas le permis.

– C'est pour ça que je voulais pas en parler au sergent Doherty.

Je suis complètement perdue. Où est-ce qu'il veut en venir ? Je n'ai pas envie de le comprendre.

– On a percuté quelque chose. En revenant du cimetière, Tom a percuté quelque chose avec ma voiture.

Je mets une main sur ma bouche et secoue la tête rapidement. Mason déglutit, l'air hébété.

– Il a dit que c'était un arbre abattu. Il l'a vu trop tard. Il a appuyé sur le frein, mais la route était trop glissante. J'ai entendu l'impact, ça m'a pas paru très fort. Il est sorti de la voiture. Je l'ai laissé vérifier seul. Je voulais juste rentrer chez moi.

– C'était où ?

– Je sais pas où ça s'est passé, répond Mason, l'air perdu et désolé. J'étais pété. Tom et moi... on s'est disputés. J'ai gardé les yeux fermés, la tête contre la vitre, pendant tout le trajet. Je sais pas où ça s'est passé. Les fenêtres étaient couvertes de buée et il pleuvait. J'étais soûl. Je ne sais rien.

C'est impossible. Je ne veux pas y croire. Mais dans ma tête, j'entends les mots d'un des podcasts sur les enquêtes policières : *Dès que la vérité éclate, tous les indices s'emboîtent.* Chaque coupable a sa « pierre », ce qu'il ne peut plus affronter. Pour Tom, c'est la voiture de Mason. Il ne peut plus la regarder.

– Tom a du mal à l'université, dis-je. Il a perdu beaucoup de poids et il a des brûlures d'estomac tout le temps.

Mason hoche la tête doucement.

– Il refuse de croiser mon regard. Je pensais que c'était à cause de... notre désaccord.

La carte postale de Manly. Sabeen n'en avait pas parlé à Tom. Il était au courant, parce que c'est lui qui l'a envoyée. On a mangé des hamburgers ensemble à Sydney, une semaine avant que je la découvre dans ma boîte postale.

– Le vélo d'Henry, lâche Mason. Il était vraiment dans la cave de Bernie ?

Je repense au jour où Mason m'a entendue parler à Doherty au commissariat.

– Je pensais que c'était toi, dis-je.

– Moi ?

– Je pensais que tu avais mis le feu à la boutique pour te débarrasser des preuves.

Mason pousse un petit rire plein d'amertume.

– Bon sang, Chloé. L'idée que tu te fais de moi…

Je m'accroupis de nouveau.

– Je suis désolée, Mason. Sincèrement. Mon instinct me soufflait que la disparition d'Henry était louche. Mais j'ai soupçonné la mauvaise personne.

– Qui soupçonnerait Tom ? Je ne sais plus qui il est.

– Oui, mais on le connaît bien. Il est intelligent et débrouillard. C'est le plus malin de nous tous. Et il déteste les confrontations. Il les évite à tout prix. Il n'aurait jamais pu nous avouer ce qu'il a fait.

– Mais où est Henry ? demande Mason, bouleversé. Si Tom a mis son vélo à la gare pour faire croire qu'Henry a pris le train, qu'est-ce qu'il a fait de…

Il ne peut se résoudre à en dire plus et je n'ose pas laisser mon esprit compléter sa phrase. Je suis au bord du vertige. *Tiens bon ! Tiens bon !*

– Je sais pas, mais il faut le découvrir rapidement. S'il a mis le feu au magasin de son grand-père, c'est qu'il est prêt à tout. Tu penses que c'est Tom qui vient de prendre ta voiture, maintenant ?

Mason hausse les épaules, impuissant.

– Possible. Il sait où je range mes clés. Mais pourquoi est-ce qu'il aurait fait ça ?

L'incendie au magasin. Ma chambre saccagée. La voiture volée.

– Il veut se débarrasser des preuves.

Mason se lève, légèrement chancelant. Je l'aide à se tenir droit, de peur qu'il ait un traumatisme crânien.

– Il va la brûler ? demande-t-il, affolé.

– Peut-être…

J'ai plus peur qu'il quitte la ville. S'il s'enfuit, on ne découvrira jamais où est Henry.

Et ce n'est pas tout ce qui me tracasse. Il me manque encore des éléments. Je sors de l'abri pour chercher Sabeen. La lune n'éclaire pas suffisamment pour que je voie la route, après la maison, mais je ne repère aucun mouvement. Est-ce qu'elle a dû partir tellement loin pour avoir du réseau ?

Mais…

Le clair de lune.

Je lève la tête vers la lune aux trois quarts pleine. Elle est dans sa phase gibbeuse. Raf doit être en train de la photographier. Il nous l'a dit la veille. Il a forcément pris son sac. Son coffre-fort.

– Il ne l'a pas trouvée dans ma chambre, dis-je.

– Quoi ? demande Mason en se tournant vers moi.

– La casquette d'Henry. C'est une preuve. Tom a retourné ma chambre pour la trouver.

– Elle est où ?

– C'est Raf qui l'a, dis-je en sortant mon portable.

Mason s'approche de moi et me regarde composer le numéro de Raf. J'attends.

Silence.

– Ça capte pas.

Mon cœur s'emballe.

– Il y a très peu de réseau dans la vallée.

– Je dois y aller, dis-je en m'éloignant rapidement de la cabane. Je dois aller au Rocher du Diable.

Mason me suit en courant, trébuche et se rattrape de peu. Je me retourne, reviens en arrière. Il essaie de repartir, mais chancelle.

– Mason, arrête. Tu as sûrement un traumatisme crânien. Il faut que tu restes assis. Sabeen va revenir.

– Non, je viens avec toi. Donne-moi une seconde.

Il appuie les mains sur son ventre, comme s'il allait vomir.

– S'il te plaît, Mason. Je dois y aller. Attends Sabeen. Elle sera bientôt là avec le sergent Doherty.

Plié en deux, il hoche la tête.

– D'accord, vas-y. *Fonce !*

Je m'élance dans l'allée.

– Ne le laisse pas filer, Chloé ! crie Mason derrière moi. Ne le laisse pas disparaître !

La voix de Mason se casse sur le dernier mot. J'accélère.

***

Le silence de la nuit n'est brisé que par le bruit de mes semelles sur le bitume. Une traînée de brume bleu-mauve voile l'horizon et les arbres noirs dessinent des trouées dans le ciel limpide de la nuit. Le panorama de la vallée est presque trop beau, trop serein pour croire qu'il pourrait s'y passer des tragédies.

Moi, je le sais.

Et si je n'arrive pas à temps, ce sera encore pire.

Je sors de nouveau mon portable, l'écran lumineux pareil à un spectre dans l'obscurité. Alors que je compose le numéro, les doigts tremblants, ma chaussure dérape sur le coude de la route. Heureusement, je ne lâche pas le téléphone et me dépêche de le presser contre mon oreille. Il sonne. Je cherche entre les arbres le sentier qui mène au réservoir. Quand je le vois enfin, je m'élance sans me soucier des branches basses qui me fouettent le visage.

Réponds.

Mes pieds martèlent le chemin de terre. Je prie pour entendre une voix dans l'appareil.

Réponds. Réponds. Réponds.

Cinq sonneries plus tard, les plus longues de ma vie, il décroche.

– Allô ?

Mes jambes vacillent de soulagement.

– Oh, merci mon Dieu. Tu…

– Je suis un peu occupé en ce moment, alors laissez-moi un message et je vous rappellerai.

– Non !

J'attends le bip.

– C'est moi. Dès que tu entendras ce message…

Mon pied se prend dans un trou et je tombe lourdement, les mains en avant pour amortir ma chute. Mes côtes percutent un gros tronc d'arbre et une violente douleur irradie aussitôt mon côté gauche. Mes mains atterrissent sur la terre sèche.

Le choc retire l'air de mes poumons et je suis tentée de rester là sans bouger en attendant que ça passe.

Allez, Chloé ! Relève-toi !

Rassemblant toute la force qui me reste, je me redresse, bien que j'aie toujours aussi mal. L'écran de mon téléphone ressemble désormais à une toile d'araignée. J'essaie de l'allumer. En vain.

Je cours aussi vite que je peux, jusqu'à ce que les muscles de mes cuisses brûlent et que mes mollets menacent de se briser. Je m'entoure le ventre de mes deux bras pour me donner du courage.

Encore un peu.

Trop long.

Il faut juste que j'y arrive.

Trop tard.

Pitié, que j'arrive à temps.

Je suis un sentier que je ne connais pas, comme je viens depuis le nord. Je suis perdue et paniquée, ne sachant quelle distance il me reste à parcourir. Un panneau indique des toilettes publiques, ce qui veut dire que j'approche du parking nord. Tom est-il venu par là ? Je suis la courbe du sentier et les arbres s'ouvrent sur une clairière. J'ai la réponse à ma question. Une seule voiture stationne ici. Celle de Mason.

La dernière partie de ma course est la plus pénible, parce que j'avance pliée en deux jusqu'au Rocher du Diable. Je dois marcher le plus silencieusement possible. Si Tom se sent traqué, il va s'enfuir. Une main sur mes côtes blessées, j'essaie de respirer calmement. Je suis tellement essoufflée que j'ai peur de vomir.

Des voix.

Je tends l'oreille. Le Rocher du Diable est droit devant moi, surplombant l'eau telle une vague de pierre prête à se briser. Les mots tranchants de Tom cognent l'air de la nuit, laissant des marques cruelles sur le silence. Ce n'est que lorsque j'approche encore que je distingue ce qu'il dit. Pratiquement en haut de la pente, je me cache derrière les broussailles.

– Ça n'a rien de louche ! s'énerve-t-il. Je fais juste ce que m'a demandé Chloé, OK ? Je viens de chez elle. Elle m'a dit que je te trouverais là.

– Je ne l'ai pas, répond Raf.

– Je t'ai vu la prendre à la pizzeria, grommelle Tom en jurant. J'ai pas le temps pour ça. Elle est où ?

– On est au milieu de la nuit, Tommy. Qu'est-ce qui t'arrive ?

Avançant plus près du bord du rocher, je jette un coup d'œil vers les deux garçons. Tom me tourne le dos et Raf tourne le dos à l'eau. Son appareil photo est posé sur son trépied derrière lui et son sac, sur le tapis de pique-nique à côté.

– Chloé te fait pas confiance, explique Tom. Elle veut que ce soit moi qui garde les preuves. Alors donne-la-moi.

Pour ne pas hurler qu'il ment, je me pince les lèvres.

Raf se balance d'une jambe sur l'autre.

– C'est Chloé qui t'a dit ça ?

Il semble à la fois dubitatif et blessé.

– Soit. En tout cas, je ne te dirai quand même pas où est la casquette d'Henry. Je l'ai déjà expliqué à Chloé : je l'apporte demain au sergent Doherty.

– Bordel !

Tom enfonce ses deux mains dans ses cheveux en faisant les cent pas dans ma direction. Je me ratatine derrière les fougères, au moment où il tourne les talons et revient vers Raf.

– Tu imagines pas combien tout ça est épuisant ! Toujours avoir une longueur d'avance. Je voulais juste ramener Mason chez lui et tout d'un coup, je risque de perdre ma bourse. Tout mon avenir. Tout ce pour quoi j'ai travaillé.

– De quoi tu... ?

– Mon grand-père a pleuré quand il a su que j'allais à l'université. Personne dans sa famille n'a jamais fait d'études. Mamie et lui sont tellement fiers, ça me met une pression de folie.

– Sérieux, mec, tu m'as perdu, répond Raf. Je sais pas ce qui se passe. Et si on rentrait pour en parler tranquillement à la maison ?

– Parler ne servira à rien ! hurle Tom.

Sa voix résonne sur l'eau. Raf est sidéré.

– Tom, dis-je en sortant de ma cachette.

Raf sursaute. Tom se tourne brusquement.

– Parler, c'est la seule solution. On va tout expliquer au sergent Doherty. On va trouver une solution ensemble.

Tom me regarde, son visage se décompose.

– Je n'ai pas de solution. Il n'y a pas de solution.

Un sanglot s'échappe de sa gorge. Raf nous regarde tour à tour, les yeux grands ouverts de stupeur.

Je lève les mains.

– Tout ira bien. Il suffit d'expliquer à tout le monde ce qui s'est passé, c'est tout.

– Mais tu me détestes maintenant. Tu me *détestes*.

Il fond en larmes et retire ses lunettes pour s'essuyer les yeux du dos de sa main.

– Tout le monde va me détester. Je ne voulais pas faire ça, je l'ai vu trop tard.

– C'était un accident, je sais, dis-je. Tu as paniqué ?

Tom a recouvert tous les indices avec une telle minutie, si la vérité est découverte, ça jouera contre lui.

– Il a cogné le rail de sécurité et il bougeait plus. Je savais pas quoi faire, raconte Tom sur un ton implorant. Il fallait que j'éloigne Mason pour qu'il ne le sache pas. Je ne voulais pas qu'il le sache.

Du coin de l'œil, je vois les épaules de Raf s'affaisser. Il est en train de comprendre. Une expression d'horreur s'affiche sur son visage. Je suis pressée de le réconforter, de lui expliquer.

– Quand je suis revenu, c'était trop tard. Il… n'était plus là.

Son corps est agité par de nouveaux sanglots et je me retiens de pleurer.

– Où ça, Tom ?

– Je n'avais pas le choix, continue-t-il sans m'écouter. Il fallait que je trouve un mensonge. Et ensuite un autre mensonge. Et un autre, et un autre encore.

– Je comprends, dis-je, même si je n'y comprends plus rien.

– Et toi, tu posais des questions, encore et encore. Tu exigeais des réponses. Tu n'arrêtais pas.

Il s'essuie le nez avec la manche de son sweat-shirt.

– Je suis allé trop loin, maintenant. Il faut que je parte, c'est ma seule chance.

– Non. Non, Tom. Tu dois dire où est Henry.

Il secoue vigoureusement la tête.

– Tom. Je sais que tu regrettes. Qu'on en finisse. Il suffit que tu avoues tout au sergent Doherty.

Il ne pleure plus et me fixe désormais du regard comme s'il n'avait jamais rien entendu de plus ridicule.

– Je ne veux pas aller en prison, comme mon père.

– Parle au sergent Doherty. Dis-lui toute la vérité, comment ça s'est passé.

– Tu penses que ça va l'intéresser de savoir que c'était un accident ? Et Mason, et Ivy ? Ça va changer quelque chose pour eux ? Tout le monde sera contre moi.

– Tom…

Il avance vers le sac de Raf sur la serviette de pique-nique.

Raf le suit.

– N'y touche pas, mec.

– Donc, elle est bien là, lance Tom. Laisse-moi la prendre et on n'en parle plus.

Il se rue en avant, mais Raf est plus rapide. Il soulève son sac et l'éloigne de Tom.

– Tom, dis-je sur un ton implorant. Dis-nous où est Henry !

Il m'ignore, concentré uniquement sur le sac de Raf. Il se jette dessus et percute Raf. Les deux garçons tombent à terre. Raf se redresse sur un genou et j'attrape Tom par les épaules. Il se dégage et me repousse. J'atterris lourdement sur les fesses et mes deux coudes cognent le rocher. Des épines s'enfoncent dans mes mains. L'espace d'un instant, je suis sonnée.

Raf se laisse distraire par ma chute juste assez longtemps pour que Tom lui arrache le sac. Il lève alors les deux bras en signe de reddition et me regarde me rasseoir. Tom balance violemment le sac dans la joue de Raf. Je hurle en le voyant s'écrouler à terre. En heurtant le rocher, sa tête fait un bruit affreux. Il ne faut pas qu'il essaie de se relever.

Pourtant, il le fait. Il parvient à se retrouver à quatre pattes et pose un pied devant lui pour se redresser. Dans le clair de lune, je vois un filet sombre et brillant couler dans ses cheveux, sur sa tempe et sa joue. Il arrive à se mettre debout, luttant avec le poids de son corps pour trouver l'équilibre.

Il chancelle d'un côté, de l'autre.

En arrière.

En arrière encore. Encore. Et encore.

Et par-dessus le bord du rocher.

34

Mason
Maintenant

Mason traverse la véranda et trouve la porte d'entrée grande ouverte. Sa tête lui fait horriblement mal après son effort pour arriver jusque-là. La panique n'arrange rien. Le sifflement dans son oreille non plus. Il se sent dans un épais brouillard, comme s'il avait bu.

Il entend la voix de sa mère, rauque et sèche, comme quand elle se réveille, le matin. Il est presque soulagé d'abord de constater que ce n'est pas elle qui a pris la voiture, mais se rappelle soudain qui l'a prise. C'est bien pire.

– Il va venir maintenant ? demande Ivy.

– Oui. Mes parents aussi. Je dois repartir pour le dire à Chloé.

La voix de Sabeen. Machinalement, Mason se touche l'arrière du crâne. Il s'en souviendrait : la douce Sabeen qui a voulu l'assommer. Il entend encore le bruit du métal sur sa tête avant que tout s'éteigne.

– Elle est partie, déclare Mason en entrant dans la cuisine.

Vêtue d'une robe de chambre, sa mère plisse les yeux, éblouie par la lumière, une cigarette pas encore allumée dans une main, un briquet dans l'autre. Sabeen sursaute et recule jusqu'au frigidaire.

– Chloé m'a laissé sortir de l'abri, OK ? Je ne lui ai rien fait.

– Où est-elle ? demande Sabeen, mais elle enchaîne sans le laisser répondre. Comment va ta tête ?

La jeune fille a les yeux injectés de sang, le teint blême. Elle a l'air aussi mal en point que lui.

– Sincèrement ? Comme si quelqu'un l'avait confondue avec la balle sur un terrain de foot.

Sabeen grimace.

– Le sergent Doherty va arriver ?

Elle hoche la tête.

– Tu vas te rendre ?

Du coin de l'œil, il voit sa mère approcher, impatiente d'entendre la réponse. Il lui faut quelques secondes pour la formuler. Il a peut-être vraiment un traumatisme crânien.

– Ce n'était pas moi, Sabeen. Je n'ai rien fait à Henry. C'était Tom.

Sabeen inspire bruyamment et Mason se retient de fondre en larmes. Il n'a pas encore eu le temps de digérer ce qu'il vient d'apprendre sur Henry. Sur Tom. C'est la pire nuit de sa vie.

– De quoi est-ce que tu parles ? interroge sa mère.

Il ne peut pas la regarder. Il ne veut pas être celui qui le lui annonce. Pitié, que ça ne tombe pas sur lui.

– Et tu le savais ? demande Sabeen avec une petite voix.

– Bien sûr que non ! On vient de le comprendre, Chloé et moi.

Sa mère dit quelque chose, mais il sort son téléphone pour composer le numéro de Tom. Et si c'était faux ? S'ils s'étaient trompés ? Il était tellement soûl, cette nuit-là. Il ne peut pas se fier à sa mémoire.

Il est bien conscient d'être dans le déni, mais il laisse sonner. Il tente ensuite le numéro du grand-père de Tom. Peut-être que son ami dort et a mis son portable sur silencieux.

– Allô ?

– Oncle Bernie ? C'est Mason.

Il s'interrompt, ne sachant comment enchaîner.

– Mason ? Il est très tard pour appeler. Tu as réveillé Rose en sursaut. Ça lui a fait un choc.

Si elle savait…, songe Mason. Il ne va pas leur dire. Ce n'est pas à lui de le faire. Le sergent Doherty s'en chargera.

– C'était juste…, commence Mason. Vous pourriez appeler Tom pour moi ? J'ai besoin de lui parler.

– Il est trop tard, mon petit. Tom dort.

Mason a la gorge en feu.

– Vous pourriez vérifier ? demande-t-il avec une voix rauque.

Un froissement et un claquement retentissent dans l'oreille de Mason quand Bernie pose le combiné. *Pitié, pitié, pitié*, se répète Mason. Et si tout ça n'était qu'un malentendu ? Henry est à Sydney. Et Tom dans son lit.

Il entend sa mère et Sabeen échanger quelques mots en murmurant. Pourvu que les mères de Sabeen soient en route, Ivy aura besoin de soutien.

– Mason ? C'est étrange, Tom n'est pas là. Son lit est vide.

Les jambes de Mason flageolent.

Tom. Son Tom.

Maintenant, c'est sûr.

Bernie parle toujours. Le lit de Tom est fait et il manque des affaires dans sa chambre. Des livres, des vêtements, son ordinateur. Mason se contente de répondre par des *mmmh* parce qu'il a trop peur de ce qui risque de sortir de sa bouche.

L'éclairage de la cuisine est trop puissant. La pendule fait tic-tac comme si c'était un soir comme les autres. Le frigidaire ronronne paisiblement. Le micro-ondes, la théière, la vaisselle sale qui s'accumule dans l'évier, tout est à sa place.

Pourtant, rien n'est pareil ce soir.

Le monde a été bouleversé et plus rien ne sera jamais comme avant.

– Merci Bernie, lâche-t-il sans réfléchir.

Avant de sortir de la cuisine, il se retourne vers Sabeen.

– Appelle le sergent Doherty. Dis-lui d'aller directement au réservoir. Appelle-le.

– Tu vas où ? l'interroge sa mère.

Mason déambule dans le couloir vers la porte d'entrée. À mi-chemin vers sa voiture, il se rappelle qu'elle n'est plus là. *Allez, réfléchis ! Réfléchis !* Et soudain, il aperçoit son vélo, posé contre le vieux banc à outils de Wayne.

Il ne reste plus qu'un moyen de rejoindre l'autoroute maintenant que Cutler Bend est fermé. Mason ne sait pas comment il pourra arrêter Tom puisqu'il est en voiture, ni même s'il sera capable de le suivre. Mais il ne peut pas rester sans rien faire.

Il faut qu'ils découvrent où est Henry et Tom est le seul à le savoir.

35

Chloé
Maintenant

Une éclaboussure tonitruante brise le silence de la nuit. L'appareil photo de Raf, du haut de son trépied, surveille la scène. Raf est avec nous sur le rocher, et l'instant d'après, il est sous l'eau. Je reste pétrifiée, incapable de traiter l'information.

Sa tête.

Le sang.

Je me redresse péniblement, tandis que Tom s'empare du sac à dos. Il me contourne pour filer dans le sentier, mais je parviens à l'attraper par le bras. Pour l'empêcher de se sauver, je le retiens par l'anse du sac.

– Chloé, c'est terminé ! hurle Tom d'une voix cassée.

Il pivote sur les talons pour me faire lâcher.

– Laisse-moi partir.

– Je ne peux pas. Il faut qu'on sache. Pour Henry.

Il se dégage violemment. Ma main glisse de son bras, mais de l'autre, je m'agrippe plus fort encore.

– Écoute ! gronde-t-il.

Il désigne le bord du rocher. Je tends l'oreille, espérant entendre Raf revenir vers la rive. Mais non.

Rien.

Aucun bruit ne nous parvient du bassin.

– Tu me retiens ici ou tu vas aider Raf ? Qu'est-ce que tu préfères ?

Les deux.

J'ai l'impression que ma poitrine va se déchirer. Une douleur insoutenable me saisit. Je suis en train de perdre Tom. J'ai déjà perdu Henry.

Je ne peux rien faire.

Je dois l'accepter.

Pour sauver Raf, je dois lâcher Henry. Mes recherches s'arrêtent là.

C'est terminé, Chloé.

J'ouvre les doigts pour libérer l'anse. Tom part en courant vers le sentier, le bruit de ses pas résonnant dans le noir. Il ne regarde pas en arrière.

Je chancelle vers le bord du Rocher du Diable et inspecte les eaux sombres. Des éclats de lune dansent sur la surface pareils à des bijoux chatoyants.

Où est-il ?

Il a chuté lourdement.

Je ne le vois pas.

Il a perdu connaissance.

Terrorisée, je retire mes tennis et me laisse tomber du haut du rocher.

Le froid me coupe le souffle. Malgré moi, je relâche trop d'air de mes poumons, ce qui me désespère aussitôt. La lune n'éclaire pas les profondeurs du bassin et à l'aveugle, j'agite les bras et les jambes, mais mes mains ne trouvent que le vide. Jusqu'où a-t-il sombré ? A-t-il dérivé très loin ?

Où est-il ?!

Je tâtonne, tourne dans tous les sens. Une bouffée de découragement me prend à la gorge. Je lève les yeux vers l'ombre du rocher qui domine le réservoir.

Mon pied se heurte à une forme solide. C'est lui ! Je me propulse en avant et mes mains trouvent son bras. Sa silhouette pâle paraît suspendue dans le noir tel un astronaute au milieu des étoiles.

J'empoigne son biceps. Son cœur bat-il toujours ? Depuis combien de temps est-il sous l'eau ? Combien de temps a-t-il pu retenir sa respiration ?

J'ai l'impression qu'il ne pèse rien, mais je lutte tout de même pour remonter vers le clair de lune. Des points blancs brouillent ma vision. Je me sens vaseuse, faible.

Bats-toi, Chloé ! Remonte !

Je reviens à l'air et inspire profondément. Sur le dos, j'emmène Raf avec moi, plaçant son corps sur le mien. Il est lourd et son poids m'enfonce dans l'eau. Battant des pieds, j'emprisonne sa tête entre mon épaule et mon visage. Ses cheveux mouillés recouvrent son front et ses joues telles des algues. Ils se collent à ma peau, tellement froids qu'ils me font peur. Mais sa nuque est chaude et je me concentre sur cette sensation uniquement. Nos bouches surnagent à peine. Je place une main sous son menton pour m'assurer qu'il reste au-dessus de l'eau.

– Ne lâche pas ! Tiens bon ! Ne m'abandonne pas, Raf !

Des gouttes perlent sur ses cils. J'ai tellement envie de les sécher. Je bouge un bras et une jambe en même temps pour nous ramener petit à petit vers la berge.

J'essaie de me souvenir de mes cours de sauvetage à l'école. Il y avait une technique pour empêcher que l'eau n'entre dans les poumons. Combien de temps peut-il survivre sans oxygène ? Cinq minutes ? Six minutes ?

Combien de temps ? Combien ? Combien ?

Je sens le sable sous mon dos et pousse une exclamation de soulagement et de désespoir. Je dois aller plus vite, mais c'est impossible. Maintenant que j'ai pied, on est trop lourds, tous les deux. Je passe les bras sous ceux de Raf et les croise sur sa poitrine. Je soulève son corps, enfonçant les talons dans le sol. Centimètre par centimètre, je remonte sur la terre ferme.

Je me dégage de sous lui et sa tête roule sur le côté. Du sang coule de l'entaille sur son front et s'accumule dans son œil. Il a la nuque courbée. Je n'ose pas la toucher. Et si je ne sens pas de pouls ? En tremblant, je pose les doigts sur sa peau.

Pitié.

Je ne sens rien.

Pitié.

Je ne sens rien !

Je glisse la main sous son menton pour remonter sa tête. De l'eau sort du coin de sa bouche. Je m'approche de ses lèvres, espérant y détecter une respiration. Mes cheveux dégoulinent sur mon visage alors que je me penche sur lui pour ouvrir sa veste. Son tee-shirt trempé colle à son torse comme une seconde peau.

Une main sur son ventre, je prie pour le voir se soulever sous mes doigts.

Rien.

À genoux, je place ma paume tremblante sur le sternum de Raf comme on me l'a appris en classe de secourisme sur un mannequin. Je pose ma deuxième main dessus, croise les doigts et appuie sur sa poitrine.

Un. Deux. Trois. Quatre…

De l'eau jaillit de sa bouche.

Cinq. Six. Sept. Huit. Neuf. Dix. Onze. Douze…

Il tressaute et se cambre.

Treize. Quatorze. Quinze. Seize. Dix-sept. Dix-huit. Dix-neuf. Vingt. Vingt et un. Vingt-deux…

Ses bras s'agitent.

Vingt-trois. Vingt-quatre. Vingt-cinq. Vingt-six. Vingt-sept. Vingt-huit. Vingt-neuf. Trente.

Une main sous sa nuque, je lui fais pencher la tête vers l'arrière en lui pinçant le nez avec l'autre main. Ses lèvres sont froides quand j'approche ma bouche. Je souffle dedans, son torse se gonfle. Encore une fois. Je tourne la tête, guettant des signes de respiration.

Rien.

Je recommence le massage. J'ai mal aux bras, mais je garde le rythme.

Quinze. Seize. Dix-sept. Dix-huit. Dix-neuf. Vingt.

– Allez !

Je hurle sur Raf. Sur moi. Sur nous deux.

Vingt-sept, vingt-huit. Vingt-neuf. Trente.

Je repose ma bouche sur la sienne. Je souffle. Encore une fois.

– ALLEZ !

Ma voix se brise.

Je tremble de plus en plus fort, les mains de nouveau sur sa poitrine.

Je ne m'arrêterai pas. Je ne m'arrêterai pas.

Un. Deux. Trois. Quatre. Cinq. Six…

Le torse de Raf se soulève. De l'eau jaillit de sa bouche, sur mes mains, dégouline sur son ventre.

Une autre convulsion. Plus d'eau.

– Respire ! dis-je en le secouant.

Il prend une grande bouffée d'air. Elle traverse sa gorge avec un sifflement strident. C'est le son le plus merveilleux que j'aie jamais entendu. Sa poitrine se soulève de nouveau, frissonnant à chaque nouvelle respiration, à mesure que ses poumons se remettent à fonctionner.

Une vague de soulagement m'emporte et je reste un instant penchée sur lui à le regarder respirer, tousser et *vivre*.

Je le tourne sur le côté et m'allonge contre lui, enfouissant mon visage dans sa veste trempée. *Mon Raf.*

– Les secours arrivent, dis-je, même si je n'en sais rien.

Tout mon corps se met à trembler sans que je puisse le contrôler. J'essaie de me détendre, mais rien n'y fait. C'est le choc de tout ce qui s'est passé cette nuit.

Raf. Tom. Henry.

Henry.

On ne pourra plus jamais découvrir où il est, désormais.

Mes paupières se ferment et j'attire Raf contre moi, me délectant de ses murmures. Et soudain je sens quelque chose en moi céder. C'est comme si je serrais aussi Henry dans mes bras.

Quelque part dans les arbres, un cri s'élève. Je tourne la tête. Des pas lourds martèlent le sentier. Ils résonnent sur l'eau et je n'arrive pas à savoir d'où ils viennent.

– *Chloé !* appelle une grosse voix d'homme. *Tom !*

Je lâche Raf et me redresse tant bien que mal.

– Chloé !

Il se rapproche, remontant le sentier depuis le parking sud. Pas celui au nord.

Oh non ! Ils ne sont pas arrivés par là où il fallait.

– Ici ! Vite !

Je hurle en agitant les bras, même si je ne vois encore personne.

J'entends le froissement des feuillages et brusquement une silhouette apparaît. Le sergent Doherty regarde dans toutes les directions.

– Ben ! Par ici !

Il se tourne en m'entendant et traverse l'aire de pique-nique au pas de course, piétinant sans ménagement les arbrisseaux et les petits rochers. Il porte un pantalon de jogging pâle et un tee-shirt blanc.

– Ça va ? me demande-t-il en s'arrêtant devant moi.

Je hoche la tête et lui montre Raf.

– Rafi Nolan ? lâche-t-il, confus.

Il s'agenouille devant lui pour vérifier qu'il respire. Il pose une main sur son épaule et lui chuchote quelques mots pour le rassurer. Raf bouge la tête faiblement. Je suis tellement soulagée que je dois ravaler un sanglot.

– Tu lui as fait du bouche-à-bouche ? m'interroge Doherty.

Nouveau hochement de tête.

Il se lève et sort son portable, s'éloignant de moi, vers le bassin. J'entends qu'il parle de Raf, de noyade, d'ambulance et des mères de Raf. Il dit aussi quelque chose sur mon père. Et mon état de sidération.

Il écarte un moment l'appareil pour s'adresser à moi :

– Où est Tom Lawson ?

– Le parking nord, dis-je en montrant la direction, d'une main tremblante. Il a pris la Subaru bleue de Mason.

Doherty se détourne de nouveau pour reprendre sa conversation.

Mes jambes se remettent à flageoler, mais je ne suis pas sûre, en réalité, qu'elles se soient arrêtées. Je fais quelques pas vers le corps immobile de Raf, frigorifiée dans mes vêtements mouillés. Mes dents claquent, ma gorge se noue. Je me plie en deux.

Doherty accourt vers moi tout en rangeant son téléphone dans sa poche. Il m'attrape par les épaules et me serre dans ses bras.

– Je suis là, dit-il en me caressant les cheveux. Je suis là, Chloé.

Je m'écroule contre lui, secouée par de violents sanglots, déversant toutes les larmes de mon corps sur son tee-shirt blanc.

36

Mason
Maintenant

Tellement dur de pédaler dans la nuit, avec la douleur lancinante dans sa tête. Mason se secoue dès qu'il pique du nez. Le sergent Doherty doit être au réservoir. Il est peut-être arrivé à temps. Chloé et Raf ont peut-être réussi à empêcher Tom de s'enfuir.

Tommy.

Quand son visage s'affiche dans l'esprit de Mason, son cœur se serre. Sa trahison lui déchire la poitrine. Il n'a pas encore mesuré l'ampleur de ce que Tom a fait, parce que ça le forcerait à penser à Henry. Il ne peut pas encore s'aventurer sur ce territoire. Il risquerait de s'écrouler pour ne plus jamais se relever.

Finis déjà ce que tu as à faire !

Il tourne sur Roberts Road dans la direction du bassin de retenue. C'est le seul chemin pour sortir de la ville quel que soit le parking d'où l'on vient. Il ne veut pas ralentir pour essayer de rappeler Chloé. La dernière fois, il est tombé directement sur le répondeur, et Mason a tout de suite imaginé le pire. Qu'est-ce qui s'est passé là-bas ? Est-ce qu'ils ont rattrapé Tom ou est-ce qu'il a déjà quitté la ville ?

Peut-être que Mason ne le reverra jamais.

Non. Ce sera facile de le retrouver grâce au véhicule volé. Quel dommage qu'il lui ait donné toutes ces leçons de conduite ! Tom sait parfaitement manier la Subaru. À cet instant, il prend conscience que sa voiture sera saisie comme pièce à conviction. Pour trouver des traces…

D'Henry.

Il ferme les yeux, balaye de son esprit le visage de son frère.

Non, non, non. Pas ça.

Pas maintenant.

Continue à pédaler.

Les lampadaires éclairent en pointillés la longue route bordée d'un côté par les champs et de l'autre par le talus. Le terrain est relativement plat, mais il a les jambes en coton. Il envisage même à plusieurs reprises de s'arrêter pour vomir. La salive s'accumule dans sa bouche. Il parvient tout de même à respirer et à déglutir.

Des phares.

Devant lui, deux lumières grossissent au gré des ondulations de la route. Le moteur gronde. Quand le véhicule passe sous un lampadaire, Mason voit qu'il est bleu.

C'est sa voiture qui fonce vers lui. Bien trop vite.

Et soudain, le moteur se calme. Tom l'a vu. Mason agrippe le guidon et appuie si fort sur les pédales que ses muscles le supplient d'arrêter. Et comme souvent, il perd toute notion de la réalité. Peu importe ce qui se passera, il ne peut pas laisser Tom s'en aller.

Les lumières scintillent sur le capot alors qu'il s'élance vers Tom en roulant au milieu de la route. Le véhicule braque à droite. Mason le suit. À gauche. Mason aussi. La voiture revient sur sa voie et Mason se rue sur elle. Il entend les freins crisser.

Mason ne ralentit pas. La voiture n'est plus qu'à cent mètres. Cinquante.

Ça fera mal.

Mason lutte pour garder les yeux ouverts. Il redresse les épaules.

– Vas-y ! hurle-t-il. Écrase-moi aussi !

Quand les mots sortent de sa bouche, il sait aussitôt que ce n'est pas ce qu'il veut. La plupart du temps, il ne veut plus de cette existence, mais il ne veut pas partir non plus.

Mason tourne brusquement vers la gauche. À la dernière seconde, la Subaru se fige au moment où Mason appuie sur les freins. La voiture dévie sur la droite et frappe le talus, projetant du sable noir sur le bitume. Elle continue en roue libre jusqu'à un arbre et après une série de tête-à-queue, se fige dans la direction d'où elle est venue.

Mason dérape et se retrouve face contre terre. Il lève la tête, ignorant le gravier qui lui arrache les mains.

Sa voiture est détruite. Des bris de verre sont éparpillés partout autour. De la fumée monte du capot complètement embouti et la porte côté passager est enfoncée. Un phare pend au bout de son câble tel un œil mort, et un *plic-ploc* indique une fuite quelque part sous le châssis. Stu Macleod sera furieux.

Mason cherche Tom.

Le pare-brise n'est plus qu'une grande toile d'araignée et les deux airbags se sont gonflés. Il attend que Tom descende. Rien.

Est-il blessé ?

Une vague de panique l'envahit. *Faites qu'il soit indemne !* Il se déteste d'avoir pu lui faire du mal. Ses sentiments contradictoires le torturent.

Il ne quitte pas la voiture des yeux, tous ses membres trop endoloris pour bouger. Il arrive à peine à y voir clair. Ce n'est que lorsqu'il aperçoit au loin une lumière rouge et bleu clignotante qu'il repose la tête sur le gravier.

Il s'autorise alors à penser à Henry et laisse les larmes l'inonder.

37

Chloé
Maintenant

Le souvenir de cet après-midi, un an plus tôt, me revient comme dans un rêve. J'étais avec Henry dans la station-service de Bridge Road. Je revois son visage pensif quand il me parle de quitter les Shallows.

Parfois quand je sors prendre l'air sur mon vélo, j'ai envie de rouler loin sans m'arrêter et sans regarder en arrière.

Je repense à ces mots, assise dans la Ute de papa qui longe à présent la gare. Je ne peux pas m'empêcher de regarder la salle d'attente dans laquelle on a retrouvé le vélo d'Henry. Bien que je connaisse désormais la vérité, une partie de moi continuera à l'imaginer en train de monter dans un train pour commencer sa grande aventure.

J'essuie les larmes qui coulent sur mes joues, essayant de me ressaisir. Je ne pense pas avoir déjà autant pleuré dans ma vie que ces trois derniers jours.

– Tu es sûre que tu ne veux pas que j'entre avec toi ? me demande papa en se garant devant le commissariat.

Il ne m'a pas laissée seule une seconde depuis les fouilles dans le glissement de terrain de Cutler Bend. Heureusement qu'il était là pour me prendre dans ses bras quand le sergent Doherty nous a informés qu'on avait retrouvé le corps d'Henry dans le ravin. Tom a tout avoué à la police et leur a montré où et quand tout s'est passé.

Et pourtant, rien ne me semble réel.

– Ça va aller. Tu veux bien m'attendre dehors ?

– Bien sûr, mon cœur.

Il se penche pour m'embrasser le front.

Je prends une profonde respiration et avance, vacillante, vers les portes du commissariat.

Une nouvelle fois, je me retrouve à la réception, devant la vitre. Mais aujourd'hui, je n'attends pas. La policière aux cheveux roux bondit dès qu'elle me voit et me fait tout de suite passer la sécurité pour retrouver le sergent Doherty de l'autre côté.

– Ça va, Chloé ? me demande-t-il gentiment en me dévisageant.

J'ai les yeux gonflés, le nez rouge, mais je hoche la tête.

– Oui.

– Tu n'es pas obligée de lui parler, même s'il a demandé à te voir.

– Je sais. Ça ira.

Son froncement de sourcils se radoucit. De gros cernes noirs soulignent ses yeux. Il n'a pas dû beaucoup dormir, surtout avec les journalistes qui ont envahi la ville.

– D'accord. Merci d'avoir accepté de lui parler uniquement au commissariat. Comme tu sais, il nous a déjà fait une déclaration détaillée, mais votre conversation sera enregistrée. Il n'a pas voulu de la présence de son avocat, pour te parler seul. Je n'entrerai que si tu m'appelles.

– Mmh. Je comprends.

Il jette un regard vers la réception.

– Mason n'est pas venu avec toi ?

Je secoue la tête.

– Il ne peut pas. Pas encore.

– Bien sûr, compatit Doherty en baissant la tête.

Il me conduit vers une pièce aux stores baissés et me fait signe d'entrer quand je serai prête. Je pose la main sur la poignée et laisse échapper un soupir avant d'ouvrir.

Tom est assis, les coudes sur la table, le visage dans les mains. Ses lunettes sont posées à côté de lui. Il lève la tête en m'entendant. Il a une mine affreuse, comme s'il avait la grippe, mais aucune blessure évidente. Les airbags de la voiture de Mason ont été efficaces.

Je m'assieds en face de lui, ne sachant absolument pas ce que je veux lui dire. Mais c'est Tom qui a demandé à me voir, alors j'attends qu'il parle.

– Mason vient aussi ?

Sa voix est rauque. Il se racle la gorge.

– Non.

Ça l'attriste, c'est évident. Il se pince les lèvres et remet ses lunettes.

– Je veux…, commence-t-il, les larmes aux yeux. Que vous sachiez combien je regrette. Tout ça. Henry, mes mensonges, mon attitude. C'est parti en vrille.

Il passe une main tremblante dans ses cheveux.

– Je donnerais tout pour revenir en arrière. Pour ramener Henry.

Je ne sais pas quoi répondre. Je n'arrive toujours pas à croire que j'ai cette conversation avec *Tom*. Combien de temps pensait-il pouvoir s'en tirer avec ça ? La coulée de boue à Cutler Bend aurait fini par être nettoyée pour que la route puisse être reconstruite. Pas étonnant qu'il ait aidé Jack Doherty dans sa campagne pour garder cette voie fermée. Peut-être qu'il avait pensé depuis longtemps à s'enfuir et que l'incendie du magasin de ses grands-parents faisait partie de son plan. Il voulait s'assurer que l'argent de l'assurance les mettrait à l'abri du besoin.

Tellement de questions. Mais une seule a de l'importance.

– Pourquoi tu ne l'as pas aidé ?

Ma voix se casse.

Tom s'étrangle, les larmes coulent.

– Je ne sais pas. *Je n'en sais rien.*

Il secoue la tête et retire ses lunettes pour se frotter les yeux.

– J'ai paniqué. Je ne savais pas quoi faire. Il ne bougeait pas et la route était inondée. J'ai juste…

– Tu as repris la voiture et tu l'as laissé sur place ?

Un mélange de colère et de sidération teinte mes paroles.

– Il fallait que j'éloigne Mason ! Je voulais pas qu'il sache. Je voulais que personne l'apprenne. Mes grands-parents… comment j'aurais pu leur faire ça ?

– Alors tu as laissé Henry dans l'eau ?

Tom s'essuie le nez avec sa manche.

– Je suis revenu. D'accord, j'ai paniqué et je me suis sauvé. Je n'en suis pas fier. Mais je suis revenu chercher Henry. Il n'était plus là. Je ne l'ai pas trouvé. Il était…

– Parti.

– Le coude de la route s'était effondré, reprend-il, la lèvre tremblante. Toute la boue avait coulé dans le ravin…

– Arrête ! dis-je en levant les mains.

Agité par des sanglots, Tom se cache le visage. Ma colère s'estompe, remplacée par une infinie tristesse. J'ai le cœur déchiré pour Henry. Et pour Tom aussi. À l'instant de l'impact, ils devaient se sentir si seuls tous les deux.

– Je sais pas comment te pardonner, Tom.

– Je sais. Je comprends.

– Tu aurais dû en parler plutôt que d'essayer de couvrir tes arrières.

Je m'essuie les joues.

– Tu as décidé de mettre le vélo d'Henry dans la gare et de brûler sa casquette. Tu as inventé une carte postale de Sydney. Tu nous as fait croire qu'Henry s'était enfui !

Il se ratatine sous le poids de mes mots.

– Je pensais que ce serait mieux que… La vérité vous aurait ravagés.

– Tom.

La vérité nous ravage, mais les mensonges de Tom la rendent encore plus insupportable.

– On avait besoin de savoir. Mason et Ivy avaient besoin de l'entendre.

– Ça n'a pas arrêté de me ronger, avoue Tom en touchant son cœur.

Dans la lumière crue des néons, je vois combien de poids il a perdu au cours de ces derniers mois. Il a les joues creuses, les épaules pointues et les os de ses coudes et de ses poignets menacent de transpercer sa peau.

– Tu pourras dire à Mason que j'ai vraiment besoin de le voir ?

– Il ne viendra pas, Tom. Il n'est pas prêt.

Il baisse de nouveau la tête, renifle. Un instant je le plains, et l'instant d'après, j'ai envie de le secouer. Il a percuté Henry, c'était un accident, mais avoir couvert les preuves est une traîtrise impardonnable.

Erreurs de parcours, mauvaises décisions… tout le monde en fait, c'est humain. Mais c'est ce qu'on en fait qui révèle qui on est vraiment.

– Je dois y aller.

– Tu reviendras me voir ? Avant mon audition ?

Je regarde le plancher.

– Peut-être après l'enterrement.

Il a de nouveau les yeux noyés de larmes. Je me lève et il reste assis. J'hésite, gênée de ne pas pouvoir le prendre dans les bras pour lui dire au revoir. En partant vers la porte, je regarde par-dessus mon épaule. Tom me sourit faiblement.

– Merci d'être venue.

– On se reparlera bientôt, dis-je.

Je suis sincère, j'en ai vraiment envie. Je vois le soulagement adoucir ses traits quand je referme la porte derrière moi.

Le sergent Doherty me rejoint aussitôt.

– Ça va ? me demande-t-il en m'accompagnant dans le couloir.

– Qu'est-ce qui va lui arriver ?

– Plusieurs charges pèsent sur lui, les plus graves étant conduite dangereuse entraînant la mort et non-assistance à personne en danger.

– Il va avoir des ennuis aussi pour ce qu'il a fait avec le vélo et la casquette ? Et la carte postale ?

Doherty hoche la tête.

– Oui, il est accusé d'obstruction à la justice. Et d'avoir conduit sans permis de conduire et de ne pas avoir rapporté l'accident.

– Ça fait beaucoup.

– Oui.

– Qu'est-ce qui va se passer maintenant ?

– Il est en liberté provisoire en attendant le procès. Alors il peut rester chez lui sous la surveillance de la justice pour mineurs. Il a commis ces délits quand il avait dix-sept ans, il ne sera pas jugé en tant qu'adulte.

– Il ira en prison ?

– S'il est déclaré coupable, il sera placé sous l'autorité du juge pour enfants.

– Et il ira dans un centre de détention pour mineurs ?

– Exactement. Et il sera transféré dans une prison pour adultes à vingt et un ans.

– D'accord.

Mon estomac se noue. Je n'arrête pas de penser à l'avenir brillant qui s'offrait à Tom, à son potentiel. Tout ce gâchis… Et l'avenir d'Henry, alors ? Celui que Tom lui a arraché. Dans d'autres circonstances, j'aurais voulu voir puni le meurtrier d'Henry, mais le fait que ce soit Tom brouille tout.

– Viens, je te raccompagne.

Il me donne encore quelques informations sur le chemin. Tom n'a pas avoué avoir mis le feu au magasin de son grand-père. L'enquête est encore en cours. L'assurance refusera sûrement de payer si on découvre qu'il est responsable de l'incendie.

– Vous n'aviez pas l'air surpris quand je vous ai dit que le vélo d'Henry était dans la cave de Bernie.

– Bernie pensait qu'Ivy le lui avait donné par méchanceté. Il espérait qu'Henry reviendrait et voudrait le récupérer.

– Et ces polaroïds ?

Il affiche son air professionnel, mais accepte finalement de me répondre.

– Bernie pensait avoir vu un hématome en bas du dos d'Henry et a essayé d'en prendre des photos pour m'avertir. Henry t'avait dit qu'il recevait des coups chez lui ?

– Non. Pas physiquement. Mais il me racontait que sa mère était très dure.

On s'arrête devant les portes d'entrée.

– Je me suis tellement trompée…

– Écoute, même si tu ne t'y es pas toujours prise de la bonne façon, j'admire ta ténacité. Il avait de la chance d'avoir une amie aussi fidèle. Sans toi, on se demanderait encore où il est.

– Mais j'avais tout faux. Je suis passée à côté de tellement d'indices !

Il secoue la tête.

– Tu n'imagines pas le nombre de détectives qui disent exactement la même chose. Ça ne veut pas dire qu'ils sont mauvais, ça veut juste dire que c'est un métier particulièrement difficile. Tu t'approchais de la vérité à chaque pas.

Il me ramène jusqu'à la voiture de mon père. Ils échangent un petit hochement de tête embarrassé à travers la vitre.

– Comment va Rafi Nolan ? demande Doherty en m'ouvrant la portière.

– Je vais lui rendre visite maintenant, dis-je, tout de suite de meilleure humeur. Il est rentré de l'hôpital hier soir. Ils l'ont gardé en observation quelques jours parce qu'il toussait et ils voulaient surveiller les effets de la noyade.

– Transmets-lui mes salutations.

Il recule sur le trottoir et se penche vers la voiture pour ajouter :

– Désolé, j'ai oublié de te dire..., lance-t-il à mon père. Un témoin a vu Darren Foster sortir de ton motel, le jour où ton bureau a été retourné. Il a reconnu qu'il avait été payé pour le faire... par mon frère, Jack.

Papa me lance un petit regard, sans rien dire.

– Bref, lâche Doherty en tapant sur le toit de la voiture. Tu me diras si tu veux porter plainte.

***

On est accueillis chaleureusement par les Nolan et c'est exactement ce qu'il me faut après ma rencontre avec Tom. Rina et sa mère passent aussi pour déposer des fleurs à Raf et lui souhaiter bon rétablissement. Luisa nous assure qu'elle a fermé le bureau à clé et qu'elle y retourne de ce pas. Je remarque un regard prolongé entre elle et mon père. Il insiste pour la reconduire dehors alors qu'on vient juste d'arriver. Rina lève un sourcil interrogateur dans ma direction. Je lui réponds en affichant la même perplexité.

Sally et Liv me bichonnent, comme elles l'ont fait à l'hôpital. Elles me serrent dans leurs bras, me remercient d'avoir « sauvé leur garçon ». Chaque fois qu'elles le répètent, j'ai l'impression qu'elles parlent de quelqu'un d'autre. La scène n'est plus qu'un brouillard dans ma mémoire, à partir du moment où les pieds de Raf ont quitté le rocher jusqu'à l'arrivée du sergent Doherty. S'il m'arrive d'avoir une image claire, je suis aussitôt prise de nausée et j'ai besoin de m'asseoir. Papa me conseille d'aller voir un psy à Sydney. C'est une bonne idée. J'ai vraiment besoin de parler.

– Hello, me salue Sabeen en m'enlaçant. Ça va ? Comment ça s'est passé ?

J'avais réussi à me contenir, mais en voyant l'inquiétude dans les yeux de mon amie, je me sens de nouveau au bord des larmes. Je m'efforce de les ravaler, mais elles coulent déjà sur mes joues. Le chagrin n'arrête pas de me rattraper. Comme pour nous tous. Pendant des mois, on était tenus par l'espoir de retrouver Henry, de le voir franchir le seuil de sa maison. C'est insupportable de se dire que tout a changé. La réalité se rappelle à nous constamment.

– On surmontera cette épreuve, me promet Sabeen.

Je hoche la tête et m'essuie le visage avec ma manche.

– Oui.

– Tu verras. Ensemble, on y arrivera.

La loyauté inconditionnelle de Sabeen ne m'a jamais fait autant de bien. Elle a toujours tenu si fermement à nous garder soudés, malgré toutes les tensions des dernières années.

– Je vais aider maman et mimi à préparer le déjeuner. Tu restes ?

– Bien sûr.

– Parfait. On parlera plus tard de ta rencontre avec Tom.

Elle se tourne et me montre le salon.

– Pour l'instant, il y a un casse-pieds là-dedans qui n'a pas arrêté de me demander à quelle heure tu viens. Va vite abréger ses souffrances.

Je parviens à esquisser un sourire. Malgré tout ce qui s'est passé, mon estomac se tord toujours de nervosité quand je pense aux beaux yeux noisette de Raf. Sabeen me dévisage comme si elle était au courant. Est-ce qu'il lui a raconté ce qu'on a fait la nuit de la tempête ? Tout finira par se savoir. Il est temps qu'on avoue tous la vérité.

Raf est allongé sur le canapé, un chat sur une jambe et l'autre sur le coussin à côté de lui. Il porte un tee-shirt de la NASA et un pantalon de pyjama à carreaux. Ses cheveux sont en bataille.

– Tu n'aurais pas dû t'habiller pour moi, dis-je en entrant dans la pièce.

Il sourit en se redressant et en mettant son téléphone de côté. Le chat qui était sur ses genoux saute par terre et s'éloigne.

– Les ordres du docteur. J'ai le droit de me laisser aller autant que je veux.

Je n'ai pas encore eu l'occasion de lui parler seule. Pendant les visites à l'hôpital, il y avait toujours une de ses mères ou Sabeen avec nous.

– Comment tu vas ?

Je m'assieds à côté de lui. De près, je remarque que ses cernes sont moins marqués. Il a pris des couleurs.

– Les points de suture commencent à me démanger, dit-il en grattant autour du pansement sur son front. Je tousse moins. Il me reste juste un petit râle persistant.

Pendant la pause qui suit, je suis tentée de le prendre dans mes bras. Après tout, je l'ai fait avec tous les membres de sa famille. Mais je suis soudain gênée avec lui, parce que ça voudrait dire tellement plus. Raf tire sur son tee-shirt et je me mordille l'intérieur de la lèvre. En un clin d'œil, le moment s'est envolé.

– Tu as parlé avec ta mère ? demande-t-il.

– Oui. Elle me laisse rester jusqu'après l'enterrement d'Henry. Elle viendra y assister et me ramènera en voiture avec elle.

– Ça sera pas une journée facile, déclare Raf, abattu.

Je baisse les yeux.

– C'est sûr.

– Tous les jours sont difficiles en ce moment, n'est-ce pas ?

Sa voix se casse.

Je me penche vers lui et glisse ma main dans la sienne. Nos doigts s'entrelacent et nos regards se croisent.

– J'ai eu si peur. Je croyais que je t'avais perdu.

– Bon sang, je suis tellement désolé…

– De quoi ?

– Je n'étais même pas conscient, je ne me rappelle rien. C'est toi qui dois vivre avec tous ces souvenirs.

Je ne lui avoue pas ce que j'endure avec ce traumatisme.

– Ça va s'arranger avec le temps.

Il porte nos mains à sa bouche et embrasse la mienne.

– Je t'ai déjà remerciée ? demande-t-il avec un petit sourire coquin. De m'avoir sauvé la vie ?

– Au moins quatre fois.

– Alors arrondissons à cinq.

Il dénoue nos doigts et place ma main sur sa poitrine.

– Je te remercie, Chloé Baxter.

J'appuie la paume contre son tee-shirt pour sentir les battements de son cœur à travers le tissu.

– Chloé ?

C'est la voix de mon père. Je lève les yeux vers la porte.

– Je voulais te dire que je rentre.

À contrecœur, je reprends ma main.

– Tu as meilleure mine, dit papa à Raf. Quand tu seras assez en forme, on se fait une partie de cricket ?

– Oui, avec plaisir…, commence Raf.

Je vois une lueur dans les yeux de mon père.

– Il plaisante, dis-je. Il sait que tu détestes ça.

Raf pousse un profond soupir de soulagement.

Papa lui adresse un clin d'œil.

– Viens juste dîner un soir, plutôt.

– Ça, je peux sans problème, répond Raf.

– Écoute, Chloé, Mason vient d'arriver. Tu pourras lui parler de ce qu'on a discuté ?

– Oui, bien sûr.

Quand papa s'en va, Sabeen arrive avec une carafe d'eau et des verres. Elle les emporte dehors, où elle a mis la table pour notre déjeuner.

– Je vais les aider, dis-je en me levant.

Je fais quelques pas vers la cuisine, mais reviens rapidement vers Raf.

– Quoi ?

Je me penche et lui entoure le visage avec les deux mains. Je dépose un baiser sur ses lèvres et une vague de chaleur m'envahit quand je sens l'enthousiasme avec lequel il réagit.

– Waouh ! s'exclame Sabeen en revenant dans le salon. Pour info, j'ai tout vu.

J'adresse un sourire à Raf qui me répond chaleureusement.

– Ce n'est pas un secret, dis-je.

On en a déjà eu bien assez.

38

MASON
Maintenant

– Mason, mon cœur ! s'écrie Liv. C'est si bon de te voir.

Elle l'invite à entrer et l'attire dans ses bras. Il n'est pas très sûr d'y arriver. Ça fait plusieurs jours qu'il n'est pas sorti de chez lui, mais il voulait voir Raf maintenant qu'il est rentré de l'hôpital. Comme son téléphone s'est cassé quand il est tombé de vélo sur Roberts Road, il n'a pu écrire à personne.

Il faudrait qu'il en achète un. Une nouvelle voiture aussi. Tellement de choses qu'il est incapable d'entreprendre. Il devrait se contenter, pour l'instant, de respirer et de mettre un pied devant l'autre.

En entrant dans la cuisine, il voit Rina. Elle enfile aussitôt sa veste pour partir. Est-ce que c'est à cause de lui ? Elle lui adresse un sourire triste et Mason sent sa gorge se serrer. Ils ne sont plus ensemble, mais sa présence lui fait du bien, le calme… ou c'est peut-être autre chose. Il a du mal à analyser ses sentiments depuis ces derniers jours.

Chloé apparaît dans l'embrasure de la porte. Au regard entendu qu'elle lui adresse, il comprend qu'elle est allée au commissariat ce matin pour parler à Tom. Lui n'a pas pu se résoudre à le faire. Il n'est pas sûr d'être en état pour en parler avec Chloé aujourd'hui. Il ne se sent pas assez fort. La matinée a été difficile. Il a trouvé Ivy dans la chambre d'Henry, assise sur son lit, face au mur. Il s'est assis à côté d'elle et ils sont restés comme ça pendant des heures, sans rien dire, sans rien faire. Si elle ne s'était pas levée pour aller dans la cuisine fumer une cigarette, Mason aurait pu penser que le temps s'était arrêté.

Chloé vient dire au revoir à Rina et les deux filles échangent une rapide accolade. Mason se rappelle la tension le jour de l'An quand Rina l'a défendu avec une loyauté acharnée.

– Je pensais monter à Sydney pour faire le tour des campus, lance Rina à Chloé. On pourrait peut-être déjeuner ensemble ?

– Excellent ! s'exclame Sally, affairée devant le plan de travail. Qu'est-ce que tu penses étudier ?

– Je ne sais pas encore, répond Rina en baissant la tête. C'est juste une idée, comme ça. Le temps que je décide ce que je ferai de ma vie après le lycée.

Elle lance un petit regard à Mason. Il s'est montré tellement injuste avec elle, il s'en rend compte maintenant.

Leurs projets de voyage, son revirement soudain. Il n'avait jamais eu l'intention d'attendre dans les Shallows qu'elle finisse ses études. Il avait toujours su qu'ils ne resteraient pas aussi longtemps ensemble. Rina avait prévu un avenir avec Mason, et Mason n'avait eu qu'une envie, fuir son passé. Il pensait aussi que Rina méritait quelqu'un de mieux que lui, mais il sait à présent qu'elle a juste besoin de quelqu'un d'autre. Il ne peut pas continuer à passer pour ce qu'il n'est pas.

– Super, acquiesce Chloé. Bonne idée.

– Et peut-être que tu me laisseras manger, cette fois, plaisante Rina, et Chloé semble tout de suite comprendre l'allusion.

Quand elle sort de la cuisine, Mason la suit dans le couloir. Ils s'arrêtent devant la porte, et il tente de trouver les bons mots pour tout ce qu'il a à lui dire.

– Je suis désolé pour ce que j'ai dit à la pizzeria, commence-t-il en jouant avec les bandages sur ses mains. C'était cruel, j'ai été un vrai connard.

Elle hoche la tête.

– Mais tu avais raison. On est restés ensemble trop longtemps alors que ça ne marchait pas.

– Je ne voulais pas te blesser.

Elle laisse échapper un soupir.

– On a tous les deux fait des choses qu'on regrette.

Elle se mord la lèvre et baisse la tête. Alors qu'elle est sur le point d'ajouter autre chose, son visage s'éclaire.

– On en reparlera bientôt. Quand ce sera un peu moins douloureux, d'accord ?

Elle lui embrasse la joue.

– Prends soin de toi.

Quand il revient dans la cuisine, l'activité bat son plein. C'est un peu trop bruyant pour lui, alors il préfère partir dans le salon pour voir Raf. Mason a accompagné Chloé et son père lors d'une visite à l'hôpital et il est heureux de constater que Raf a l'air bien plus en forme.

Ils parviennent à parler des évènements des derniers jours sans mentionner Henry et Tom.

– Comment va ta mère ? demande Raf au bout d'un moment. Tu as eu des nouvelles du centre de désintoxication ?

– Oui. Tes mères sont des magiciennes. Ils lui ont déjà trouvé une place, il y a une chambre disponible dès la semaine prochaine, après Pâques.

Sally et Liv ont réussi à contacter un centre financé par l'État pour l'aider avec ses problèmes d'addictions, mais aussi pour l'accompagner dans son deuil. C'est une institution médicalisée à Sydney, où elle aura des soins en permanence. Pendant la plus grande partie de sa vie, Mason s'était demandé ce que ça lui ferait, si Ivy partait comme son père et Wayne, de vivre dans cette maison sans sa présence menaçante. Dans aucun de ses scénarios, il n'a imaginé Ivy revenir sobre et équilibrée. Ce serait comme rencontrer une autre personne. Est-ce qu'il peut seulement se permettre de l'espérer ?

Chloé entre dans le salon et attend une pause dans la conversation.

– Je peux te parler une minute ? demande-t-elle à Mason.

Elle l'emmène sur la terrasse. Côte à côte devant la rambarde, ils contemplent le Parc national.

– Je voudrais une nouvelle fois te présenter mes excuses d'avoir rendu ta vie encore plus abominable au cours de ces derniers mois. Je ne savais pas tout ce qui se passait, et tu avais raison, ça ne me regardait pas.

Mason déglutit, les yeux rivés vers les arbres.

– Tu l'as peut-être remarqué, je suis incroyablement têtue. Et un peu autoritaire aussi. Je vais travailler ça.

– Ça marche.

– Et je ne serais pas aussi têtue et autoritaire si je ne te signalais pas que tu as aussi quelques petits défauts sur lesquels tu devrais travailler.

– Je sais, tu as raison, répond Mason en la regardant et en hochant la tête.

Elle se détend, soulagée.

– D'accord, dit-elle en tapant des mains. Donc mon père et moi, on a eu une idée. On s'est demandé si tu voulais emménager dans le motel, dans ta chambre, la chambre quinze, tu sais. Le temps que ta mère revienne de sa cure. Et même après si tu en as envie.

Mason reste un moment sans voix.

– Et vivre avec ton père ?

– Et moi, quand je suis ici. Mais pas dans notre résidence. Tu aurais ton propre espace. Si tu as besoin de te préparer un repas dans la cuisine, tu peux venir chez nous, bien sûr. On te donnera la clé.

– Je… je ne sais pas quoi dire.

Et il ne dit rien. Sa gorge se serre et il déglutit péniblement pour ne pas craquer. Personne ne lui a jamais proposé de l'aider, pas comme ça. Déjà qu'il ne supportait pas d'être chez lui avant ça, maintenant c'est encore plus intolérable. Sa mère et lui passent d'une pièce à l'autre tels des fantômes dans un cimetière. Même quand elle sera partie et qu'il aura la maison pour lui, il restera là trop de souvenirs. Mauvais pour la plupart. Mais aussi des souvenirs d'Henry et de leur enfance, de ce qu'ils ont traversé. Mason restera assis seul toutes les nuits dans cette prison de bois et il boira jusqu'à ce que l'alcool anesthésie la douleur.

– Tu n'auras pas de loyer à payer, continue Chloé pour le convaincre. Tu pourras aussi utiliser la buanderie pour ta lessive. Et quand tu voudras de la compagnie ou quelqu'un avec qui discuter, on sera là. Mon père est génial pour écouter, et… Mason… ça va ?

Les coudes posés sur la rambarde, il pose la tête dans ses mains et pleure.

– Désolé, lâche-t-il entre deux sanglots.

Il évacue tout ce qui était enfoui en lui comme si une digue venait de céder.

– Eeeh, murmure Chloé en posant une main sur son dos.

Elle le caresse doucement.

– Tout va bien, Mason. Tu n'as pas à traverser cette épreuve tout seul.

Il tente de se calmer et hoquette.

– C'est juste… que ça s'est accumulé… Tu comprends ?

– Bien sûr.

Elle s'essuie les yeux et son geste aide Mason à se sentir mieux.

Il laisse échapper un profond soupir et secoue la tête.

– On a des choses à améliorer, hein ?

Elle lui adresse un sourire ému.

– Viens le faire chez nous. S'il te plaît.

– D'accord, finit-il par acquiescer. Quand ?

Il la regarde avec des yeux remplis de tendresse, comme quand il les posait sur Henry.

– On a déjà lavé ta douche et fait ton lit, lui annonce-t-elle. Le dîner est servi à six heures.

39

Chloé
Maintenant

– Raconte-moi pour Tom, demande Mason. De quoi vous avez parlé quand tu l'as vu ?

Il ne me regarde pas, ses yeux restent rivés sur le réservoir. Sous un ciel voilé d'une lueur rose surnaturelle, on laisse nos jambes se balancer par-dessus le rebord du Rocher du Diable. Quand j'ai expliqué à Mason le mal que j'avais à me rappeler ce qui s'était passé ici, il m'a proposé qu'on y regarde le soleil se coucher sur l'eau. Pour que je m'y fasse un nouveau souvenir. J'ai l'impression que c'est autant pour lui que pour moi. Il n'est pas revenu ici depuis Noël.

– Il m'a dit qu'il regrettait. Il sait qu'on aura du mal à lui pardonner.

La mâchoire serrée, Mason triture machinalement le bandage sur sa main gauche.

– Il veut vraiment te voir.

Je vois ses épaules se voûter comme si on venait d'y placer tout le poids du monde. C'est difficile de savoir ce qu'on éprouve. Un instant on est en colère, l'instant d'après on est accablés de tristesse, et ensuite, on a envie de lui pardonner, mais le sentiment de trahison ressurgit aussitôt. On est tous les deux partagés, mais Mason semble encore plus perturbé que moi. Je pense comprendre pourquoi il est tellement bouleversé et j'espère qu'un jour il sera assez à l'aise avec moi pour se confier. Pour le moment, nous apprenons encore à nous faire confiance et à accepter la mort d'Henry.

Henry était perdu, et maintenant il est perdu pour toujours. Mason est perdu, mais il est encore ici.

– Je ne sais pas comment je vais supporter les funérailles, lâche-t-il. L'idée même est…

– Vraiment dure, dis-je, comme il n'arrive pas à finir sa phrase.

– Et le procès de Tom…

– Je sais.

Je me tourne vers Mason. Dans ses yeux plane un nuage noir.

– Ça fait beaucoup à encaisser. Mais on va surmonter tout ça ensemble.

Je pose une main sur la sienne et la serre fort. Il esquisse un faible sourire.

– Je vais essayer.

Moi aussi. Et ensemble, on sortira de cette tempête.

Remerciements

La création de ce livre a été une longue route cahoteuse depuis son humble commencement, et je n'aurais pas pu finir le manuscrit, le retravailler, le réécrire (plus d'une fois), le peaufiner et l'embellir sans l'aide et les encouragements de plusieurs personnes à toutes les étapes.

Merci à l'équipe d'Allen & Unwin pour leur accueil enthousiaste, et en particulier ma correctrice, Nicole Santilli et mon éditrice, Anna McFarlane, pas seulement pour leurs conseils et leur aide, mais aussi pour avoir cru en cette histoire et en mes capacités de romancière. Je remercie vivement le service de marketing et de communication qui a su présenter ce livre sous son meilleur jour et lui a donné une chance de percer dans ce marché encombré.

Pour tout son travail dans les coulisses, je remercie ma fabuleuse agente littéraire, Alex Adsett, qui est en plus une personne adorable. Je pourrais discuter des journées entières avec elle.

Merci à Abigail Henderson, Georgina Kinkade, Vicky Watson et Pat et Roy Bolton, qui ont été les premiers lecteurs de ce livre alors qu'il n'était encore qu'un brouillon, ainsi qu'Ingrid Alexandra, Kim Last et Rebekah Beddoe. Les retours que vous m'avez donnés m'ont permis de façonner cette histoire et de lui donner l'aspect final le plus proche de ce que j'avais en tête au départ.

Merci à Amy Epstein, Caroline Epstein, Nicole Peacock et Kellie Chessor d'avoir répondu à mes questions concernant la police australienne et les affaires de meurtre. Les éventuelles erreurs sont de ma seule responsabilité et peuvent être la rançon de la liberté que je me suis accordée pour cette œuvre de fiction.

Toute mon affection à Ellie Marney, Fleur Ferris et Rebecca James pour leur merveilleux soutien et parce qu'elles sont les superstars les plus gentilles et chaleureuses de la littérature jeunesse australienne.

À tous ceux qui lisent, écrivent, critiquent, se servent des réseaux sociaux pour promouvoir #LoveOzYA (et nos bons amis de #LoveNZYA), merci de soutenir les auteurs locaux et merci d'être des membres essentiels de la communauté YA la plus gentille et la plus adorable du monde. Ça comprend nos réseaux de fabuleux bibliothécaires et de libraires fantastiques.

Enfin et surtout, je n'aurais jamais réussi sans le soutien, l'humour et le calme de mon mari, Tony, et de nos fils, Hugo et Harvey. Merci de rendre ma vie si belle. Et un grand clin d'œil à ma filleule, Luna, qui m'aime de façon inconditionnelle et me teste régulièrement.

Cet ouvrage a été mis en pages
par DV Arts Graphiques à La Rochelle

Impression réalisée par GRAFICA VENETA
en janvier 2022
pour le compte des Éditions Bayard

Imprimé en Italie